818   o

Diez días de junio

Jordi Sierra i Fabra

Diez días de junio

INSPECTOR
MASCARELL
9

PLAZA JANÉS

Papel certificado por el Forest Stewardship Council®

MIXTO
Papel procedente de
fuentes responsables
FSC® C117695

Primera edición: abril, 2018

Printed in Spain – Impreso en España

ISBN: 978-84-01-01793-3
Depósito legal: B-2.893-2018

Compuesto en Comptex & Ass., S. L.

Impreso en Black Print CPI Ibérica
Sant Andreu de la Barca
(Barcelona)

L 0 1 7 9 3 3

Penguin
Random House
Grupo Editorial

Día 1

Sábado, 16 de junio de 1951

1

Raquel tenía los ojos abiertos.

Le miraba.

Aun en la penumbra, pese a tener tan sólo tres meses y siete días de edad, le miraba fijamente.

Quieta.

Seria.

Miquel se preguntó qué estaría viendo en realidad, si ya era capaz de reconocerle, o qué pensaría, si es que un bebé disfrutaba de la capacidad de pensar algo. Tres meses y siete días no eran nada. O sí. Una vida.

El milagro estaba allí, pero todavía le costaba asimilarlo.

¿Alguna vez había mirado así a Roger?

No lo recordaba.

Su propio hijo, caído en el Ebro trece años antes, a veces se desvanecía en su mente, se perdía en el recuerdo.

—Raquel...

La niña recibió el suspiro como si le acariciara el rostro.

De hecho, fue una caricia.

Abrió un poco más los ojos.

—Hola, Raquel. Soy tu padre.

Acabó de decirlo y sintió una profunda emoción, una enorme densidad que pareció llenarle el pecho hasta desbordarle.

De pronto, las palabras fluyeron.

—No sé cuántas opciones hay de que te vea crecer, ni de

que tú me recuerdes —dijo despacio—. Espero que algunas, cariño. Diez años más de vida serían una bendición. Quince, un sueño. Veinte, un milagro. Pero, por si peco de optimista, quiero que, al menos, escuches mi voz todos los días. Tal vez se quede en tu memoria, como un eco que rebotará por tu interior sin saber de dónde procede. —Hizo una pausa para limpiarle un poco de baba que le caía por la comisura del labio—. Tu madre te contará todo de mí si me pasa algo malo, si la edad me atrapa antes de que podamos hablar tú y yo, para ser amigos. Mientras, lo haré por los dos, todos los días. —Le sonrió con ternura—. Me llamo Miquel. No Miguel. Y te llamas Mascarell, no Mascarel como dirán quienes quieran negarte la sonoridad de tu apellido. Fui policía, un buen policía. Lo digo con orgullo. Un inspector al servicio de la ley cuando en este país había una ley a la que servir, no una dictadura a la que obedecer. Mi primera esposa murió, y tu madre me salvó la vida al enamorarse de mí. Tuve un hijo antes que tú. Un hijo que cayó en una guerra de la que nadie te hablará hasta que, un día, cuando la bestia muera y este país recupere la dignidad, reaparecerá en la memoria de todos como un corcho sumergido en el mar para limpiarnos la mugre de estos años de silencio.

Raquel movió una mano. Le atrapó el dedo índice. Intentó llevárselo a la boca después de agitarlo un instante.

Volvió la calma.

La hipnosis producida por la voz de Miquel.

Suave, dulce, firme pese a estar cargada de sentimientos.

—Tu madre y yo nos conocimos el penúltimo día de la guerra en Barcelona, nos reencontramos ocho años y medio después, cuando salí de la cárcel, y nos casamos decididos a tener una segunda oportunidad y luchar con la esperanza de alcanzar un futuro mejor. Un futuro en el que ahora estás tú. —Llevó un poco de aire a sus pulmones—. Quiero a tu madre más que a nada en el mundo. Me ha dado la paz, la serenidad, el sosiego que hace de estos primeros años de mi vejez un bálsamo en el que vivir con lo único que nos mantiene vivos a veces: el amor. Ahora, además, me ha dado el mejor de los regalos posibles: tú. Cuando supe que estabas en camino me asusté mucho, y no sólo por ser mayor, sino por traerte a un país sin libertad, condenado a la oscuridad y la mentira, tan lleno de miedo, odio y rencor que...

—¿Miquel?

Se detuvo en seco y volvió la cabeza.

Patro se asomaba en aquel momento por el quicio de la puerta.

—¿Sí?

—¿Qué haces aquí, casi a oscuras? —Llegó hasta él y le puso una mano en el hombro mientras miraba a su hija.

—Nada, hablar con Raquel —respondió.

Lo dijo con toda la naturalidad del mundo.

«Hablar con Raquel.»

—¿Ah, sí?

—Ya ves.

—¡Ay, señor...! —Patro suspiró.

—Me hace más caso que tú. —Intentó burlarse.

—¿Te vas a poner ya de su parte, cariño? —se dirigió a la pequeña.

—Dicen que las niñas tiran hacia el padre.

Esta vez no dijo nada. Patro se embebió de aquella plácida contemplación.

El silencio, de todas formas, fue breve.

—Fíjate cómo nos mira —señaló.

—Parece entenderlo todo —afirmó Miquel.

—Nunca llora. Tiene carácter.

—Habrá salido a su madre.

Patro le besó la cabeza, halagada.

—¿Y qué le cuentas? —quiso saber.

—Cosas nuestras. —Le quitó importancia.

—Mira que eres, ¿eh? —Se cruzó de brazos, pero no logró apartarse de él.

Miquel la retuvo.

—Ven aquí, mamá.

—Quieto-parado. —Se hizo la rebelde—. Vamos a salir, ¿recuerdas?

—¿Ya?

—Un ratito, sí, para respirar un poco de aire y estirar las piernas. Vamos a ver escaparates.

—El día que entienda esa manía de «ver escaparates»...

—Tampoco está tan mal. —Se encogió de hombros.

—Pues vaya diversión ver lo que no vas a comprar, casi todo porque no podemos.

—¿Y qué quieres? ¡Ya me gustaría a mí ir al cine, que no sabes cuánto lo echo en falta!

—¿Y si dejamos a Raquel con una vecina?

—Calla, calla, mal padre.

—¡Mujer, un par de horas! Vamos de estreno, no a uno doble.

—¡Que no, que sería incapaz de ver la película a gusto!

—La del primero se ha ofrecido un par de veces.

—Quizá más adelante, pero ahora no. Es demasiado pequeñita. —Se puso terca.

—¿Y con Teresina, en la tienda?

—¿Quieres darle más trabajo? Bastante tiene con llevar la mercería sola estas semanas, que si no fuera por ella...

—Sí, se está portando bien —reconoció Miquel.

—Con lo que tú ayudas...

—Mujer —lamentó, dolido, el comentario de Patro—, que yo vendiendo agujas e hilos me hago un lío, ya lo sabes.

—¡Excusas!

—¡Y encima las parroquianas! ¡Prefieren a una dependienta, no a un vie... a un señor mayor con cara de no entender mucho, por no decir nada!

—Lo que pasa es que no te esfuerzas —insistió ella.

Miquel miró a Raquel, que seguía quietecita, con los ojos abiertos, observándolos desde la cuna.

—Papá y mamá no están discutiendo —le dijo—. Sólo tienen disparidad de criterios.

—¡Anda, payaso! —Patro envolvió su gesto con una sonrisa—. Mira que a veces...

—A veces no parezco un señor de sesenta y seis años, ¿no?

Ella tuvo suficiente.

—¡Pon a Raquel en el cochecito, va! ¡Me voy a vestir!

—Sí, porque si sales así a la calle...

—¿Pero qué te pasa hoy? —No supo si enfadarse o seguir riendo.

—Nada. ¿No puedo estar contento? Anda, ven.

—¡No me toques las tetas que me duelen! —le advirtió.

—¿Y el culo?

—El culo es todo tuyo. —Suspiró mimosa.

Se lo apretó, con las dos manos, mientras se besaban. Un beso muy largo, como si hiciera días que no se daban ninguno.

Quedaron abrazados unos segundos, en silencio, hasta que ambos volvieron a mirar a la niña.

—¿Ves? —le dijo Miquel—. Todo empezó así.

—Parece que te escuche —se admiró Patro.

—Claro que me escucha. Ni que fuera sorda. Y está feliz.

Siguieron así algunos segundos más, abrazados y contemplando al ser que había cambiado de nuevo sus vidas.

—¡Ay, no me digas que no es guapa! —estalló Patro, emocionada.

—Como tú.

—Más.

—Bueno, no voy a discutírtelo todo.

Ella se apartó de su lado. Fin del momento. Miquel supo que era hora de ponerse en marcha. En unos minutos saldrían a la calle los tres, y con él empujando el cochecito de su hija.

El cochecito.

Patro salió de la habitación.

—¡Pero al primero que me diga que es mi nieta, lo mato! —rezongó entonces Miquel en voz baja.

2

La calle Pelayo estaba abarrotada, como cualquier sábado.

La diferencia era que, empujando un cochecito de bebé, la gente se apartaba sin el menor problema, como las aguas del Mar Rojo ante el genio de Moisés.

Tampoco es que caminaran mucho rato seguido.

Patro se detenía a cada paso.

—¿Has visto qué tresillo más bonito?

—Sí.

—Y moderno, ¿verdad?

—Mucho.

Mirada.

—¿Te gusta o no?

—¡Que sí, mujer!

—Es que lo dices como para quedar bien.

—¿Vas a comprarlo?

—No.

—Pues entonces...

—Que no vaya a comprarlo no significa que no me guste, ni que no pueda imaginarlo en nuestra sala. Y poder comprarlo, podríamos. Ni que fuéramos pobres.

Un comedor entero, «estilo Chippendale», en nogal o roble, costaba nueve mil seiscientas pesetas. Eso anunciaba el escaparate, además del susodicho tresillo.

—Tampoco somos tan ricos como para comprarlo teniendo ya uno —objetó Miquel.

—Si nos ponemos a hablar de eso... ¿Tú has visto cómo está el pobre?

—Viejo, pero cómodo.

—¿A ti te gusta, Raquel? —le preguntó Patro a su hija, que viajaba de cara a ellos tan despierta como seria.

La niña agitó los brazos, como si la entendiera.

—¡Gracias, tesoro! —asintió su madre.

Siguieron caminando.

Iban por la acera tumultuosa, la de las tiendas y los grandes almacenes. Nadie lo hacía por la otra, prácticamente vacía salvo por el tránsito acelerado de los que tenían prisa. La larga pared llena de anuncios presidía el tramo que iba desde la calle Balmes hasta la plaza de Cataluña, a la espera de que, algún día, alguna constructora aprovechara el espacio.

Al pasar por delante de *La Vanguardia*, Miquel miró las distintas hojas del periódico del día abiertas en el escaparate. No se acercó a curiosear, aunque ni siquiera había salido a la calle por la mañana para hacerse con un ejemplar. Si encontraba alguna noticia interesante, se pasaría dos o tres minutos leyéndola, como hacían algunos caminantes ociosos, y Patro se enfurruñaría.

Por un momento pensó en Agustín Mainat, al que había salvado en abril del año anterior de su falsa acusación de asesinato.

Podía entrar a saludarle.

No, mejor no.

Tarde de sábado. A falta de cine, paseo.

«Ver escaparates.»

—¡Qué cortinas! —Patro volvió a detenerse.

Miquel la observó a ella en lugar de a las cortinas.

Le encantaba verla feliz.

Tan niña...

—Preciosas. —Quiso quedar bien.

—Y sobre todo es que dan mucha luz, ¿verdad? Porque las nuestras...

—Cuando nos toque la lotería, cambiamos la casa de arriba abajo.

—Pero si tú nunca juegas, que no crees en la suerte.

—Esta Navidad jugaremos —le prometió.

Patro le miró con aire de sospecha.

—Estás tú muy raro hoy.

—¿Yo? —No podía creerlo—. Si discuto, porque discuto. Si me pongo irónico, malo. Si te digo que sí, resulta que estoy raro...

—Dime qué le contabas a Raquel —le sorprendió.

—¿Qué quieres que le contase? Le decía que era muy guapa y cosas así.

—Ya.

—Patro...

—Si es que eres un padrazo. —Se agarró más a su brazo. Un padrazo.

Y un marido de vida tranquila. Al menos los últimos tres meses, desde el lío de marzo, el del asesinato de Pere Humet y el caso de los gemelos Piñol.

Con Raquel en su vida, ojalá no hubiera más problemas, ni investigaciones forzadas, ni el pasado llamando a su puerta.

Siguieron caminando hasta llegar a la siguiente tienda.

—¡Fíjate qué vestido!

Patro casi pegó la nariz al escaparate.

Más que un vestido, era un lujo. Como para llevarlo yendo a tomar un café al Salón Rosa o a lucirlo al Sandor.

—Tú te pones eso y me da un infarto —dijo Miquel.

—Sí, ya, con la barriga que me ha quedado después de dar a luz.

—¿Quieres que te diga que estás mejor que nunca?

—Pues sí, mira. —Se puso triste.

—¿Todavía con depresión posparto?

Dejó atrás el vestido, el escaparate, volvió a colgarse de su brazo y se acercó a él para decirle al oído:

—Para depresión la tuya con la cuarentena.

—No te rías.

—¡Que no me río! —dijo conteniendo las ganas de hacerlo.

—Que fueron cuarenta días, cielo.

—Pero te aliviaba —dijo ella aún más bajo, rozándole la oreja con los labios.

—No es lo mismo, aunque se agradece.

—Mira que te gusta, ¿eh? —siguió cada vez con más intención.

Miquel no supo si hablaba en serio o no.

Pero sí, hablaba en serio, en mitad de la calle Pelayo y con Raquel atenta.

—¿Qué quieres? —Pareció disculparse—. Lo había olvidado. Quimeta estuvo cinco años enferma, desde el 34, y después de renacer tras los ocho años y medio prisionero...

—Perdona, sólo bromeaba —se excusó ella.

—Alguna ventaja tiene que tener el matrimonio, digo yo.

—Mi fiera...

—Un día nos detendrán por escándalo público.

—Lo guardaré para casa. —Patro le guiñó un ojo—. Pero a este paso le regalaremos un hermanito a Raquel antes de darnos cuenta.

Miquel se puso pálido.

—¿Tú crees?

—Estás hecho un Tarzán.

—Va, cállate, Jane.

Caminaban por delante de los almacenes Capitol, llamados así desde 1940, porque antes eran los almacenes Alemanes. Lo normal era que Patro se detuviera de nuevo.

Esta vez hizo algo más.

—¿Te importa que entre a ver una cosa mientras me esperas aquí? Así iré más rápida.

—¿Qué quieres ver?

—No, nada. Unos precios.

—¿Cuánto tardarás?

—Poco, cinco minutos.

Cinco minutos en plena calle, a pesar del buen tiempo, con un bebé...

—¿Y por qué no te acompaño? —vaciló.

—Porque moverse ahí dentro con el cochecito puede ser complicado, y porque hace calor y ella está mejor aquí fuera.

Convincente.

—Va, no tardes.

Se quedó solo.

Junto a la puerta, pegado al cristal, disimulando lo mejor que pudo, poniendo cara de despiste.

Frente a él, las hormigas humanas se movían a distintas velocidades. Unas a la carrera, otras despacio. No chocaban entre sí. No tenían antenas pero se esquivaban. Un puro movimiento armónico. Algunas personas sonreían. La mayoría no. Y nunca sabía si las que no lo hacían era porque no tenían motivos para reír o si es que, sencillamente, eran poco propensas a la felicidad. Había habido una guerra. Después de doce años, allí pervivían los residuos de la catástrofe. La mayoría de las casas lloraban a algún muerto. Las heridas cicatrizaban despacio, tan despacio que a veces se abrían solas. Bastaba una palabra, un gesto, un momento, y la desesperación reaparecía. ¿Cuántas personas asesinadas impunemente esperaban en los montes y las cunetas de España una justicia que quizá tardase mucho en llegar? ¿Cuántos muertos sin contar, junto a tapias de cementerios o en fosas comunes, aguardaban la luz de una nueva historia? Pero si incluso él, un residuo, había vuelto a la vida, ¿por qué no creer que todos podían hacerlo? ¿Olvidando? No. ¿Perdonando?

Miquel apretó los puños.

La nube de hormigas humanas se agigantó ante sus ojos.

—Habrá mucho que hacer cuando muera Franco —se dijo en voz baja antes de mirar a su hija y agregar—: Y te tocará a ti, pequeña. De eso estoy seguro, aunque no sé cuándo será.

El 7 de junio, apenas unos días antes, el generalísimo Franco había inspeccionado las obras del Instituto Nacional de Colonizaciones, en Badajoz. Después de inaugurar una presa y visitar tres nuevos pueblos nacidos a su amparo, al entregar los títulos de las casas a cinco mil novecientas una familias había pronunciado un discurso loando las inversiones del gobierno frente a las críticas que seguían llegando del extranjero. Entonces gritó una de sus memorables frases para la historia, aunque no era ni mucho menos suya: «¡Insultad y ladrad, pues galopamos!».

Así que «galopaban».

—La madre que lo parió... —masculló Miquel.

De pronto la gente se detuvo, como si la calle se hubiera colapsado de golpe llegando a un punto de saturación sin retorno. Creía que, estando en pleno apogeo la Feria de Muestras, el personal estaría en Montjuich. Pero no. Había gente para todo.

De la nada, surgió una anciana.

Como todas las ancianas de posguerra, enlutada, menguada, surcada por miles de arrugas forjadas en el tiempo.

—¡Qué bonita! —Se quedó prendada de Raquel.

Miquel rezó para que Patro apareciera ya.

No fue el caso.

—¿Qué tiempo tiene? —le preguntó la mujer.

—Tres meses. —Se vio obligado a comportarse correctamente.

La anciana se inclinó más sobre el cochecito.

—¡Preciosa! —exclamó de pronto—. ¡A-cuchi-cuchi-cuchi!

Lo peor fue que Raquel se echó a reír.

Miquel la miró como si fuese una traidora.

Llegó la frase que más temía.

—Ah, si no fuera por los abuelos, ¿verdad?

La fulminó con ojos de vengador justiciero, pero la mujer ni se enteró. La gente volvió a moverse, superado el momento de la parálisis. Por suerte también reapareció Patro a su lado, igual que un ángel salvador. Lo primero que hizo fue lo natural: colgarse otra vez de su brazo, como hacían las esposas atentas.

—Ya está, ¡vamos!

Miquel empujó el cochecito, saludó con la cabeza a la anciana y los tres se sumergieron de nuevo en el caudal humano que fluía con rumbo de paseo por la popular arteria consumista.

—¿Una pesada?

—Sí.

—¿Nos vamos a tomar un chocolate a la calle Petritxol?

—Perfecto —dijo acelerando un poco el paso para salir de aquel agobio cuanto antes.

3

La tarde, en el fondo, estaba siendo perfecta.

El chocolate, buenísimo. Tanto que había repetido. Raquel, calladita, sin llorar. Por nada. Una santa. Salvo una siestecita en la granja en la que habían entrado, después de que Patro le diera el pecho metida en el lavabo, el resto como siempre: ojos enormes y abiertos, mirándolo todo. El miedo de que se pasara las noches en vela, con ella llorando, había desaparecido a los pocos días.

La vida, a veces, incluso en el purgatorio de una dictadura, podía llegar a ser perfecta.

O casi.

Regresaban a casa al paso, disfrutando de la buena temperatura de fines de una primavera que preludiaba un verano caluroso. No era tarde, pero la gente empezaba ya a recogerse. Patro se detuvo en la puerta del cine Capitol para mirar los carteles. Proyectaban *La hora radiante*, con Joan Crawford y Melvyn Douglas, y *La espía de Castilla*, con Jeanette MacDonald y Allan Jones.

—No me gusta Melvyn Douglas —comentó.

—Pues bien que te reíste con él en *Ninotchka* —le recordó Miquel.

—Me reí con la Garbo. Él es bastante cáustico.

—¡Huy, cáustico!

Patro le dio un codazo. Siguió mirando los carteles. Para el lunes se anunciaba un «sensacional acontecimiento»: el pase de

Mando siniestro, protagonizada por Walter Pidgeon y John Wayne, con *Las cuatro plumas* de complemento. *Mando siniestro* venía respaldada con frases del tipo «Luchas desenfrenadas», «Inquietud delirante», «La guerra de Secesión americana deja un rastro de fuego, crímenes y odios»...

A Miquel se le revolvió el estómago.

No por las enfáticas palabras tipo «delirante» o «desenfrenadas», sino por lo de que la guerra de Secesión americana había dejado un rastro de «fuego, crímenes y odios».

¿Sólo ella?

Se le ensombreció el semblante.

—Anda, vamos. —Tiró de su mujer.

—Sí, total no vamos a verlas. —Patro suspiró.

—Colocamos a Raquel sobre la mesa y la miramos a ella mientras escuchamos la radio.

—Pues bien divertida es cuando pone esas caras tan graciosas.

—Te quiero. —Fue lo único que se le ocurrió decirle.

—Más te vale. —Se apretó más contra él.

Caminaron en silencio un buen trecho. Cruzaron la plaza de Cataluña en diagonal y enfilaron la calle Caspe. Fue al pasar por delante de Radio Barcelona cuando ella volvió a hablar.

—Miquel.

—¿Sí?

—No hemos comentado nada sobre la carta de tu hermano.

—¿Y qué quieres comentar?

—No sé. La leíste, te alegraste de que estuviera bien, y eso fue todo.

—Tampoco hay mucho que decir.

—Te pedía que te reunieras con él, que abandonaras España para comenzar de nuevo en México.

Miquel tardó en responder. La carta había llegado apenas una semana antes. La correspondencia con su hermano, ahora, era más regular. No lo veía desde aquel día de enero de 1939, lunes 23, en la escalera de la casa de la calle Córcega, cuando Vicens fue a buscarle para que huyeran juntos hacia la frontera y él le dijo que no, que Quimeta no resistiría el viaje, y que prefería acompañarla en sus últimos días, aunque el precio fuese la muerte al caer Barcelona.

Vicens vivía libre y feliz, con la vida rehecha, en México.

¿Y él?

También era feliz, y seguía vivo, aunque no fuese libre.

—¿Te ves a ti, a Raquel y a mí embarcándonos hacia una aventura incierta? —Se dirigió a Patro.

—No sé —vaciló ella—. Es la misma lengua, pero un país muy distinto, al menos por lo que se ve en las películas. Y tú eres tan catalán...

—Si sólo fuera por eso...

—No, claro.

—Para bien o para mal, tenemos una vida aquí. —Fue sincero—. Soy demasiado mayor para irme a otra parte. Y es cierto que lamento que nuestra hija crezca en una dictadura, pero sé que no va a durar cien años.

—Yo también prefiero quedarme —musitó Patro en voz baja.

—Pues ya está.

—Y no nos dejarían salir, tendríamos que pasar a Francia. Por más dinero que nos mandase tu hermano... Claro que vendiendo la mercería...

—No pienses en ello, va. Tengo el chocolate muy bien asentado en el estómago.

Dieron unos pasos más.

A Vicens le había ido mal al comienzo. Luego, ya no. La pléyade de intelectuales españoles que había emigrado se estaba haciendo notar allí. Un plus inesperado para México. Una pérdida irreparable para España. Los intelectuales de derechas, adictos al régimen, no eran más que unos fascistas de cuello duro.

Sí, el chocolate se le agitó en el estómago.

Sólo le faltó ver la cara del Generalísimo, impresa en una pared, con el yugo y las flechas a un lado y los consabidos lemas «¡Arriba España!» y «¡Viva Franco!».

Quizá México no fuera tan malo.

Si no fuera tan mayor...

Pasaban por delante de una pequeña y atiborrada bodega. El olor a vino llegaba hasta la calle porque la puerta estaba abierta de par en par. Y era fuerte, muy fuerte. Miquel miró hacia el interior preguntándose cómo una persona podía trabajar allí todo el día sin salir ebrio. El bodeguero atendía a un cliente, hablaba y reía a gritos.

Miquel observó al cliente.

Ahora sí, el chocolate acabó de agitársele en el estómago.

También lo hizo su mente.

Vértigo.

Una espiral alucinada se la volvió del revés.

Siguió caminando sin darse cuenta.

Luego se detuvo.

—Espera.

—¿Qué pasa?

—Ahora vuelvo.

—¿Pero adónde vas?

No le contestó. Retrocedió los tres pasos de más que había dado, hasta situarse de nuevo frente a la puerta. Ni siquiera disimuló fingiendo otra cosa. El bodeguero y el cliente estaban enfrascados en su charla. No repararon en él.

Miquel taladró al hombre con una mirada tensa.

Acerada.

Cargada de sensaciones a flor de piel.

¿Y si sólo se parecía?

¿Y si...?

Patro esperaba. Raquel esperaba. A tres pasos estaba su mundo.

Y, sin embargo, una vez más, reaparecía el pasado.

El horror.

El horror en forma de monstruo.

Parecía un pasmarote, una estatua de sal. Tuvo que reaccionar cuando el bodeguero le palmeó la espalda al hombre y éste enfiló la puerta.

Miquel se apartó de ella.

Entonces le llegó la confirmación.

La voz del bodeguero diciendo:

—¡Hala, señor Andrada, con Dios, y que lo disfrute!

Señor Andrada.

Se le quedó el cuerpo muy frío.

Helado.

El hombre salió al exterior, pasó junto a Miquel. Ni le miró. Llevaba una botella envuelta en papel de periódico bajo el brazo. Echó a andar en dirección a Patro. A ella sí le lanzó una distraída mirada, la rebasó y eso fue todo.

Miquel seguía paralizado.

Tanto que fue Patro la que se acercó a él empujando el cochecito de Raquel.

—¿Qué te pasa? —Se asustó—. Parece que hayas visto a un fantasma. Estás pálido.

Le costó hablar.

Le dolía el pecho.

Le estallaba la mente.

—Ese hombre... —balbuceó.

—¿Cuál? ¿El que acaba de pasar? —Patro volvió la cabeza viendo cómo se alejaba calle arriba.

—Sí —jadeó él.

—¿Quién es?

Entonces se lo dijo.

Exactamente como lo sentía.

Como lo había sentido ya entonces.

—El único hombre al que detuve una vez y quise matar yo mismo, Patro. Con mis propias manos.

4

No había podido contárselo en plena calle. Tuvo que esperar. El vértigo, el chocolate alterado, la cabeza dándole vueltas, las piernas convertidas en gelatina, el pecho atravesado por aquella punzada...

Sentado en la butaca, todavía con la chaqueta puesta, Miquel miraba al vacío cuando Patro reapareció.

—Está dormidita —le dijo. Y se acomodó en su regazo para poder abrazarle—. ¿Peso?

—No, no, ya sabes que me gusta.

—Va, cuéntamelo.

—No es agradable.

—No tengo quince años.

—Y está Raquel.

—¿Qué tiene que ver Raquel con esto, sea lo que sea? —se extrañó ella.

—Tiene que ver con niños, cielo. —Tragó saliva.

—¿Tan fuerte es? —Se puso seria.

—Sí.

Le besó en la frente. Luego en la nariz y, finalmente, en los labios. No fueron besos que esperasen una respuesta apasionada. Sólo una muestra de cariño y confianza, solidaridad y compromiso. Miquel se sintió en paz. Por lo menos con la suficiente paz para enfrentarse al pasado y sus recuerdos.

Tomó aire.

—Era cura antes de la guerra —empezó diciendo—. Servía

en una parroquia de Barcelona y trabajaba en un orfanato, como tantos otros. No hubiera pasado nada de no ser porque un día se suicidó un niño.

—¿Un niño? —le interrumpió Patro como si algo así le resultase imposible de creer.

—Sí —asintió Miquel—. Creo que tenía once o doce años. En la carta que dejó escrita decía que si Dios lo sabía y no hacía nada, era un mal Dios, y si no lo sabía, eso significaba que de omnipresente tenía muy poco. Así que, fuese como fuese, todo era mentira. Luego escribió que no lo soportaba más y que estaba harto, cansado...

—Pobrecillo —suspiró Patro.

—Era un suicidio, y muy claro. Pero yo me hice preguntas. ¿Qué era lo que Dios tenía que saber? Empecé a indagar y descubrí que otros chicos de ese mismo lugar estaban aterrorizados. Ninguno quería hablar. Les preguntaba y me miraban con pánico, movían la cabeza de un lado a otro, con los ojos muy abiertos. Temblaban. Era tal su estado, individual y colectivo, que me asusté más y más. Finalmente conseguí que uno hablara y me lo contó. El padre Andrada les hacía de todo, y les pedía que se lo hicieran a él.

—¿Te refieres a...? —No pudo terminar la pregunta.

—Sexo, sí. —Fue claro.

—¡Madre mía! —se estremeció Patro.

—Cuando registramos su dormitorio... —Hizo un esfuerzo para seguir—. Aquello era Sodoma y Gomorra en versión reducida, cariño. Ese hombre llevaba cometiendo sus aberraciones desde hacía años, impunemente. Tenía fotografías, artilugios inconfesables... Era un puro horror, cruel, descarnado, asqueroso. —Tomó aire—. ¡No te imaginas a cuántos niños destrozó la vida! ¡Eran decenas! ¡Decenas! Cuando le detuve... ¿Sabes qué me dijo?

—¿Pidió perdón?

—¡Me miró a los ojos y me dijo que si Dios le había hecho así, era por algo, y que estaba seguro de que su paso por la vida de esos niños tenía algún sentido superior a nosotros mismos!

—¿En serio tuvo el valor de decirte eso?

—¡Como si tal cosa! ¡Sin ningún remordimiento, sin culpa, sin la menor contrición! ¡Se sentía..., no sé, superior! ¡Un completo demente, paranoico, loco, como quieras llamarle! Yo le miraba alucinado, consternado ante aquella impasibilidad. Entonces le dije que en la cárcel recibiría numerosas caricias de los demás presos, y que no serían niños como aquellos a los que había destrozado, sino hombres hechos y derechos. ¿Te cuento lo que me contestó? —No esperó a que Patro hablara—. ¡Me dijo que un día saldría libre y yo ya no estaría allí para detenerle!

—¿Te desafió?

—Más que sus palabras, lo que me asustó, lo que me sacó de quicio, fue su expresión. Jamás olvidaré sus ojos, el tono frío de su voz, la forma en que lo dijo, la amenaza que para tantos niños del futuro escondía esa especie de promesa. Cariño, entonces yo...

—¿Qué hiciste? —Patro se asustó al verle tan consternado.

—Era policía, un buen policía, siempre del lado de la ley...

—¡Lo sé, lo sé! ¿Qué pasó?

Miquel la miró fijamente.

—Saqué mi pistola, se la puse en la frente, rocé el gatillo con mi dedo...

—Dios..., Miquel...

—Ni pestañeó. Siguió desafiándome con los ojos, la serenidad de su porte, esa especie de estatus que le daba la sotana... Supongo que sabía que no apretaría ese gatillo. ¡Lo sabía! Pero yo estuve muy cerca, Patro. Muy cerca. Realmente quería matarle, acabar con lo que representaba, por el niño muerto, por los muchos a los que había destrozado la vida y los que vaticinaba que seguiría acosando algún día. Rocé ese gatillo, escuché el estruendo del disparo en mi cabeza, vi cómo reventaba la suya... ¡Aún no sé lo que me detuvo!

—Tu cordura.

—¿Sabes? —Le cogió las manos—. Nunca he sentido nada parecido en mi vida. Nunca. Ni el día que maté a aquel hombre en enero del 39, porque entonces ni me lo pensé y además estábamos en guerra. Pero con Laureano Andrada...

—Mantuvo la angustia—. Jamás olvidaré ese momento, ese maldito instante. Por más que trate de explicártelo es imposible que te hagas una idea...

—Me la hago. Soy tu mujer y te conozco. —Quiso dejarlo claro—. ¿Le encerraste?

—Sí, por supuesto. Las pruebas eran abrumadoras. Ya detenido, los niños hablaron en cadena, y lo que contaron...

—¿Cuándo fue eso?

—A comienzos de 1936.

—¿Y cómo es que ahora está libre? Sólo han pasado quince años —se extrañó.

—Ni idea. Pero era sacerdote, y aunque creo que lo trasladaron a otro sitio... Eso fue entonces. ¿Acaso no han ganado la guerra ellos?

—¿Crees que lo indultaron o algo así?

—No lo sé —reconoció—. Ya has visto que iba de paisano.

—¿Y si no era él?

—El bodeguero lo ha llamado por su apellido: señor Andrada. Era él, Patro. ¡Vaya si lo era!

—Quizá tuviera un hermano.

—Tengo el caso aquí. —Se llevó un dedo a la frente—. Laureano Andrada tenía únicamente una hermana, algo más joven. Es él, es él...

—Bueno, cálmate. —Le presionó las manos, temerosa de que fuera a darle algo.

—¿Que me calme? —La cubrió con una mirada absorta—. ¿Cómo quieres que me calme con esa bestia suelta?

—Igual se ha redimido.

—¡Esa gente no se redime! ¡Lo lleva dentro, en la sangre! ¡No hay violador o pederasta que renuncie a su deseo, lo sé muy bien! Puede que estén enfermos, de acuerdo, pero el daño que hacen es... monstruoso. Cariño, hay dos tipos de delincuentes que no tienen arreglo, y son los de esa calaña, porque no es cosa de reinsertarlos y ya está. Es imposible. Pueden estar encerrados diez, quince, veinte años, da lo mismo. Cuando salen, repiten. No pueden evitarlo. El violador ve una mujer y pierde el norte, espera su oportunidad y ataca. El pederasta es más sibilino, utiliza su poder, pero actúa igual: ve un niño y se olvida de todo salvo de su infame deseo. Además, lo tiene más fácil. Colegios, piscinas... Si encima trabaja con niños, o se escuda en una sotana...

Estaba fuera de sí, y era consciente de ello.

Se agitaba, hablaba, gritaba.

Patro no supo qué hacer.

Sólo dejar que lo soltara todo.

—¿Crees que ese hombre...?

Miquel apoyó la cabeza en el respaldo de la butaca. Cerró los ojos por primera vez en mucho rato. Seguía tenso, pero contarlo le había servido para expiar sus recuerdos.

La pregunta de Patro flotaba en el aire.

—Nunca cambian, nunca —exhaló él agotado.

—Va, ya pasó.

Miquel volvió a abrir los ojos.

La miró con el ceño fruncido.

—Patro, tenemos una hija —protestó—. ¿Cómo pretendes que me calme? ¿Quieres que dentro de diez años alguien le haga daño?

—Ay, cállate. —Se estremeció.

—Pues eso es lo que tal vez esté haciéndole hoy ese hombre a un niño que hace diez años tenía unos padres ingenuos como tú y como yo. —Fue muy directo.

A ella se le humedecieron los ojos.

—No digas eso —suplicó.

—¿He de contarte a ti lo malo y perversamente enrevesado que es el mundo y algunas personas que viven en él?

—No. —Bajó la cabeza.

Posiblemente fuese la primera vez que Miquel le recordaba su pasado.

La guerra, el hambre, la prostitución...

—¿Cuántos locos, asquerosos, maníacos y desviados sexuales te pedían cosas...?

Patro se le echó encima y le tapó la boca con un beso.

Un beso largo, entregado y denso, más fiero que apasionado.

Miquel lo entendió.

¿Por qué acababa de decir aquello?

La abrazó y correspondió a su beso, pero de forma más dulce y tierna, sosegada, hasta conseguir que se calmara.

También lo hizo él.

Un poco.

Suficiente.

—Perdona —susurró sin dejar de besarla.

Siguieron así, en la butaca, mucho rato.

Día 2

Domingo, 17 de junio de 1951

5

No quería, pero allí estaba.

No era su intención, o tal vez sí, pero nada más salir de casa sus pasos se habían encaminado a la maldita bodega.

Abierta, pese a ser domingo.

Con el bodeguero en su lugar y el olor a vino impregnando la calle.

Miquel se quedó mirando aquella puerta, los viejos toneles amontonados al fondo, las botellas alineadas en los estantes de la pared de la derecha, el castigado mostrador de madera añeja, la leve luminosidad que lo impregnaba todo con su aire de melancolía.

Una voz le decía: «No lo hagas».

Otra le pedía dar el paso.

Aliviarse o... todo lo contrario.

Era Laureano Andrada, sí, ¿y qué?

Él ni siquiera era ya el policía de antaño.

La voz que le pedía que diera marcha atrás y regresara a casa volvió a hablarle: «Piensa en Raquel. Ya basta de líos. Demasiados desde tu vuelta. No juegues más a ser lo que fuiste y ya no eres».

Pero ¿cómo olvidar al inspector que fue?

¿Cómo olvidar el día en que estuvo a punto de apretar el gatillo y matar al único delincuente al que había aborrecido, odiado a lo largo de su vida?

«Los pederastas, como los violadores, jamás se curan.

Lo llevan en la sangre. Repiten y repiten siempre sus esquemas.»

Laureano Andrada estaba libre.

Él mismo se lo dijo al detenerle: «Un día saldré libre, y usted no estará aquí para volver a encerrarme».

Hijo de puta...

Miquel cruzó aquel umbral.

El olor a vino, aún más fuerte, le saturó.

El bodeguero reaccionó con amabilidad, sonrisa en ristre, gesto de buen vendedor.

—¡Buenos días, caballero! ¿En qué puedo servirle?

Ni siquiera estaba preparado. Tuvo que hacer un esfuerzo para que su voz sonase exenta de imposturas y pareciera normal.

—Pues verá usted, y perdone la molestia, pero es que ayer pasé por aquí delante y me pareció ver a un viejo amigo al que había perdido la pista hacía años. Iba acompañado, con mi mujer y mi hija. Llevábamos algo de prisa y no pude detenerme, así que me quedé con las ganas de saludarlo, cosa que lamento. Sin embargo, me fijé en que usted le llamaba por su apellido, como si le conociera.

—Todos mis clientes son buenos amigos —se jactó el bodeguero—. El trato amable es parte de un buen negocio. ¿Cómo se llamaba su conocido?

—Laureano Andrada.

—¡Claro, el señor Andrada! —Unió las dos manos a la altura del pecho y acentuó la sonrisa—. Sí, sí, un excelente cliente y una estupenda persona, ¡de las que quedan pocas! Viene a menudo por aquí, a por su botellita de moscatel, que lo tengo del mejor, se lo aseguro.

—Vaya, vaya —fingió Miquel—. Me llevo una alegría, porque le perdí el rastro después de la guerra.

—Ya ve usted.

—Se habrá casado, digo yo.

—No, eso sí puedo decírselo. Alguna vez lo ha comentado. Su botellita de moscatel y poco más. Es una persona muy seria, centrada. Vamos, todo un señor. —Se le acercó un poco para decirle en voz menos aguda—: A veces he bromeado con presentarle a mi cuñada, que es viuda, pero muy mujer y muy discreta, ¿eh?

—¿Sabe dónde vive?

—Pues eso no, pero imagino que será por aquí cerca. En cambio sí sé dónde trabaja, porque hablamos de ello hace unos días. Es maestro en la Escuela Tarridas. Le pedí si podía recomendar a mi hijo, que es un poco trasto y va a una que no acaba de meterle en vereda.

—¿Maestro? —Tragó saliva.

—Sí, sí, y seguro que es de los buenos. Basta hablar con él un poco para darse cuenta de que es una persona muy culta, de las que se hacen escuchar. Tiene mucho don de gentes.

A Miquel le crujió el estómago, como ya lo había hecho la noche anterior.

Don de gentes.

Laureano Andrada seguía trabajando con niños.

Libre.

—Cuando le conocí no era maestro. Es toda una sorpresa. ¡El bueno de Laureano dando clases! ¡Quién lo iba a decir! No me imagino de qué.

—Me comentó que hacía un poco de todo, religión, ciencias... Lo que le digo: es una persona muy culta.

Hora de retirarse.

—Le agradezco mucho la información, de verdad.

—¿Quiere que le diga algo cuando vuelva por aquí? —se ofreció el bodeguero.

—No, no, muy amable. Ahora ya sé dónde localizarle.

—Seguro que se alegra de volver a verle.

—Seguro.

—¿No quiere una botellita de vino, coñac, anís...?

—Ahora no, gracias. Pero tomo nota.

37

—A su servicio, señor.

Salió al exterior, tan azorado por lo que acababa de escuchar como mareado por el alcohol que flotaba en el ambiente. En la puerta se cruzó con dos mujeres parlanchinas que hablaban como si estuvieran solas en el mundo.

—¡Mejor comprar la bebida para la verbena ahora que esperar al último momento!

—¡Pues si mi Eusebio se emborracha como el año pasado...!

Sus risas le acompañaron unos pasos, mientras se alejaba de la bodega.

Una inesperada puerta de retorno al pasado.

Miró calle arriba y calle abajo. La Escuela Tarridas no estaba cerca, pero tampoco muy lejos. La conocía. Un paseo. Un paseo envuelto en los pensamientos que le asediaban y la furia que sentía.

«Un día saldré libre, y usted no estará aquí para volver a encerrarme.»

Era domingo, así que la escuela estaría cerrada, y sin embargo...

Siguió andando. Necesitaba hacerlo. El día era agradable. Le había dicho a Patro que se iba a tomar algo al bar de Ramón. Si tardaba, no pasaba nada. Bastaría con decirle que Ramón tenía el día hablador, algo de lo más habitual. Desde que el Barcelona había ganado la Copa del Generalísimo unos días antes, con Kubala de estrella, Ramón todavía estaba más hablador, exultante y pletórico.

El bueno de Ramón.

Caminó casi de manera maquinal, con el piloto automático puesto. Como cualquier domingo, muchas personas salían de misa. Si había algo en abundancia además de bares, eran iglesias. Hombres y mujeres engalanados para el paseo dominical, niños y niñas de punta en blanco. Las terrazas también se llenaban de los que podían permitirse un buen vermut. Los domingos la gente sonreía más. O al menos lo hacía allí, en el centro. Otra cosa era el Somorrostro, la ladera de Montjuich llena de barracas o los barrios más pobres y extremos. Barcelona era un reflejo de la nueva España, con las diferencias entre los que podían y los que no, la en apariencia pujante clase media que sacaba la cabeza después de los años de penuria y la clase más baja que jamás lo conseguiría, porque llevaba el estigma de su condición.

No era lo mismo pasear con Patro del brazo, y ahora con Raquel y su cochecito, que hacerlo solo.

Solo y cargado de angustia y resentimiento.

Después de encerrar a Laureano Andrada no se había olvidado de él. Quizá esperase que, en la cárcel, alguno de los presos lo asesinara, como solía hacerse con los reos de delitos sexuales. Aquello, de todas formas, apenas si duró unos meses. El estallido de la guerra en julio acabó con todo lo demás. Bastante era sobrevivir.

¿Habían liberado a Andrada los nacionales al entrar en Barcelona, sin tener en cuenta los cargos que le condujeron a la cárcel?

Los curas se ayudaban entre sí, claro.

Llegó a la Escuela Tarridas veinte minutos después. Era un edificio solemne, gris, con cinco escalones frente a la puerta principal. Tenía tres plantas y una iglesia adosada. El silencio que la envolvía contrastaba con el tintineo del paso del tranvía por delante y el bullicio de unos chicos que jugaban al fútbol en el parque.

De acuerdo, ¿y ahora qué?

No tenía ninguna respuesta.

Nada, salvo regresar a casa y pasar un domingo apacible y tranquilo con Patro y con Raquel. Escuchar la radio, comer, dar otro paseo por la tarde, hablar...

Disimular.

Miquel ya sabía que Laureano Andrada había vuelto a su vida, para no salir. Y que hiciera lo que hiciese, lo más seguro es que le pesara en el alma.

Desanduvo lo andado y, con el mismo paso y la cabeza baja, mirando el suelo, envuelto en la tormenta de sus pensamientos, volvió a su pequeño mundo, ahora alterado por la presencia de aquel terremoto.

6

Volvía a mirar a Raquel.

Esta vez no le hablaba; la niña dormía seráficamente.

Le bastaba con verla.

Debía de llevar allí, sentado en la cama, junto a la cuna, quince o veinte minutos. No le extrañó que, de pronto, en el silencio, Patro apareciera por detrás y le rodeara con los brazos.

Le besó la cabeza, en la coronilla cada vez más libre de cabello.

—Hola —le susurró ella.

—Hola —la correspondió él.

—Estás muy callado.

—Sí.

—¿Es por ese hombre?

¿Cómo ocultárselo? No tenía sentido mentirle.

Formaban algo más que un matrimonio.

—Sí —admitió.

—El paseo de esta mañana...

Al llegar no le había preguntado nada. Pero no era tonta. Ya nadie le conocía mejor que ella. Posiblemente ninguna otra persona le había conocido tan bien jamás, salvo Quimeta. A veces creía tenerla incrustada en su mente.

—He ido a esa bodega a preguntar, sí.

—Miquel...

—Lo siento.

—Si es que cuando se te mete algo en la cabeza...

—¿Y qué quieres que le haga?

—¿Qué has averiguado?

—Que es maestro y da clases en una escuela.

Patro dejó de abrazarle por detrás y se sentó a su lado, para verle la cara. Hablaban en voz baja, aunque a Raquel no la habría despertado ni un bombardeo.

—¿Cómo es posible? —musitó.

—No lo sé, cariño.

—Se habrá reinsertado, digo yo.

—Aunque fuera así, que sé que no lo es, es como darle una cerilla a un pirómano. ¿Por qué crees que me siento como me siento?

—¿Estás seguro de que sigue haciéndolo?

—Sí, lo estoy. —Fue contundente.

Patro temió hacer la pregunta.

Miquel sabía cuál era, mucho antes de escucharla.

—¿Y qué vas a hacer?

Llevaba todo el tiempo pensándolo.

Y no tenía respuesta.

—No lo sé.

—Ve a ver a ese comisario, el que por lo menos te respetó en abril del año pasado, cuando el lío aquel de la espía rusa y el asesinato del diplomático. No diré que seáis amigos, pero...

—No, de amigos nada; aunque sí, fue distinto a su predecesor.

—Bueno, pues habla con él.

—¿Y qué le digo? ¿Que detuve a Andrada en el 36 y que ahora, quince años después, está libre y trabaja con niños? No tengo ninguna prueba de que haga algo malo. Es más: si es maestro, con sus antecedentes, es porque está bien situado y tiene amigos importantes.

—¿Y si nadie sabe lo de esos antecedentes?

—Es posible que los haya ocultado tras la guerra, pero de

todas formas yo soy un ex convicto con una pena de muerte conmutada por la gracia del Generalísimo —lo pronunció con retintín—. No soy la persona más adecuada para ir por ahí denunciando nada.

Patro le pasó un brazo por encima de los hombros.

Se pegó a él.

Temblaba.

—Cuando estás así me das miedo —reconoció.

—¿Así, cómo?

—Pues en plan justiciero solitario, cuando aparece el eterno policía que llevas dentro y del que nunca te librarás. —Fue sincera.

—¿Y qué quieres que haga?

—¡De entrada, no obsesionarte!

Miquel se miró las manos. Las abrió extendiendo los dedos.

—Tenía que haberle disparado en el 36 —dijo.

—Sí, hombre, ¡y estarías preso! —se estremeció ella.

¿Cuántas veces le había dicho que ya no se imaginaba una vida sin él?

Su salvador.

¿Cuántas veces le dijo Miquel lo mismo?

—No puedo quitármelo de la cabeza —reconoció.

—¿Quieres quitártelo de la cabeza, al menos por un rato?

—¿Qué vas a...?

No hizo falta que terminara la pregunta ni que ella le contestara. Patro se puso en pie y se desabrochó la bata mientras le miraba fijamente. La dejó caer al suelo. Iba descalza. Se quedó en bragas y sujetador. Un segundo, no más. Primero hizo lo mismo con la parte superior. Después con la inferior. El parto le había dejado huellas indelebles en el vientre, pero aun así era preciosa, un verdadero deleite, un sueño hecho carne y sentimiento. Por enésima vez, Miquel apreció su suerte.

No dijo nada.

Dejó que ella le besara y empezara a desnudarle.

Raquel dormía.

Sí, al menos por un rato, podía olvidarse de Laureano Andrada.

Por un rato.

Suficiente.

Día 3

Lunes, 18 de junio de 1951

7

Cuando llegaron a la mercería, los tres, Teresina ya estaba en la tienda, tan centrada como lo había estado los últimos meses después de que él le espantara al falso novio que se había buscado. La muchacha incluso parecía diferente, menos tímida, y se estaba poniendo guapa.

A veces Miquel se sentía un poco padre de ella. Esta mañana, con la cabeza ofuscada por el trauma que suponía la reaparición de Laureano Andrada y mientras Patro le daba el pecho a Raquel en la trastienda, hasta se atrevió a preguntarle:

—¿Cómo estás de novios?

Teresina se puso roja.

—¡Ay, señor! —Se asustó.

—Tranquila. —Se encogió de hombros—. Es mera curiosidad. Sabes que ya eres como de la familia.

La chica se mordió el labio inferior.

—Bueno, hay un muchacho que me ronda y... No sé, ya veremos.

—¿Bien?

—Sí, sí.

—¿Te gusta?

—Un poco, aunque espero ver... Ya me entiende.

—Claro. Hay que estar segura. En estos tiempos que corren... En el amor, los errores se pagan.

—Si va en serio, se lo presento, señor Mascarell, descuide. Así lo juzga usted mismo.

Era una responsabilidad.

Mejor haberse callado.

Miquel metió la cabeza por la cortina y alcanzó a ver a Patro, con Raquel mamando con desespero.

—Voy al bar de Ramón —se despidió.

—¿Y luego? —Fue directa ella.

Por la mañana no habían vuelto a hablar del tema.

¿Qué podía decirle?

—No sé, ya veremos.

Esperaba una súplica que no se produjo. A Patro le bastó con mirarle a los ojos y mostrarse serenamente grave. Podía hablar a través de ellos. Y lo hizo.

Miquel se retiró.

Salió a la calle y echó a andar en dirección al bar de Ramón. La llamada que tenía que hacer por teléfono, mejor hacerla desde uno público. En la mercería, Patro le oiría.

Desde que el Fútbol Club Barcelona había ganado la Copa el 27 de mayo, sólo tres semanas antes, el bar se había convertido en un museo kubalístico. Y eso que el héroe de la final había sido César con sus dos goles. Ramón había puesto un enorme retrato de Kubala a un lado, otro de César a hombros y con la Copa en alto, y en el tercero, en medio, un gran cuadro con el equipo que había derrotado a la Real Sociedad por 3 a 0: Ramallets, Calvet, Biosca, Segarra, Gonzalvo III, Martín, Seguer, Kubala, César, Aldecoa y Nicolau. Sólo había faltado a la cita el gran Basora, «el monstruo de Colombes», apodo ganado el 6 de junio de 1949 cuando le marcó tres goles en doce minutos a la selección de Francia en su campo. Kubala había debutado ya oficialmente el 29 de abril, también en la Copa, ganando al Sevilla por 2 a 1. Luego el Barcelona se había deshecho del Tetuán y del Athletic. Un éxito precedido por el 7 a 2 contra el Real Madrid en la Liga.

Ramón estaba convencido de que, con Kubala, el Barcelona lo iba a ganar todo en los años siguientes. Un consuelo fácil bajo la dictadura.

Un gran niño feliz.

—¡Maestro!

—¿Qué tienes para desayunar? —Buscó la mesa más apartada del mostrador.

—¡Menuda cara me trae! ¿Por ser lunes? ¡Venga, hombre, que usted ya vive de rentas!

—El día que me abran un bar más cerca de casa, vas a ver tú.

—¡Ya, como que me haría el salto! ¿Dónde comería una tortilla de patatas mejor que la que hace mi parienta?

Miquel abarcó el local con la vista, comenzando por el mausoleo al barcelonismo de la pared más grande.

—Si tienes razón y el Barça lo gana todo, te van a faltar paredes.

—¡Pues amplío el bar!

—¿De dónde sacas el entusiasmo? —consiguió reírse.

—¿De dónde va a ser? ¡De ver a gente feliz como usted, y no digamos a su señora, encima ahora hecha toda una mamá! —Le guiñó un ojo—. Mire, el día menos pensado nos levantamos tiesos. ¿Ha visto eso que han inventado los americanos, la bomba H? ¡La bomba H! ¡Pero si hasta le han puesto de nombre una letra de esas que se aspiran y que los burros olvidan colocar en las palabras! ¡No me diga que no son bestias! —Hizo una pausa breve—. Mientras sigamos vivos, ¡a reír, que son dos días y, encima, uno está nublado! ¡Bastante tengo yo ahora con el verano de por medio! —Puso cara de máximo dramatismo—. ¡Todo un verano sin fútbol, oiga! ¡Un drama! ¿De qué vamos a hablar los pobres? ¡A ver si el Barça gana la Copa Teresa Herrera en La Coruña a final de mes, que ya es lo único que nos falta!

—¿Me vas a traer algo para desayunar o no?

—¡Ya va, ¡ya va! Coño, maestro...

—Eso, ve soltando tacos a gritos. —Señaló el teléfono situado en un extremo del mostrador—. Dame una ficha y la guía telefónica.

—¡Marchando, y una de tortillita de *poteitos*! —dijo en un mal inglés.

La ficha y el listín aterrizaron en la barra. No había más que dos parroquianos acodados en ella, uno con la gorra calada hasta las cejas y otro con aire somnoliento, ya mayor. En las mesas, prácticamente los de siempre a aquella hora.

Buscó el teléfono de la Escuela Tarridas. Insertó la ficha en la ranura y marcó el número.

No sentía nada.

Sólo actuaba.

Fríamente.

—Escuela Tarridas, ¿dígame?

—Buenos días, ¿podría decirme a qué hora terminan las clases por la mañana?

—A la una, señor.

—Gracias, muy amable.

Cortó la comunicación antes de que la voz femenina le preguntara algo más.

Tenía mucho tiempo, así que además de desayunar hojeó *La Vanguardia* del sábado y la *Hoja del Lunes*. En la portada de *La Vanguardia* había una fotografía del infante Juan Carlos frente a una mesa presidida por serios maestros, todos con gafas. El pie de la foto decía: «En el Instituto de San Isidro se ha examinado el infante don Juan Carlos de Borbón, primogénito de Sus Altezas Reales los Condes de Barcelona».

¿Qué haría Franco al morir? ¿Dejar a un delfín suyo, otro militar? ¿Restaurar la monarquía para fingir que quedaba en paz con la historia?

¿Otro rey para España?

¿Y si el maldito Generalísimo llegaba a los ochenta o los noventa años?

Le entró un sudor frío.

Pensó en Raquel.

Ahora, siempre pensaba en ella.

Había otra fotografía que le llamó la atención en la portada del periódico. Un hombre, desde una tribuna, presidía una especie de mitin ante miles de personas. El pie de foto rezaba: «Reunión de refugiados alemanes — Sesenta mil refugiados alemanes de la zona oriental se reúnen en Fráncfort en el primer aniversario de la constitución de la Organización de Refugiados».

Sólo eso. Ninguna explicación.

¿Refugiados?

La Segunda Guerra Mundial había terminado hacía seis años, con Europa arrasada y millones de muertos. Seis años. Y de pronto, en *La Vanguardia*, aparecía una foto hablando de una organización. ¿Sólo eran alemanes? ¿Quedaban españoles lejos de casa, viviendo la imposibilidad de regresar?

Dejó los dos periódicos y miró la hora.

Tenía un mal día.

Peor: tenía un mal presentimiento.

—Vete a casa —se dijo en voz alta.

Sabía que no lo haría.

—Olvídalo.

Menos.

—¿Quiere *El Mundo Deportivo*? —oyó la voz de Ramón.

—No.

—Claro, total, ayer sólo jugó España y empató a cero en Suecia. Ya me dirá. ¡Y eso que había cuatro del Barça!

Hora de irse. Estaba harto de fútbol.

¿Cómo se le ocurría nacer en un país, o lo que quedaba de él, donde eso parecía ser lo más importante?

Mientras caminaba en dirección a la escuela, su cabeza se llenó de las imágenes de aquellos días a comienzos del 36, durante la investigación por la muerte de aquel niño. ¿Cuánto valor, o cuánto miedo, necesitaba un pequeño de apenas doce años para quitarse la vida? Y encima, en aquella carta de despedida, hablando de Dios.

«Si Dios lo sabe y no hace nada, es un mal Dios. Si no lo

sabe, significa que de omnipresente tiene muy poco. Así que todo es mentira. No lo soporto más. Estoy harto, cansado.»

Apretó los puños.

El niño que se había suicidado había sido la punta del iceberg. Luego, los demás se desmoronaron, uno a uno, hasta revelar el horror de cada uno de sus infiernos.

Ahora, Laureano Andrada estaba libre.

Y trabajaba con niños.

¿Por qué?

«Un día saldré libre, y usted no estará aquí para volver a encerrarme.»

Aquella superioridad moral exhibida al amparo de su sotana, su nulo arrepentimiento, su seguridad... Y finalmente, al escuchar la condena del juez, sus últimas palabras:

—Dios tiene un plan para todo.

Increíble.

No le había vuelto a ver desde aquel día, en el tribunal.

Llegaba a la Escuela Tarridas. Faltaba casi una hora para la una del mediodía. Tenía tiempo de pensar más y más, asaetearse con los recuerdos, hacerse daño con el resquemor. Patro le decía a veces que para pasar el rato escribiera sus memorias, así dejaría una huella, un testimonio destinado a las generaciones futuras, y, de paso, le haría una carta de amor a Raquel.

Sus memorias.

¿Cómo iba a escribir sobre sádicos como Laureano Andrada?

Llegó a su destino y se detuvo en la acera.

Su aprensión se acentuó.

8

La salida de los alumnos era igual en todas las escuelas. Escasos gritos, muchas carreras. Los pocos que iban al paso hablaban entre sí cargando sus pesadas carteras, la mayoría viejas, seguramente heredadas de sus hermanos mayores. La Escuela Tarridas no parecía ser de las mejores, pero tampoco de las peores. No había chicas, era evidentemente masculina. Los muchachos vestían batas, aunque no todos salían a la calle con ellas. La proximidad del fin de curso, en apenas una semana, les hacía parecer más alegres.

O eso imaginó.

¿De verdad a un niño le cambiaba la cara una semana antes de las vacaciones?

Pasaron cinco minutos.

Siete.

Ya no salía ningún chico.

Miquel empezó a pensar que estaba perdiendo el tiempo, o que, a lo peor, el bodeguero le había informado mal. Quizá Andrada hubiera alardeado de algo que no era real, para hacerse notar. Siguió mirando la puerta, vacilando entre irse, seguir esperando o entrar y preguntar por su objetivo. ¿Y si estaba enfermo? ¿Y si los lunes no tenía clases? ¿Y si...?

La puerta se abrió de pronto y apareció él.

Miquel se apretó contra la pared, tratando de camuflarse en ella, aunque Laureano Andrada no miraba en su dirección. Lo más seguro era que ni le reconociese.

¿Se olvidaban las caras de los momentos álgidos de una vida con el paso de los años?

Él no le había olvidado.

Tal vez porque había cambiado poco.

Laureano Andrada bajó los escalones con cierta prisa. Luego echó a andar por la calle a buen paso, casi a la carrera, como si llegara tarde a alguna parte. Llevaba una cartera clásica de maestro en la mano izquierda. Miquel reaccionó de inmediato. Manteniendo una cómoda distancia, se situó a su espalda decidido a no perderle de vista. Eso se prolongó durante dos o tres minutos. Tuvo que acelerar cuando casi se quedó cortado en un cruce en el que el urbano cambió el sentido de la marcha inesperadamente. A los cinco minutos ya jadeaba. A los diez, sudaba.

Se acercó un poco más.

Dos calles después, Laureano Andrada llegó a otra escuela, en cuya puerta esperaba un niño de unos diez años. El pequeño, sentado en el bordillo, se levantó al verle, corrió hacia él, le abrazó y le dio un beso en la mejilla.

Luego caminaron cogidos de la mano, hablando entretenidamente.

Miquel sintió un inquietante desconcierto.

¿A plena luz?

¿Tan fácil?

Intentó acercarse más a ellos. Lo consiguió en un cruce, mientras pasaban los automóviles por delante. Se situó justo a espaldas del hombre al que estaba siguiendo. No tenía ya el mejor de los oídos, pero pudo captar algunas palabras.

—Te gustará, ya lo verás... Tú confía en mí... Y a tu madre ni una palabra...

Cada vez más tensión.

Miquel sentía el pulso acelerado.

Había detenido a muchas personas en su vida de inspector, incluso a asesinos confesos. Ninguna como Laureano Andrada.

Se le revolvió al estómago.

Reanudaron el paso, aunque ya no caminaron mucho más. Al otro lado de la calle se detuvieron en la parada del tranvía. Miquel hizo lo posible para no quedarse atrás, pero sabiendo que si Andrada volvía la cabeza y le veía, podía reconocerle. Aguzó el oído. Las siguientes palabras carecieron de sentido.

La espera se hizo interminable.

Cuando llegó el tranvía, el 47, Andrada y el niño subieron los primeros. Él lo hizo en último lugar. Pagó el billete con el importe exacto y se quedó a cierta distancia, cogido a los asideros del techo para no caerse. El niño parecía feliz, le brillaban los ojos. No daba la sensación de ser una víctima. Sin embargo, el bodeguero le había dicho que Andrada era soltero.

Intentó calmarse.

El trayecto no fue largo. Tres paradas. Bajaron en el cruce de la calle Industria con Padilla, cerca del Hospital de la Santa Cruz y San Pablo. Andrada y el niño también fueron los primeros en salir. Miquel esperó a que se apeara una señora y lo hizo después. La persecución se reanudó a pie.

Ya no fue larga.

En la misma calle Padilla, el hombre y el niño entraron en un portal.

El bodeguero también le había dicho que Andrada vivía cerca, y aquello no lo estaba precisamente.

¿Un piso secreto?

No podía pensar con claridad. No podía reflexionar. Estaba en parte agarrotado y en parte furioso. Se le aceleraba el corazón. Le costaba respirar.

¿Qué hacer?

Andrada y el niño desaparecieron al otro lado del portal.

¿Volvía a casa? ¿Se olvidaba del asunto? ¿Le seguía un par de días para conocer sus hábitos y encontrar más pruebas?

¿Y aquel niño?

Aquel niño estaba allí, era real, no podía esperar.

Acabó perdiendo la cabeza y fue tras ellos.

Cruzó el portal, atravesó el vestíbulo. Había ascensor pero oyó sus voces en la escalera. Se olvidó de toda prevención y subió los escalones de dos en dos, con el corazón en un puño y el aliento quebrándole la garganta de pura ansiedad. Los atrapó en el rellano del primer piso.

Y a partir de ese momento...

Dejó de ser él.

—¡Quieto, Andrada!

Laureano Andrada pegó un respingo. Se asustó. Volvió la cabeza y, bajo la tenue luz de la escalera, sus ojos delataron el ramalazo de miedo que acababa de atenazarle. Apretó más la mano del niño, por puro instinto, pero se quedó muy quieto.

—¿Pero qué...? —balbuceó.

Miquel le empujó con las dos manos.

—¡Se acabó, cerdo!

Entonces sí, el hombre al que había detenido quince años antes le reconoció. Casi de inmediato.

Dilató los ojos.

—¿Mascarell?

—¡Deja a ese niño en paz! —Intentó separarles.

La sorpresa de Andrada no tuvo límites. Fue a peor. Su expresión pasó del miedo al desconcierto, y de éste al pánico marcado por la forma en que se le desencajó la mandíbula.

Sucedieron dos cosas.

La primera, que la puerta más cercana se abrió a causa del tumulto y por ella asomó una mujer.

La segunda, que tanto el niño como Andrada gritaron al unísono.

—¡Tito! —exclamó el pequeño.

—¡Llama a la policía, Mati! —vociferó el hombre.

Fue en ese instante cuando Miquel comprendió su error.

Su ceguera.

La forma más absurda que jamás había tenido de equivocarse y meter la pata hasta el fondo.

«Tito.»

«La policía.»

—Laureano, ¿qué pasa? —se asustó la mujer.

Se abrió una segunda puerta en el rellano. Por ella asomó la cabeza de un anciano.

—¿Qué son esos gritos? —preguntó otra voz.

El niño se soltó de la mano de Andrada y se refugió en la mujer.

—Mamá, ¿por qué este señor le grita al Tito?

Miquel se quedó sin fuerzas.

Ni siquiera las tuvo para echar a correr, porque se le doblaron las rodillas y el poco aliento que le quedaba se le esfumó por entre los rescoldos de su derrota.

—¡Mi marido ya está llamando a la policía! —dijo otra mujer, asomada a la escalera desde el piso superior—. ¡Que no escape!

9

La última vez que había estado en los calabozos de la Vía Layetana fue en mayo del 49, cuando se reencontró con Lenin mientras investigaba el chapucero intento de atentado contra Franco. Parecía haber llovido mucho, pero sólo hacía dos años de ello.

Ya nada era igual que entonces.

La comisaría central de policía, sí; el resto, no.

Lenin, dentro de lo que cabía, se portó como un ángel tutelar. De chorizo detenido una y otra vez antes de la guerra, a inesperado amigo resultante del cambio de circunstancias. La vida era una sorpresa y al transitar por ella se acababan haciendo extraños compañeros de viaje. Ahora en cambio estaba solo, en el mismo calabozo. Ni siquiera le habían dejado telefonear a Patro. Si se olvidaban de él lo que quedaba del día y no le interrogaban hasta el siguiente, ella se moriría a causa de la angustia.

Y no lo merecía.

Patro menos que nadie.

La mejor diferencia con relación al 49 era que el maldito comisario Amador estaba muerto. Las dos bofetadas que le propinó en su despacho aún le dolían. Bofetadas de superioridad, de autoridad, de odio y desprecio. Verle morir a manos de Patricia Gish en aquella casa de la calle Gomis en diciembre había sido...

La guerra seguía en muchas partes.

Estaba agotado, así que permanecía sentado en aquella especie de camastro, aunque vigilando con los cinco sentidos. No quería llevarse chinches a casa. Le habían quitado el reloj y no sabía ni qué hora era. También el cinturón, la corbata y los cordones de los zapatos. ¿Esperaban que se suicidara? Tal vez sí. No sería el primero. No pocos eran los que preferían la muerte a una cárcel franquista.

—¿Cómo has podido ser tan estúpido? —se repitió.

Él, Miquel Mascarell, inspector de policía antes de la guerra, siempre frío, sereno, ecuánime, centrado, capaz de dominar tiempo y espacio en cualquier investigación...

Él.

Capaz de meter la pata tan y tan hasta el fondo, cegado por la rabia y la animadversión hacia un maldito pederasta.

Algo diminuto se movió en el camastro y optó por levantarse. No había apenas luz, pero desde luego aquel puntito oscuro se acababa de desplazar. Casi mejor el suelo en el caso de que tuviera que pasarse muchas más horas allí. Se acercó a la reja y trató de mirar a ambos lados.

Nada.

Ni siquiera un agente cerca.

Tenía sed, y hambre.

—Mierda... —Se pasó la lengua por los labios.

Con Patro casi había logrado olvidar los ocho años y medio de prisión y trabajos forzados en el Valle de los Caídos. Casi. Era lo que daba ser feliz. Cada vez soñaba menos por las noches. Y si lo hacía, aun despertando lleno de angustia, le bastaba con abrir los ojos en la oscuridad, mover la mano y rozarla a ella. Con eso bastaba. Era suficiente. Suspiraba y volvía a dormirse en paz. Aquellos ocho años y medio, siempre a la espera de que se cumpliera su sentencia de muerte, volvían ahora en la soledad de la celda.

Habría preferido tener compañía, un borracho, otro chorizo, alguien con quien hablar.

Intentó calmarse, sin mucho éxito.

De no ser porque ya era mayor, incluso habría llorado.

Calculó las posibilidades reales de sentarse en el suelo cuando oyó los pasos.

Esperó.

El agente, con cara avinagrada y circunspecto, se detuvo frente a la puerta, introdujo la llave en la cerradura y, aunque lo tenía a un metro, le gritó:

—¡Eh, tú, andando!

Miquel salió de la celda.

Tuvo que sujetarse los pantalones al andar, para que no se le cayeran, y procuró evitar que los zapatos, sin cordones, se le salieran de los pies. Sus movimientos eran ridículos mientras subía de los sótanos hasta el primer piso. Allí el agente le dejó en un banco, el mismo de abril del año anterior, bajo la atenta vigilancia de otro, no menos avinagrado y circunspecto. Ni el primero ni el segundo habrían ganado un concurso de elegancia policial, con sus uniformes arrugados y una extraña sensación de hastío en los ojos.

La espera, esta vez, no fue larga.

—¡Pasa! —le gritó un tercer agente.

Debían de pensar que todos los detenidos eran sordos.

Aunque a base de hostias, cualquier cosa era posible.

Ya conocía aquel despacho. Era el mismo del comisario Amador y en el que, un año antes, había conocido al hombre que lo ocupaba ahora, el comisario Oliveros. Sebastián Oliveros. En abril le había sometido a un curioso interrogatorio, incluso para saber si era rojo. Todo para preguntarle su relación con Agustín Mainat, sospechoso de asesinato antes de que lograra probar su inocencia.

La diferencia era que ahora sí estaba detenido.

O retenido.

Según Patro, Oliveros le apreciaba.

Lo único que veía Miquel era respeto.

Un leve respeto, de colega a colega.

Algo era algo.

—Siéntese.

Le obedeció. Sebastián Oliveros pareció estudiar un expediente. Tal vez el suyo. Miquel sabía que fingía, que se hacía el interesante, el ocupado. Tácticas de policía. Él mismo las había utilizado. Se sentó y esperó paciente a que el comisario levantara la cabeza.

Cuando por fin lo hizo, le miró con gravedad.

Más fastidiado que serio.

—Señor Mascarell... —arrancó a decir con un suspiro.

Miquel prefirió mantener la boca cerrada.

—¿Qué voy a hacer con usted? —le preguntó Oliveros.

Un comisario franquista le preguntaba a un ex colega republicano qué iba a hacer con él.

¿Retórica?

Miquel optó por no entrar en su juego.

—¿Me ha denunciado? —Fue al grano.

—Me temo que sí —asintió el policía—. Por acoso e intimidación.

—¿Sabe quién es ese hombre?

—Sí. Un reputado maestro que también presta auxilio social en el orfanato de San Cristóbal. Y falangista. ¿Sigo?

—Yo le detuve en el 36 por pederasta.

La palabra impactó en la mente de Oliveros. Se notó. No por ello cambió de expresión. Los ojos siguieron taladrando a su visitante con acritud e incomodidad.

—Un niño se suicidó a causa de los abusos a los que se vio sometido de manera reiterada —continuó Miquel—. En casa de Andrada encontramos todo tipo de material que probaba su desvío sexual y su desmesurada afición a la pedofilia. Cuando investigué, otros menores acabaron declarando haber sufrido los mismos acosos.

Sebastián Oliveros siguió procesando la información.

Obviamente desconocida para él.

—¿Está seguro de que es la misma persona?

—Sí.

—¿Le condenaron?

—A varios años de cárcel.

—Bueno, fue antes de la Cruzada. —Todos se empeñaban en llamarlo así en lugar de guerra, como si todavía no se hubieran autoconvencido de su legalidad—. Si cumplió su pena...

—Los pederastas no se curan nunca.

—Eso no puede demostrarlo. —Fue contundente—. Y si el señor Andrada tiene ahora una nueva vida, por algo será. Cuando se liberó Barcelona las cosas cambiaron, es evidente.

—¿Le dejaron suelto por ser adicto al régimen?

—Mascarell...

No quería rebasar su paciencia, pero sentía rabia.

La misma rabia con la que había metido la pata horas antes.

—Laureano Andrada me dijo en la cara que cuando saliera seguiría, y que para entonces, yo ya no estaría cerca para detenerle.

—¿Eso es lo que le molesta?

—Sabe que no.

—Usted ha visto al señor Andrada con su sobrino, al que lleva cada día a casa desde su escuela, y ha pensado que el niño era una víctima.

—Sí.

—¿Le seguía desde hacía mucho?

—No, sólo hoy. Ayer le vi por primera vez en quince años.

—Santo Dios, Mascarell... —El comisario suspiró—. ¡Mire que me lo pone difícil!

—En el autobús le he oído decir cosas que me han inducido a pensar...

—¿Qué clase de cosas?

—Las frases «Te gustará, ya lo verás», «Tú confía en mí», «Y a tu madre ni una palabra».

De pronto le sonaron tan ridículas...

—El señor Andrada me dijo que había quedado con su

sobrino para llevarle al cine el sábado por la tarde. Adora a ese niño, dado que él no tiene hijos.

—¿Cómo va a tenerlos?

El comisario ya no quiso discutir más. Se echó para atrás y apoyó la espalda en el respaldo de su butaca. El retrato de Franco miraba a Miquel desde las alturas. El Cristo clavado en la cruz daba el tono fúnebre y melancólico desde la mesa. La bandera de España, quieta y flácida, parecía esperar un atisbo de viento para ondear gallarda y gloriosa por un momento.

Miquel se sintió deprimido.

—Me temo que se ha metido en un buen lío, ¿sabe? —dijo Oliveros—. Y con sus antecedentes...

—¿Qué antecedentes? —Se arriesgó quizá en extremo—. Fui un buen policía, nada más. Usted mismo me interrogó en este despacho hace un año, y me preguntó si era rojo. ¿Recuerda mi respuesta?

—Me dijo que no, que sólo había servido lealmente como representante de la ley. —Levantó la mano para impedir que Miquel metiera baza—. Pero se le condenó a muerte, y se le indultó. Eso es lo que cuenta ahora, señor Mascarell. Eso es lo que pesa sobre sus espaldas.

—¿Va a encerrarme?

—No, ahora no. —Fue categórico—. La denuncia seguirá su curso y luego... Todo se andará. Quizá el señor Andrada la retire.

—No lo hará.

—Lo imagino.

—Ese hombre me odia tanto como yo a él.

—Nunca me hubiera imaginado que le oiría decir eso.

—Soy humano. Y acabo de ser padre.

La noticia hizo que el comisario arqueara una ceja.

—Enhorabuena —dijo—. A usted y a su mujer. Y, desde luego, me da más razones para decirle que está loco metiéndose en problemas de esta manera.

—Meterme en problemas le ayudó el año pasado a resolver un crimen y liberar a un inocente —le recordó Miquel.

Oliveros se tomó su tiempo.

Media docena de largos segundos.

Siguió hablando desde la calma.

—Mire, estamos lejos el uno del otro, en todos los aspectos, pero sabe que, de alguna manera, le respeto. De policía a policía salvando las distancias. Y no me resulta fácil decirlo —confesó—. Es cierto que me informé acerca de usted y que hace un año demostró no haber perdido olfato. Pero sea como sea, ahora es un civil que ha de adaptarse a los nuevos tiempos. Las cosas son diferentes.

—¿Tanto como para que un sádico pervertidor de niños esté libre y encima sea maestro?

Sebastián Oliveros perdió la poca paciencia que le quedaba.

Apretó las mandíbulas.

Le dirigió una última mirada y dijo:

—Váyase, señor Mascarell. Ahora. Y, como vuelva a abrir la boca de aquí a la puerta, se va de cabeza al calabozo, ¿me ha entendido?

Por si acaso, Miquel asintió.

Sólo eso.

10

No fue a la mercería. Sabía que, al no haber ido a comer, Patro estaría en casa, esperándole, aunque allí no tuvieran teléfono y sí en la tienda. Estaba oscureciendo. Se acercaba la noche más corta del año, los días se alargaban, la oscuridad llegaba tarde. No había comido nada y era hora de cenar.

Abrió la puerta del piso y, al instante, como si le esperase de pie en mitad del pasillo, apareció ella, con Raquel en brazos.

Casi una imagen de película dramática.

Había llorado. Tenía los ojos enrojecidos. Raquel en cambio estaba tan tranquila como siempre, mirándolo todo con su carita de asombro. Patro tenía el pelo revuelto, llevaba la bata entreabierta, sin anudar.

Una vez más, se le antojó la criatura más hermosa que pudiera recordar en sus muchos años.

No pudo decir nada.

Lo hizo su mujer.

—¿Estás bien?

—Sí, lo siento. —Se acercó a ella para abrazarla.

Patro dio un paso atrás.

—Has ido a ver a ese hombre, ¿verdad?

¿Servía de algo mentirle?

Laureano Andrada le había denunciado. Tarde o temprano se sentaría en un banquillo. Podía caerle desde una multa hasta cualquier sentencia más grave.

—Sí —concedió.

—¿Has hablado con él?

—Por favor, deja que me siente.

Ahora sí, Patro notó su cansancio. Miquel le dio un beso a Raquel en la frente. Luego lo probó con ella. No se apartó, pero tampoco se lo devolvió. Los ojos expresaban la mezcla de sentimientos que anidaban en su interior, miedo, frustración, rabia...

Miquel fue al comedor, se quitó la chaqueta, se aflojó el nudo de la corbata y se dejó caer en la butaca en la que solía sentarse.

Hubiera preferido cenar algo, y acostarse enseguida.

Imposible.

Patro seguía de pie, sosteniendo a Raquel, como si le echase en cara su estupidez antes de oírle y con la niña como testigo de cargo.

—¿Qué ha pasado? —le apremió.

—Le he seguido, le he visto con un niño, he pensado que era una víctima, me ha salido el lado heroico. Y cuando he saltado sobre él, en el momento equivocado y en el lugar inoportuno, ha resultado ser su sobrino y estaba frente a la puerta del piso de su hermana.

—¿Le has pegado? —Se puso pálida.

—No, ni siquiera he tenido tiempo, aunque no lo habría hecho —lo dijo sin estar seguro—. Se han empezado a abrir puertas y, en nada, ya tenía a la policía allí. Ni siquiera he podido escapar, aunque tampoco lo habría hecho dejando un rastro tan claro.

—¿Te han... detenido?

—Sí.

A Patro se le doblaron las rodillas. Miquel sujetó a Raquel para que ella pudiera sentarse en la otra butaca. Se quedó con la niña en brazos mientras su esposa se aferraba a los lados, con las uñas hundidas en la tela, como si temiera caerse al suelo a pesar de todo.

—Miquel...

No tuvo más remedio que bajar la cabeza, avergonzado.

—No pasa nada —mintió—. Estoy aquí, ¿no?

—¿No te ha denunciado?

—Eso sí —asintió, volviendo a mirarla para dar la cara.

—¿Pueden... encerrarte?

—No lo sé. No creo. He hablado con el comisario Oliveros.

Pensó que eso la calmaría, pero fue peor.

—¿El mismo comisario?

—Sí.

—¿Y qué te ha dicho?

—Nada.

—¿Pretendes que me lo crea?

—Ha sido bastante amigable. Tirón de orejas y poco más. Tienes razón en lo de que me tiene algo de respeto, o consideración, no sé. Me lo ha dicho él mismo. Aunque sea facha-facha...

—Si es que no tienes arreglo —exclamó desalentada.

Raquel se agitó en sus brazos. Sonrió como una boba.

Se la habría comido a besos de no estar frente al pelotón de fusilamiento conyugal tras un juicio sumarísimo.

—Vamos, Patro, no me des tú la vara ahora.

—¿Que no te dé la vara? —Empezó a salirle el genio más allá de la desesperación, la tristeza y la tensión de la espera—. ¿Me estás diciendo en serio que no te dé la vara? ¡Miquel, por Dios! ¿Y Raquel? ¿Y yo? ¿Es que no somos más importantes que ninguna otra cosa? ¡Ya no eres policía!

Quimeta nunca le había gritado. Ni una sola vez. Era de las de antes. Patro no.

Sumisa una, fiera la otra.

—¿Y qué quieres que te diga? He perdido la cabeza. Le he visto con ese niño y...

—¿Y si a pesar de todo está regenerado? ¡No sabes nada de su vida actual!

—¡Trabaja en una escuela, como maestro, y presta servicios sociales en un orfanato! —Acabó exaltándose para defenderse—. ¿No te dice nada eso? ¿Crees que es casual? ¡Sigue con niños porque no ha cambiado nada, porque continúa siendo el maldito pederasta que era entonces!

—¡Pues díselo a la policía!

—¡Lo he hecho, y encima resulta que es falangista! ¡Parece que eso es como una especie de coraza o salvaguarda!

Raquel empezó a llorar, espantada por los gritos.

Patro se levantó de inmediato para cogérsela de los brazos.

—¡Anda, dile también ahora que no nos peleamos, que sólo tenemos disparidad de criterios!

Miquel se quedó con los brazos extendidos y las manos abiertas, como si le acabasen de arrebatar el alma.

—Patro, por favor...

—Vamos, tesoro, ya, ya —le susurró a su hija antes de dirigirse a él con la voz apagada aunque igualmente furiosa—. Dictadura o no, hay una justicia, Miquel. ¡Denúnciale!

—¿Con qué pruebas?

—¡Y encima falangista, que menudos son! —Empezó a moverse de un lado a otro, acunando a la niña con los brazos—. A mí no me dejas sola con Raquel, ¿eh?

—Cálmate, ¿quieres?

Nunca la había visto así. En todos los líos, desde que estaba con ella, siempre habían discutido, y se había mostrado enfadada, airada, disgustada, pero jamás tan furiosa.

El efecto Raquel.

Ya no eran dos, sino tres.

Un mundo.

Transcurrieron unos segundos, los necesarios para que la pequeña dejara de llorar y volviese a su estado natural de silencio y calma.

Entonces Patro recuperó la normalidad. O lo pareció.

—¿Has cenado? —preguntó mirándole con amarga ternura.

Día 4

Martes, 19 de junio de 1951

11

Por una noche, Raquel había llorado, muy inquieta y alterada.

Tal vez la bronca de la víspera entre ellos. Tal vez casualidad. Lo cierto es que Patro había estado levantada más de lo normal, tensa, preocupada, y se les habían pegado las sábanas. A los dos. A Miquel le costaba poco dormir más de lo normal, pero a ella no le sucedía lo mismo.

Ahora iba atribulada, de un lado a otro, tratando de recuperar el tiempo perdido. Darle el pecho a la niña, vestirse, organizar el día... Miquel la veía pasar a la carrera sin saber qué hacer.

Él mismo estaba hundido, con el peso de lo sucedido el día anterior atenazándole.

Laureano Andrada se vengaba por fin.

Y lo hacía después de que él se lo sirviera todo en bandeja de plata.

—¡Ay, cada día llegamos más tarde a la mercería, Teresina nos mata! —oyó lamentarse a Patro—. Si es que...

—Tranquila, sólo son veinte minutos —quiso calmarla.

No lo consiguió, al contrario.

—¡Ya, y tú con esta pachorra! Ayúdame, ¿no?

—¿Qué quieres que haga?

—¿Puedes subir al terrado a recoger lo que tendí ayer? Necesito un par de cosas.

—Claro, mujer.

Se alegró de hacer algo, y, sobre todo, de salir un momento de casa. Necesitaba estar solo para pensar.

Porque no tenía ni idea de cómo acabaría todo aquello, la denuncia de Andrada, incluso el hecho de que anduviera suelto y trabajando con niños.

Salió del piso y subió la escalera ensimismado, rellano a rellano desde el suyo, el segundo. Iba en mangas de camisa, hacía calor. Llevaba el cesto para recoger la ropa en la mano izquierda. Cuando llegó al terrado, ya jadeaba. Cada vez le costaba más subir escaleras. Caminar no, pero trepar... La puerta del terrado, para variar, estaba abierta. Nadie se molestaba en cerrarla, por confianza o por inconsciencia. Cuando salió al exterior sintió el baño del sol mañanero en un día radiante y sin nubes.

La ropa tendida por Patro estaba agrupada en uno de los lados. No era mucha, un par de bragas, unas medias, calcetines suyos, dos camisas y una blusa. La descolgó y la metió en el cesto junto con las pinzas. Patro se quejaba de que alguna vecina las robaba. Donde se sujetaba una prenda con tres, al día siguiente sólo había dos.

La vida era así: había quien se dedicaba a robar pinzas de tender la ropa.

Volvió a bajar la escalera con la misma parsimonia, ahora sujetando el cesto con ambas manos.

Entonces oyó la agitación.

Los pasos.

Varias personas subiendo en tropel.

Miquel se detuvo en el tercer piso, justo al oír la puerta de su casa al abrirse.

—¿Señor Mascarell? —dijo una voz grave.

—Sí —oyó la voz de Patro.

—¿Está su marido?

El resto se confundió.

—No. ¡Oiga! ¿Pero qué...?

—Apártese. Policía.

Casi por instinto de supervivencia, heredado de sus años en el Valle de los Caídos, Miquel pegó la espalda a la pared.

¿Policía?

¿En su casa?

Un sudor inesperado y frío llenó de humedad su piel.

—¿Qué pasa? —gritaba Patro—. ¿Se puede saber qué hacen? ¡Ya les he dicho que mi marido no está! ¡Como despierten a mi hija...!

Miquel comprendió los gritos de Patro.

Le estaba avisando.

Le decía «no bajes» de la única forma que podía hacerlo.

Se asomó por el hueco y vio a dos policías en la puerta.

La voz de Patro, aunque más alejada, desde el interior del piso, seguía haciéndose notar.

—¿Pero para qué le buscan? ¡No ha hecho nada! ¿Cree que está debajo de la cama? ¡No me revuelva el armario!

El inspector que había irrumpido en su casa acabó de comprobar que su perseguidor no estaba allí. En la voz se le notó la frustración. Volvía a hablar con Patro desde el recibidor, o al menos cerca de él.

—¿Dónde está, señora?

—No lo sé. Se ha ido temprano. Suele pasear mucho, a sus años...

Miquel pensó que habría podido dedicarse al teatro. O al cine.

—Será mejor que colabore —la amenazó el hombre.

—¿Y qué quiere que le haga yo? —gimió ella—. Al menos podría decirme qué está pasando y para qué le buscan, ¿no?

—¿Le suena el nombre de Laureano Andrada?

A Miquel se le desencajó la mandíbula.

—No —respondió Patro.

—¿Segura?

—Sí, segura. ¿Por qué?

—Porque su marido le ha asesinado. Por eso, señora.

Ya no sólo era la mandíbula. También se le doblaron las piernas.

El sudor se congeló a lo largo y ancho de su cuerpo.

Patro acusaba el golpe.

—¿Pero qué está diciendo? Mi... marido no ha matado a nadie... —balbuceó con mucha menos voz.

—¿Cómo se llama usted?

—Patro.

—¿Patro qué más?

—Patro Quintana.

—Pues escúcheme bien, señora Patro Quintana: como le proteja, también será acusada. En este caso, de complicidad. Trate de entender la gravedad del asunto, ¿me comprende?

—Sí, sí señor.

—Será mejor que su marido se entregue, por las buenas. Como se resista, igual acaba con un tiro en la cabeza. Ahora vístase, ha de acompañarnos.

—¿Yo?

—¡Sí, usted! ¡Le tomaremos declaración en comisaría!

—¿Y la niña?

—¡Se la trae, coño! ¿Qué quiere que le haga? ¡Y rapidito, que no tenemos todo el día!

Ya se había abierto una puerta del segundo piso, la frontal al suyo. Como se abrieran más y se asomaran otros vecinos, le verían y quedaría al descubierto, en tierra de nadie.

Raquel empezó a llorar.

Salvo por eso, abajo se hizo el silencio.

Miquel retrocedió.

Volvió a subir las escaleras.

Tenía dos opciones: entregarse o seguir libre.

Con la primera, volvería a un calabozo, tirarían la llave y adiós. Ni Oliveros haría nada. Con la segunda... ¿tendría alguna opción?

Seguía siendo policía, y se había producido un crimen.

Algo de lo que le acusaban a él.

¿Por qué?

La cordura no servía de nada, por más que con ella complicaría menos las cosas. Lo único que le quedaba era el instinto de supervivencia.

Siguió subiendo las escaleras, hasta llegar por segunda vez al terrado. Dejó el cesto con la ropa en el suelo y se movió por él como un gato enjaulado. Lo más seguro es que dejaran a un agente haciendo guardia en la puerta de la calle. Camino vedado. Si quería salir del edificio, la única alternativa era hacerlo por allí.

No recordaba haber tenido miedo nunca.

Y menos pánico.

Ahora tenía las dos cosas.

De pronto, el día, la vida, el mundo entero, se había vuelto muy oscuro.

12

Lo primero, protegerse, por si a alguien se le ocurría subir hasta allí. Volvió a tender la ropa y dejó el cesto recostado contra la pared. Lo segundo, asegurarse de que la escalera seguía libre, aunque no pensase bajar por ella. Hacia el fondo, en torno al vestíbulo, oyó algunas voces más. Si la portera estaba allí, en cinco minutos lo sabría todo el vecindario.

El señor Mascarell, el hombre mayor aparecido cuatro años antes inesperadamente y casado con la guapa mujer del segundo tercera, que había vivido allí toda la vida, buscado por la policía.

Incluso alguna vecina pondría cara circunspecta y diría que «ya se imaginaba algo así, sospechoso, porque con tanta diferencia de edad...».

Empezaba a divagar.

Y no era el momento de perder el tiempo.

El muro de separación con el edificio de la derecha era muy alto. Imposible salvarlo. El de la izquierda, en cambio, era bajo. Apenas un metro y medio. No estaba para dar saltos, ni para trepar por las buenas, pero si algo no faltaba en el terrado eran trastos. Fue a por dos cajas de madera y una maceta vacía. Pesaba, pero logró arrastrarla. Colocó las cajas sobre la maceta y ya no necesitó más. Se subió a ellas y pasó al otro lado. Su suerte dependía ahora de que la puerta de aquel terrado estuviera tan abierta como la suya.

No fue así.

Allí los vecinos eran cautos.

—Maldita sea... —lamentó el contratiempo.

Afortunadamente, era vieja. La habría abierto de una patada. Decidió no dejar rastros y buscó algún tipo de hierro. Los tendederos de la ropa lo eran. Finos y alargados. Había uno sin nada y lo desanudó por los dos extremos, paciente pero sin confiarse, con cuidado para no cortarse. Introdujo una punta en la enorme cerradura y empezó a manipularla, hasta que oyó el clic de apertura. Ya no se molestó en volver a colocar el hierro del tendedero en su lugar. Se asomó a la escalera y empezó a bajar.

Su suerte: ir calzado, no con zapatillas de estar por casa. Su mala suerte: ir en mangas de camisa.

Sin dinero, sin documentación, sin nada.

¿Qué hacer?

Llegó al vestíbulo del edificio y se irguió todo lo que pudo. Revestido de solemne dignidad, pasó por delante de la portera con la cabeza alta, sin mirar, aunque su voz sonó del todo cortés al decir:

—Buenos días.

—Con Dios —le deseó la mujer.

Salió a la calle y, sin mirar atrás, se alejó de la esquina.

No volvió la cabeza hasta un trecho después.

En aquel momento, Patro, llevando a Raquel en brazos, se metía en el coche de la policía, mientras algunos curiosos miraban la escena como si se tratara de una mala película española.

A Miquel se le partió el corazón.

Patro diría que era inocente, que habían estado juntos, que...

Y no la creerían.

—¿Pero qué he hecho yo para que me pasen estas cosas? —gimió con impotencia.

Otro lío. Uno más. Y este, gordo. Tanto que le implicaba a él.

¿Quién y por qué habría matado a Andrada? ¿Cómo? ¿Dónde?

¿Y justo después de que hubieran tenido aquel altercado? ¿Casualidad?

Siguió caminando calle Gerona abajo, rebasó la calle Aragón justo en el momento en que pasaba un tren arrojando al aire una densa nube de humo, y no se detuvo hasta llegar a Consejo de Ciento, todavía tosiendo. Allí se apoyó en un árbol y sintió, de nuevo, que las piernas se le doblaban.

—Vamos, piensa —se dijo.

No tenía nadie a quien acudir. Estaba solo. Arriesgarse con la mercería tampoco era plausible. Cuando la policía buscaba a alguien por asesinato, no dejaban nada al azar. Hiciera lo que hiciese, tenía que hacerlo por sí mismo y sin nada.

Algo muy difícil.

—Sí tienes a alguien... —dijo de pronto.

Dio un largo rodeo, con mejor ánimo. El simple hecho de tener donde agarrarse le consoló. Aceleró el paso moviendo la cabeza sin parar en todas direcciones, decidido a tener ojos incluso en la nuca si era necesario, y no entró en el bar de Ramón hasta estar seguro de que nadie lo vigilaba. Cuando cruzó la puerta se encontró con el recibimiento de cada día.

Ramón, su sonrisa y su palabrería.

—¡Maestro!

Como si hiciera un año que no le veía.

Miquel le cogió por un brazo y lo llevó hasta el extremo de la barra, junto al teléfono público. Nadie reparó en él. Cada cual iba a lo suyo. Ramón parpadeó un par de veces.

—¿Qué hace?

—Cállate y escucha.

—Oiga, qué serio está. —Se dio cuenta de su aspecto—. Y despeinado, y en mangas de camisa...

—Ramón, estoy en un apuro —le detuvo.

—¿Ah, sí? —Quien se puso serio ahora fue él.

—¿Puedo pedirte algo sin que me hagas preguntas?

—Hombre, usted dirá. Lo que necesite.

—Primero, búscame una chaqueta, una americana que me vaya bien. Segundo, que me prestes cien pesetas. Y tercero, que me pases la guía telefónica.

Ramón alzó las cejas.

—¡Coño! —Mostró lo impresionado que estaba.

—¿Es demasiado?

—No, no, es sólo que... Bueno, me tiene intrigado, y asustado. ¿Están bien la señora y la niña?

—Sí, es un problema mío, aunque si crees que puede complicarte la vida...

—Que no, que no. Ya me repongo de la sorpresa, ¿ve? —Se puso en plan digno—. ¿Una americana, cien pesetas y la guía? Marchando, maestro.

Desapareció tras la cortina que daba a la cocina.

No tardó ni medio minuto. Regresó con una chaqueta al menos dos tallas más grandes. Miquel no le hizo ascos, aunque desentonaba completamente con el pantalón. Se la puso y se sintió un poco más protegido. Luego su salvador abrió la caja y contó cien pesetas en todo tipo de billetes.

Lo último fue la guía telefónica.

—¿Quiere una ficha?

—No, sólo necesito comprobar una dirección.

—Bien.

Ramón se apartó, pero no dejó de observarle con aire preocupado. Miquel se guardó el dinero en el bolsillo y abrió la guía por la A.

No había muchos Andrada, y únicamente dos con la letra L como inicial del nombre. El que buscaba vivía cerca de la bodega donde lo había visto el sábado, lo cual reducía aún más las opciones.

Lo tenía.

Laureano Andrada Borrás.

Calle Diputación. Y por el número, debía de quedar más o menos entre Bruch y Lauria.

Cerró la guía y se la devolvió a Ramón. Hora de salir del bar. Le tendió la mano y se la estrechó con calor.

—Gracias.

—A mandar, maestro.

—Puede que oigas cosas —le dijo—. Tú, ni mu. Y que sepas que no he hecho nada.

—Eso no tiene ni que decirlo.

Esperaba volver, como siempre, para desayunar y oírle hablar de fútbol pese al desinterés propio. Pero eso no se lo dijo.

Miquel salió del bar con un extraño sentimiento. El peso de lo que sucedía le doblaba más y más. Después de su casa y de la mercería, el bar de Ramón era el lugar en el que pasaba más tiempo.

No se había dado cuenta del cariño que le tenía hasta ese momento.

Fue a pie. No por ahorrar sus pobres cien pesetas, sino porque estaba muy cerca. Un paseo. Lo primero que necesitaba, siempre, era información, resolver las primeras dudas, responder a las preguntas esenciales: ¿cómo había muerto Andrada, dónde, bajo qué circunstancias?

Habría echado a correr, pero acompasó el paso y la urgencia a su realidad. Tampoco quería llamar la atención. Como todos los coches de la policía tuvieran su descripción, iba listo.

Era una carrera contrarreloj.

A sus sesenta y seis años.

Lo primero que vio al llegar a casa de Laureano Andrada fue a un grupo de personas en la calle. No eran muchas, pero sí suficientes y reveladoras. Eso resolvía la primera duda: había sido asesinado allí, en su piso. Lo segundo, que el suceso debía de haberse producido mucho antes, porque ya sólo quedaba un coche patrulla apostado frente a la puerta del edificio.

Si se acercaba a escuchar, correría peligro.

Pero si no lo hacía, seguiría careciendo de información.

Se quedó en la acera opuesta, sin saber qué hacer.

Y entonces, surgió la voz a su espalda.

Tensa pero firme, autoritaria y decidida:

—¡Por Dios! ¿Qué está haciendo aquí? ¡Vamos, camine!

13

Tuvo que obedecer.

Sobre todo porque la persona apostada a su espalda primero le empujó, y después se colocó a su lado para tomarle del brazo, sin darle opciones.

Llegaron a la siguiente esquina.

—No se pare, siga.

Le observó de reojo. Misma estatura, unos cincuenta años, traje claro, zapatos relucientes. Llevaba sombrero.

—¿Quién es usted? —preguntó en voz baja y con las alertas disparadas.

—¿No me reconoce?

Doblaron la esquina, y sólo entonces el hombre se detuvo y le soltó. Cuando se colocó delante sonreía. Miquel rebuscó en su memoria y, poco a poco, algunos rasgos se fueron haciendo más patentes.

Hasta que llegó la luz.

—¿Fortuny?

La sonrisa del aparecido se acentuó.

Se expresó lleno de calor.

—Inspector Mascarell, ¡válgame el cielo!

—Pero...

—Ya, ya, no se preocupe, calma. —Le puso una mano en el hombro.

—¿Qué está haciendo aquí? ¿De dónde sale usted? ¿Y cómo...?

—No es el mejor lugar para que hablemos, ¿no le parece? Imagino que no querrá ser detenido. Mejor charlar tranquilamente y a salvo. No se pare, sigamos andando. —Reanudó la marcha.

Caminaron apenas diez metros, hasta que, con la cabeza dándole más y más vueltas, con el estómago vacío, Miquel se detuvo y se apoyó en la pared que tenía cerca.

Tenía que haber tomado algo en el bar de Ramón.

—¿Se encuentra bien? —Su compañero puso cara de preocupación.

—No —reconoció—. Hace media hora estaba en mi casa, con mi mujer y mi hija, y ahora...

—¿Su hija? ¿No tenía un hijo?

—Murió en la guerra. La he tenido con mi segunda esposa, hace tres meses.

—¡Sopla! —Abrió los ojos como si le hablase de un milagro.

Bueno, de hecho lo era.

—Fortuny, ¿qué está haciendo aquí?

—Caramba, inspector, que soy de Barcelona.

—¡Me refiero a esto, lo de Andrada y...!

—Soy detective privado.

La sorpresa fue evidente.

Todo un impacto.

—¿Qué?

—Sí, hombre. Como el Bogart en las películas, sólo que a la española.

—¿Hay detectives privados en España?

—Justo acaban de regularizarse este año las cosas, ya ve. Ahora todo es legal y puede decirse que también en esto estamos a la altura del extranjero —le quitó importancia al tema agregando—: Claro que aquí todo lo que no sea seguir a señores o señoras por celos... —Volvió a ponerse serio—. Oiga, está blanco. No le veo yo con muchos ánimos para seguir andando.

Miquel reconoció que tenía razón.

—Deme un minuto. —Se hizo el valiente.

El detective buscó un sitio discreto calle arriba y calle abajo. Lo encontró.

—Vamos a aquel bar y se toma algo, creo que lo necesita.

Miquel no se lo discutió. Sacó fuerzas de flaqueza y cruzaron la calle. Entraron en un bar no muy diferente al de Ramón, con la salvedad de que no había futbolitis presidiendo las paredes, sino retratos de cantantes americanos. Sinatra, Nat King Cole, Bing Crosby y muchos más que ni conocía. Escogieron la mesa más alejada de la barra, sin otros parroquianos cerca, para poder hablar con tranquilidad. Antes de que lo hicieran, un camarero les preguntó qué querían. Miquel pidió un bocadillo de lo que fuera y un café con leche. Su compañero, un café solo y cargado.

—¿Me va a decir de qué va todo esto? —insistió Miquel.

—Cuando se haya recuperado.

—¡Va, Fortuny, no fastidie! —se desesperó.

—Voy al lavabo. Ahora vuelvo. —Se levantó—. Las vigilancias y los seguimientos tienen estas cosas: que cuando te entran ganas de orinar...

No pudo retenerle. Le vio caminar hacia la puerta de los servicios. Se dio cuenta entonces de que tenía el brazo izquierdo ligeramente rígido, con poca movilidad, y tres dedos de la mano agarrotados, el medio, el anular y el meñique.

David Fortuny, increíble.

Lo mismo que a muchos de sus conocidos, la última vez que le había visto fue al estallar la guerra. Unos se alistaron para desaparecer o morir, otros cambiaron de bando por convencimiento o comodidad, algunos se marcharon de España... De todo eso hacía quince años.

David Fortuny le debía la vida.

Dejó de pensar en su viejo conocido cuando llegó el bocadillo y el café con leche. El estómago le crujió inmisericordemente. Le dio el primer bocado y se le hizo la boca agua. Pan del día, tomate bien untado y un excelente queso de cabra.

Iba por el tercer bocado cuando Fortuny reapareció.

La misma sonrisa.

—Bien, soy todo suyo —asintió al sentarse.

—Hable.

—Pues le parecerá extraño, pero contar, contar, lo que se dice contar, no hay mucho. —Bebió un sorbo de café—. Vaya, está bueno, quién lo iba a decir. —Puso cara de resultarle amargo y continuó—: Recibí el encargo de seguir al señor Laureano Andrada y fue lo que hice. Para mi sorpresa, ¿a quién vi ayer también siguiéndole desde la escuela en la que trabajaba? ¡Pues a mi amigo Miquel Mascarell! ¡Increíble! Cuando le reconocí me quedé... Primero porque le suponía muerto, y segundo porque pensé que policía ya no era, así que lo de seguir a una persona... Ya me entiende, ¿no?

—¿Cuándo le pidieron que siguiera a Andrada?

—Hace tres días.

—Siga.

—Como le estaba diciendo, acabé siguiéndoles a ambos; y al poco de llegar a casa de la hermana del señor Andrada, el escándalo y aparece usted detenido por la policía. ¡Usted! ¡No podía dar crédito a mis ojos! ¡Toda una leyenda de la ley convertido en delincuente! —Se acercó a Miquel por encima de la mesa, igual que un conspirador—. ¿Tenía alguna cuenta pendiente con él? —No esperó una respuesta, chasqueó la lengua y volvió a echarse para atrás—. No importa, luego me lo cuenta. Yo ya acabo enseguida. Esta mañana he vuelto a la casa de Andrada para iniciar mi seguimiento diario cuando se ha desatado el espectáculo. Por lo visto, la mujer que le hace la limpieza lo ha encontrado muerto. Los gritos se oían por todo el barrio. Me he quedado a la expectativa y, cuando se llevaban el cuerpo, un agente amigo mío me ha dicho que ya tenían un sospechoso, un tal Miguel Mascarel —lo dijo castellanamente adrede— que ayer se las tuvo con el muerto. Ahí he vuelto a alucinar. ¿Usted un asesino? ¡Imposible! Pero bien que he hecho quedándome en la escena del crimen, para ver si pillaba algo. ¡Porque vaya si lo he pillado!

—Esto es un mal sueño. —Le dio el último mordisco al bocadillo.

—¿Por qué estaba ahí?

—Han ido a mi casa a por mí. —No dejó de hablar pese a tener la boca llena—. Ni siquiera sabía dónde vivía Andrada. He averiguado su dirección y...

—¿Ha huido?

—Pues sí. Yo no he hecho nada, claro. Pero, después de lo que pasó ayer, ¿quién iba a creerme? Hablé con el mismísimo comisario Oliveros y me amenazó.

—Oliveros, vaya. —Frunció el ceño.

—¿Le ha dicho ese agente amigo suyo cómo ha muerto?

—A cuchilladas.

—¿Muchas?

—No sólo eso. Le han cortado el sexo, entero, testículos y todo, y le han introducido el pene en la boca.

Miquel se lo quedó mirando.

Tragó la masa antes de que se le formara una bola en la garganta.

—Eso es mucho odio —dijo.

—Pues sí —convino Fortuny, terminándose también su café—. ¿Se encuentra mejor?

—Sí.

—¿Le parece que nos vayamos, pues? Seguimos muy expuestos. Sería mejor continuar charlando en un lugar más tranquilo y seguro.

—¿Cuál?

—Mi casa.

—¿Vive lejos?

—Estoy motorizado. —Pareció alardear de ello—. Voy a por mi cacharro y me espera aquí, ¿de acuerdo? Diez minutos.

—Bien —se rindió.

Tampoco tenía adónde ir, y, de pronto, David Fortuny era su único nexo con el muerto.

Quedaban muchas preguntas.

Le vio salir del bar, pero antes pagó la cuenta. Un detalle. Miquel esperó rememorando los días en que Fortuny y él se habían conocido. El ahora detective había estado tres años sirviendo a su lado, hasta finales del 35. En una acción comprometida, un pistolero le disparó y Miquel le salvó la vida empujándole una fracción de segundo antes de que la bala encontrara su pecho.

Después de ese suceso, a Fortuny lo habían trasladado a Sevilla.

Fin de la historia.

La Guerra Civil debió de pillarle allí, en cuyo caso...

Sevilla había caído rápidamente del lado de Franco.

¿Y si Fortuny había ido a buscar a la policía?

Desechó la idea y esperó los diez minutos. Luego se levantó y se acercó a la puerta del bar.

«El cacharro», como lo había llamado, apareció un minuto después.

Una moto con sidecar.

—¿Qué le parece? —Se la mostró satisfecho—. Suba.

Miquel miró el sidecar.

Se le antojó una jaula.

—¿Ahí?

—¿Qué quiere, hombre? ¡No me sea pusilánime! ¡Ya verá como es genial! ¡A las mujeres les gusta más que sentarse detrás de mí abiertas de piernas y con todo el frío helándoles la cosa, sobre todo en invierno! ¡Los coches son muy aburridos!

Miquel pensó que por lo menos eran seguros.

No tenía otra opción.

Se subió al sidecar y se embutió en él. Tener la cabeza casi a la altura del suelo no le gustó nada. Se sintió desnudo y frágil. Pero menos le gustó ver los otros vehículos pasando tan cerca. Sin contar los autobuses y los tranvías, de pronto convertidos en amenazadores gigantes a los que sortear.

Porque David Fortuny corría. ¡Vaya si corría!

14

David Fortuny no vivía lejos, pero a Miquel le pareció una distancia enorme. Pensó que debía de llevar el sombrero pegado a la cabeza, porque, pese a la velocidad, no se le voló. Por lo menos era buen conductor. Se le notaba en la pericia de los movimientos, nunca bruscos, siempre cautos. Cuando detuvo la moto, Miquel esperó unos segundos antes de bajar. Sentía el vértigo en los ojos y la agitación en el cuerpo, como si acabase de formar parte de una experiencia telúrica.

—¿Qué tal? —le preguntó su compañero. Y, antes de que pudiera responder, lo hizo él mismo—. Bien, ¿no?

—S-sí, sí. —No tuvo más remedio que estar de acuerdo Miquel.

—Esto es una maravilla. No sé cómo la gente no se motoriza más.

Miquel se imaginó a sí mismo conduciendo aquel trasto, con Patro y Raquel en el sidecar.

—Hay taxis —se atrevió a decir.

—Míralo, el millonario. ¿Subimos?

La casa era discreta, un edificio de cinco plantas en la calle Vilamarí, entre el matadero de reses y el cuartel de Numancia, o sea entre las calles de Aragón y Valencia. La cárcel Modelo quedaba cerca. No había portera. Tampoco ascensor. Un letrero adosado en la pared derecha de la entrada anunciaba: «Detectives Fortuny – Primer piso». Cuando llegaron a la planta y pasaron por delante de la puerta con el mismo rótulo, su anfitrión siguió subiendo.

—¿No es aquí? —jadeó Miquel.

—Éste es mi despacho. Yo vivo en el tercero. Más cómodo así, y mejor separar lo cotidiano del trabajo, aunque haciendo esto a veces se trabaja veinticuatro horas al día.

—¿Y lo de «detectives», en plural?

—Da más sensación de agencia, ya me entiende. Estoy yo solo. Ni secretaria tengo, ya ve. Además, si me busco una y es guapa, peligro, y no voy a buscármela fea, digo yo.

—Pero, si está todo el día en la calle, ¿cómo consigue clientes?

—Es una pega, sí, aunque no me quejo. La gente deja el número de teléfono en el buzón. Es una profesión de futuro, créame. Este país se va a poner a la altura del resto del mundo, eso seguro.

Miquel no quiso discutir. No mientras jadeaba más y más por el esfuerzo.

Siguieron subiendo, peldaño a peldaño.

Al llegar a la tercera planta, Fortuny ya tenía las llaves de su casa en la mano. Abrió la puerta y entraron. El piso era confortable y estaba someramente arreglado, sin alardes ni lujos. Salvo una habitación con la cama sin arreglar, el resto presentaba cierto orden.

—¿Vive solo?

—Sí. Tengo una novia, pero de momento... En fin, que la cosa va para largo. No hay prisa.

—Pues no es usted lo que se dice joven.

—Vaya quién fue a hablar, y me acaba de decir que ha sido padre hace poco. —Fortuny soltó una carcajada—. ¡Hay que estar seguro para casarse, oiga! Siéntese. ¿Quiere un vaso de agua?

—Sí, por favor.

Miquel se derrumbó en una silla. Su inesperado amigo salió del comedor y regresó a los pocos segundos con un vaso de agua en la mano. No había fotografías en ninguna parte, sólo una Santa Cena de latón colgando de una pared y un cuadro con fruta en mitad de otra. La ventana daba a la calle Vilamarí.

—¿No tiene miedo de que le acusen por encubridor? —preguntó Miquel.

—Sí, supongo, pero ¿qué quiere que le haga? Tengo mi corazoncito y mis lealtades. Le sigo debiendo la vida, y eso es para siempre. Si además dice que no mató a ese tipo...

—No, no lo hice.

—Ya lo sé, hombre. —Se sentó delante de él—. Va, ¿qué quiere que le cuente? Sé que tiene un montón de preguntas.

Miquel le miró a los ojos. Le recordaba igual en el poco tiempo que le tuvo a sus órdenes. Alegre, dinámico, lanzado, impetuoso... y algo loco. Feliz de haberse conocido.

—¿Por qué le encargaron seguir a Andrada, y quién lo hizo?

—¡Por Dios, hombre, no corra tanto! —Abrió las manos en un gesto explícito—. Primero vamos a ponernos al día. ¿Qué ha sido de su vida? ¿Le pilló la guerra siendo inspector?

—Sí.

—Coño, ¿y al acabar?

—De acuerdo. Se lo cuento en un minuto. —Lo repitió una vez más, como solía hacer cada vez que alguien le preguntaba—. Me quedé en Barcelona porque mi mujer se estaba muriendo de cáncer. Murió y a mí me detuvieron. Me sentenciaron a muerte. Acabé en el Valle de los Caídos, donde pasé ocho años y medio. La sentencia fue conmutada y luego me indultaron. Regresé a Barcelona en julio del 47, me reencontré con una amiga, nos casamos y eso es todo.

—Así que está vivo de milagro.

—Más o menos.

—¿Y por qué le indultaron?

—Ésa es una larga historia. Querían cargarme un muerto, pero les salió el tiro por la culata. Fue el primer lío en el que me metí, nada más llegar. Luego ha habido otros.

—O sea que, en el fondo, sigue con su vocación de poli.

—Debo de ser un imán para los problemas.

—¿Por qué se peleó con Andrada?

—Le detuve en 1936 después de que un niño se suicidara por su culpa. Salió un montón de mierda. Era pederasta. Me lo reencontré el sábado pasado y no pude dar crédito a mis ojos. Ese hombre era una bestia. Antes de meterle en la cárcel me dijo que un día saldría y que yo no estaría allí para volver a detenerle. Le puse la pistola en la frente y... estuve a punto de disparar.

—Así que la historia viene de lejos —asintió Fortuny.

—Sí. —Miquel ya no quiso seguir respondiendo preguntas—. Le toca.

—Pues yo fui a Sevilla, ¿recuerda? Allí me pilló la guerra y me alisté en los nacionales, claro.

—¿Claro que le pilló la guerra allí o claro que lo hizo por simpatía?

—Por simpatía. —Fue sincero—. Esto no podía seguir como estaba, hombre. Este país o tiene mano dura o no saldrá nunca adelante.

—Había una legalidad, Fortuny —se sintió dolido.

—No vamos a discutir por esto, ¿verdad? —Arrugó la frente.

—Me temo que sí —insistió Miquel.

—Usted ni siquiera era comunista, anarquista o lo que fuera. Servía al orden y punto.

—Servía a la República.

—Pues a mí me convenció lo otro, ¿qué quiere que le diga? Y ya ve: aquí estamos. ¿Qué, nos montamos ahora nuestra guerra civil aquí mismo, los dos solitos?

—Al menos no lo ha llamado Cruzada —suspiró Miquel.

—Eso es propaganda —se encogió de hombros Fortuny.

Se quedaron mirándose el uno al otro. De pronto ya no eran camaradas, sólo viejos conocidos que se habían reencontrado. Un derrotado y un vencedor.

Juntos, en un piso, con un asesinato entre manos.

—¿Es que no podemos ser amigos? —dijo el dueño del piso con dolor.

—Supongo que sí —admitió Miquel tras unos segundos—. ¿Qué le pasó? —Señaló el brazo izquierdo y los tres dedos agarrotados.

—Pasó que me hirieron. —Fortuny se subió la manga y le enseñó la herida, que casi se le había comido el antebrazo desde el codo hasta la muñeca—. Y al acabar la guerra, mucho héroe, mucha medalla, mucha gaita, pero ahí te quedas. Volví a la policía, hice trabajo de oficina, hasta que me dieron el pasaporte. Regresé a Barcelona hace dos años y la verdad es que esto es otro mundo, el futuro. Aquí la pela es la pela. Vi muchas posibilidades y, aprovechando mi formación policial, se me ocurrió lo de montármelo como detective. Y más sabiendo que iban a convertirlo en una profesión legal. —Hizo una pausa y sonrió con orgullo—. No estoy mal conectado, ¿sabe? En todo hay que tener amigos, algo que me parece que usted...

—No, no tengo amigos —reconoció.

—¿Lo ve? Y le sale uno, que aunque sea facha... —Se rió de sí mismo—. Usted era el mejor inspector de Barcelona. Cuesta creer que ahora esté solo.

—La gente que conocía está muerta, o en el exilio —le recordó.

—Sí, fue duro. —Bajó la cabeza—. Pero ya pasó, y hay que mirar hacia delante. Usted mismo se lo debe a su hija.

Pensar en Raquel le hizo reaccionar.

En aquel momento Patro debía de estar en comisaría, tal vez cara a cara con Oliveros, pasándolo más que mal y sufriendo por él.

Retomó el hilo de lo que más le interesaba.

—¿Quién le contrató para seguir a Andrada y por qué? —formuló por segunda vez la pregunta.

—¿Que no sabe lo de la confidencialidad cliente-detective?

—¡No me sea peliculero! ¡Ha habido un crimen! ¡Han matado justamente al hombre que seguía!

David Fortuny se mordió el labio inferior.

No respondió.

Miquel se levantó de la silla tras beber un sorbo de agua.

—De acuerdo —se despidió—. Gracias por nada.

—Espere, va —le detuvo su anfitrión—. ¿Adónde irá?

—A investigar.

—Pero si no sabe ni por dónde empezar.

—¡Entonces ayúdeme! ¡Ahora mismo mi mujer y mi hija están en comisaría mientras yo ando de cháchara con usted!

—Cálmese, ¿quiere?

Miquel apretó los puños.

—¿Quién?

Fortuny se rindió.

—Una mujer llamada Asunción Miralles.

—¿Motivo?

—Saber si Andrada tenía relación con niños más allá de su escuela o del orfanato.

—O sea, que esa mujer sabía que era pederasta.

—Eso parece.

—¿Y en estos tres días que le siguió...?

—Nada, salvo recoger a su sobrino ayer lunes. Sábado y domingo, apenas salió de casa, para pasear, comprar el periódico... Una vida muy discreta, en apariencia.

—¿Qué hay de la escuela y el orfanato?

—Ahí no he entrado.

—¿Por qué?

—Tenía que seguirle —lo justificó—. Si me meto en uno de esos lugares y hago preguntas, levanto la liebre.

—¿Cuánto tiempo tenía que seguirle?

—El que hiciera falta.

—¿Y si conseguía pruebas?

—Pues eso, se lo decía a ella y supongo que le denunciaba. No se lo pregunté.

—¿Nada más?

—No, nada más.

—De acuerdo, deme la dirección de esa mujer.

Miquel seguía de pie. David Fortuny sentado. El detective estaba serio.

—¡Eh, eh! ¿Qué va a hacer?

—¿Qué quiere que haga? Investigar. No puedo quedarme de brazos cruzados.

—Pero si le están buscando, hombre. En cuanto salga a la calle pueden reconocerle.

—¿Y qué? ¿Me escondo y le contrato a usted?

—Pues mire, no es mala idea.

—La dirección —insistió Miquel.

Fortuny se movió como un gato enjaulado.

—Hoy es martes. No está. Me dijo que los martes iba a ver a su madre a Sabadell y se quedaba a dormir, así que no podía darle ningún informe.

Miquel se dirigió a la puerta. Esta vez, la voz de su compañero le detuvo cuando ya estaba a punto de salir del comedor.

—Mascarell. —El tono era crepuscular—. Si no fuera por usted, yo no estaría aquí. De verdad que se lo debo, y soy agradecido. Tranquilo. Le ayudaré, pero cálmese. En estas condiciones no puede lanzarse a investigar nada. Tenga cabeza. ¿No nos decía eso mismo entonces, que había que utilizar la cabeza y verlo todo en perspectiva? Tal y como está ahora, no puede hacer otra cosa. Ni siquiera tiene adónde ir.

Miquel apretó las mandíbulas. Seguía de espaldas a él.

—Quédese aquí esta noche —le ofreció Fortuny—. Pensemos bien qué vamos a hacer y mañana le acompaño. Dos mejor que uno.

Tenía razón.

Miquel lo sabía.

Estaba atrapado, solo, y de pronto...

¿Un amigo?

Regresó a la mesa, se sentó en la silla y bebió lo que le quedaba de agua en el vaso.

Tenía mucha sed.

—He de hacer dos llamadas. —Suspiró.

—Tengo teléfono aquí y en mi despacho, pero según adónde quiera telefonear..., si es a su casa no quiero que deje rastros. Mejor vaya al bar de la esquina. —Alargó la mano y le pasó su sombrero—. Tenga, póngaselo bien calado. ¿Tiene dinero?

—Sí.

—No tarde. Y no le dé por escaparse.

—¿Lo dice por el sombrero? —Intentó bromear.

—Claro —dijo Fortuny.

15

Era el tercer bar que visitaba en un mismo día. Si en el de Ramón había fotografías de los ídolos del Fútbol Club Barcelona, y en el segundo de cantantes americanos, en aquél las paredes estaban forradas de carteles taurinos y retratos de toreros. El ambiente también era diferente, más ruidoso, con el aire lleno del humo de los cigarrillos. Quizá por la hora. Un enjambre de albañiles y peones de alguna obra cercana comía allí con buen apetito, aunque la comida no parecía gran cosa. No todo el mundo tenía una mujer y cocinera como la de Ramón.

Pidió varias fichas, por si acaso.

Luego trató de aislarse, con el teléfono pegado a la mano y a la oreja.

Primero marcó el número de la mercería.

Teresina lo descolgó de inmediato.

Voz temblorosa.

—¿Dígame?

Solía comer de fiambrera, en la misma tienda, aunque todavía no fuese hora de cerrar.

—Soy yo.

—¡Señor! —le dio por gritar.

—¡Chist, chist...! Calma —le pidió—. ¿Estás sola?

—Sí, sí señor. La policía ya se ha ido hace mucho. ¿Qué ha pasado? ¡Nadie me ha dicho nada, salvo que le estaban buscando a usted! ¿La señora está bien?

—Tranquila. —No supo qué decirle—. Es... un malentendido. —Fue lo único que se le ocurrió—. Todo se arreglará, aunque ahora parezca que no vaya a ser así. Necesito que actúes con toda normalidad, ¿comprendes?

—¡Ay, sí, pero...!

La imaginó con una mano en el pecho, a punto de llorar, desarbolada, y terriblemente sola.

—Mi mujer estará bien, seguro. Y por mí no sufras. Trato de averiguar qué sucedió y por qué me busca la policía. Sabes que fui inspector, ¿no?

—Sí, señor.

—Pues ya está. Ahora escucha. ¿Estás más calmada?

—Un poco, sí —intentó dominarse.

—Cuando veas a mi mujer le dices que estoy bien, que resolveré esto, que confíe en mí como siempre lo ha hecho y que esté tranquila.

—Bueno.

—¿Lo has entendido todo?

—Sí, sí.

—Repítelo.

—Que... está bien, que resolverá esto, que confíe en usted como siempre lo ha hecho y que esté tranquila.

—Buena chica. —Se lo agradeció.

—¿Y si me pregunta la señora dónde está?

—Le dices que a salvo, en casa de un amigo.

—¿Sólo eso?

—Nada más, sí. Y, pase lo que pase, tú abres y cierras la tienda cada día. Si alguien te pregunta, no sabes nada. Sobre todo, aparenta normalidad, quítale importancia, no vayamos a perder a la clientela.

—Ya han empezado a preguntar, ya —le dijo—. Han visto que se llevaban a la señora y a la niña en un coche patrulla y no han perdido ni un minuto en pasarse por aquí.

—Pues tú como si nada.

—Descuide, señor. Ya sabe que puede confiar en mí.

—Es lo que hago, Teresina. Gracias.

—Tenga cuidado. —Fue lo último que le dijo.

Buena chica. Después de todo, la mejor. Sin ella y con Raquel, habrían estado perdidos. La mercería ya casi era tan suya como de ellos.

Había gastado dos fichas. Pidió el listín telefónico, buscó el número que necesitaba, puso una tercera en la ranura y marcó las seis cifras haciendo girar el disco con paciencia, para no equivocarse. Al otro lado, la respuesta no se hizo esperar.

—Comisaría Central de Policía, ¿dígame?

—El comisario Oliveros, por favor.

—Un momento.

Fueron tres «momentos». El último interlocutor le preguntó ya más directamente:

—¿De qué se trata?

—Un caso privado.

La respuesta no le satisfizo. Lo notó en el tono de voz.

—¿De parte de quién?

—Miquel Mascarell.

—¿Miguel...?

Se sintió radical, provocador. Incluso agresivo.

—No, Miguel no: Miquel —y lo repitió—. Miquel Mascarell.

Ya no hubo más intermediarios. El nombre debía de correr por toda la comisaría como si se tratara de Jack el Destripador. Se había convertido en el enemigo público número uno.

La voz de Sebastián Oliveros tronó a través del hilo telefónico.

—¡¿Mascarell?!

No perdió el tiempo en saludos ni trató de ser bien educado.

—Yo no lo hice.

—De acuerdo. —Oliveros bajó el tono—. Venga aquí y lo hablamos.

—No.

—Mascarell...

—Conozco el método: ¿hay un sospechoso y parece claro? Caso cerrado. No van a seguir investigando.

—No sea estúpido. —Se puso falsamente paciente.

—Precisamente porque no lo soy sigo libre.

—¿Qué quiere? Se pelea con ese hombre, me dice que ya estuvo a punto de matarlo hace quince años, ¿y luego aparece muerto a las pocas horas?

—Todo circunstancial.

—¡No me salga con tecnicismos legales!

—¿A qué hora le mataron?

—Vamos, por Dios, ¿encima?

—¿A qué hora fue? —insistió.

—¡Esto es información reservada y secreto de sumario!

—Si soy el asesino, ¿por qué se lo pregunto? —Lo hizo por tercera vez, manteniendo el vigor en la voz—. ¿A qué hora?

—Entre las diez y las doce de la noche.

—Anoche yo estaba con mi mujer en casa.

—¿Alguien le vio con ella?

—No.

La pausa fue explícita.

—Mire, Mascarell, usted ha sido policía, conoce el procedimiento. ¿Qué le diría a un sospechoso en las mismas circunstancias?

—Que se entregara y no complicara más las cosas.

—Pues ya está.

—Hay una diferencia y un matiz. La diferencia es que yo soy... he sido policía. El matiz es que tengo un pasado, fui indultado tras esperar la muerte varios años, y con semejantes antecedentes no puedo esperar mucha justicia que digamos.

No agregó «de ustedes».

—¿Quiere acabar muerto en una calle cuando un agente le dé el alto?

No le preguntó si iban a disparar a matar.

—¿Mi mujer sigue ahí?

—No. Le hemos tomado declaración y se ha ido hace un rato.

—¿Le ha dicho lo mismo que yo?

—Sí. Hasta me ha detallado lo que cenaron y la bronca que tuvieron.

—¿Y, mirándola a los ojos, ha dudado de su palabra? ¿Cree que mentiría para salvarme?

Sebastián Oliveros no quiso seguir discutiendo.

—¿Qué va a hacer? —gruñó con evidente fastidio.

—¿Qué quiere que haga?

—Como se meta en más líos... Le aseguro que de ésta no le salva ni Dios.

—¿Puedo preguntarle algo?

—¡No!

Lo hizo de todos modos.

—¿Cree que maté a Leonardo Andrada?

—¿Sinceramente?

—Sí.

—Es posible. Usted odiaba a ese hombre.

—¿Me cree un justiciero solitario estando casado y con una hija recién nacida?

—En mi puesto yo me lo creo todo, debería saberlo.

—Andrada era una bestia y pienso que seguía siéndolo. Es más: por la forma en que le han matado, ahora estoy seguro de ello.

—Espere, espere... ¿La forma en que le han matado? ¿Cómo demonios sabe «la forma en que le han matado» si no lo hizo usted?

Era hora de ir terminando.

¿Podían rastrear la llamada, como solía hacer el FBI en las películas americanas?

—Comisario, ¿recuerda lo de abril del año pasado?

—Sí.

—Pues ya está. Aunque piense despacio me muevo rápido, sin importar los años. —Se sintió orgulloso de decirlo—. Usted debería hacer lo mismo. Un asesino anda suelto y no soy yo. Búsquelo.

—¡Masc...!

Colgó el auricular.

Hecho.

Ahora tenía al comisario Oliveros en pie de guerra, pero también advertido.

Y algo le decía que, pese a todo, él conocía la verdad.

Aunque tuviera que asumir su papel.

Salió del bar con el sombrero todavía calado, caminó despacio con ojos en la nuca y, al llegar a la casa, Fortuny le echó la llave por la ventana para no tener que bajar a abrir. Cuando estuvo de nuevo en el piso, lo primero que olió fue el aroma de lo que estaba preparando el detective.

Encima sabía cocinar.

16

No estaba más tranquilo. No dejaba de pensar en Patro. Seguía inquieto, preguntándose qué estaba haciendo allí en lugar de ponerse a investigar. Pero por lo menos había recuperado el control, la serenidad, y reconocía que David Fortuny tenía razón.

Sin calma era imposible buscar nada, y menos a un asesino.

—¿Qué tal? —El detective levantó su copa de vino barato y peleón.

—Bien, mejor —asintió Miquel haciendo lo mismo con su vaso de agua.

—Usted era un gran inspector, el mejor del cuerpo, que se lo digo yo. La gente también lo sabía. Ahora... no digo que esté oxidado, pero las cosas son distintas. ¿Qué voy a contarle? Agradezca que quien tenga contactos sea este menda.

—¿Está muy metido en política?

—¿Yo? No. No llego a tanto. —Quiso dejarlo claro—. Sin embargo, hoy día es mejor tener amigos aquí y allá, estar bien relacionado, sobre todo con la gente que mueve los hilos del poder. Y no me refiero a las altas esferas. Es más importante a veces una secretaria que un ministro.

—Estoy de acuerdo.

—¿Ve cómo congeniamos?

—No digo lo contrario.

—En el fondo los dos somos supervivientes, ¿no le parece?

—Sí, pero a usted le dieron un salvavidas, Fortuny. Yo tuve que ganar la orilla a nado.

—No se me haga la víctima. El Generalísimo le indultó, ¿no?

—No creo que Su Excelencia supiera de mí, aunque sí, figura que fue él —dijo con ironía.

—¿Se imagina este país mandado por toda aquella caterva, satélite de Moscú...?

—Fortuny, no discutamos.

—De acuerdo. —Bebió otro sorbo de vino—. Mire que es usted raro, ¿eh? No tomar alcohol, pase. Lo de no fumar...

—Hábleme de su trabajo —Miquel cambió el sesgo de la conversación—. ¿Tiene mucho?

—Suficiente. —Plegó los labios—. Diría que, de momento, es justito. Pero estamos empezando. Aún no son buenos tiempos, pero lo que está claro es que lo serán.

—Confía mucho en ello.

—Claro. Lo peor ya está hecho. Toca echar a andar de verdad.

—¿Con «lo peor» se refiere a la guerra, la represión y la de gente que sigue en las cárceles franquistas?

—No me venga con ésas, hombre. —Se agitó en la silla—. No me hable desde el resentimiento del derrotado. Véalo en perspectiva. El futuro es lo que cuenta.

—Cimentado sobre miles de muertos.

—¿Vamos a estar siempre hablando de lo mismo cada vez que nos veamos? —Hizo un gesto de fastidio—. ¡Uno se reencuentra a un viejo amigo y resulta que han de seguir la guerra por su cuenta por una simple disparidad de criterios!

—¿Simple disparidad de criterios? —Abrió los ojos al límite—. ¿Lo dice en serio?

—Claro que lo digo en serio. ¿Sabe la diferencia entre usted y yo? Pues que yo soy optimista y a usted le da por lo trágico. ¡Todos los países han tenido su guerra civil, Estados Unidos, Francia...!

—Y ha sido para mejor. En América se abolió la esclavitud, y en Francia se acabó con la monarquía.

—¡Aquí acabamos con los comunistas! ¿Le parece poco?

—Fortuny, ¿es usted un ingenuo o cree realmente lo que dice?

—¿Ingenuo yo? ¿Y por qué he de serlo yo y no usted?

—Porque ustedes cimentan su victoria en una ilegalidad, un golpe de Estado y todo lo que se ha derivado de él.

—Es una lástima. —Suspiró.

—¿Qué es una lástima?

—Que discutamos por todo esto, y más después de tantos años del fin de la guerra. Usted tiene sus ideas y yo las mías. Si vamos por ahí...

—Los amigos también discuten.

—Se lo acabo de decir: habla desde el resentimiento. ¿Por qué es tan crítico y no ve lo bueno?

—¿Lo bueno?

—Mire, si no llega a ser por Franco, acabamos metidos en la Segunda Guerra Mundial. ¿Qué me dice a eso?

—¡Pero si en el 39 estábamos muertos de hambre y agotados! ¿Y la División Azul?

—Una pequeña colaboración, un gesto de simpatía.

—¿Sabe que Serrano Suñer pidió a los alemanes que los prisioneros republicanos exiliados y capturados por ellos fueran enviados a campos de exterminio?

—Eso es propaganda.

—¡Un conocido mío estuvo allí! ¡Me lo contó hace tres meses, en marzo! ¡Ni propaganda ni nada: es la verdad!

—De acuerdo, las guerras son crueles, todas. —Fortuny mostró un atisbo de cansancio—. Ahora hay paz, trabajo para todos...

—Matando a los que sobran es evidente que nunca habrá paro.

David Fortuny mostró su agotamiento.

—Mascarell, usted me cae bien. No lo estropee, va. Diga

lo que diga y piense lo que piense, podemos ser amigos. ¡Lo somos! Hemos comido, usted está momentáneamente a salvo, voy a ayudarle a desfacer este entuerto... Si le soy sincero, y sé que es bueno en lo suyo, no creo que pudiera salirse de este lío solito. ¡Me necesita! Y yo me siento feliz y orgulloso de poder ayudarle.

Miquel se rindió. Su nuevo compañero parecía forjado con una salud de hierro en cuanto al optimismo y el buen talante. Nada de mirar atrás. Sólo contaba el futuro, y el buen ánimo para afrontarlo.

—Supongo que la vida es un cinco por ciento lo que te pasa y un noventa y cinco por ciento cómo te lo tomas —suspiró Miquel.

—Ésa es una buena frase, ¿ve? Y una razón como un templo. —Miró la hora y se levantó de la mesa—. He de irme.

—Voy con usted. —Hizo lo mismo.

—No, usted se queda aquí —le detuvo.

—¿Y qué hago?

—Escuche la radio, eche la siesta, escríbale a su mujer... —Se encogió de hombros—. Hasta mañana no podremos hablar con la señora Miralles, ya se lo he dicho. Yo veré si averiguo algo más acerca de la muerte de Andrada.

—Usted investigue por su cuenta y yo lo haré por la mía —insistió.

—¿Adónde va a ir? Ni siquiera tiene un cabo para empezar a tirar del ovillo.

—La escuela y el orfanato en los que prestaba sus servicios Andrada. Y no es un cabo, sino dos.

—¿Quiere ir hoy por allí, cuando estará no sólo todo revuelto, sino probablemente la policía haciendo preguntas? ¡Venga ya, hombre! Además, no puede salir a la calle así.

—¿Y cómo quiere que salga?

—Ya lo verá. —Sonrió con un deje de misterio—. Instálese. Ése de ahí es su cuarto. —Señaló una puerta del pasillo, próxima al comedor—. Quítese esa horrible americana que me lleva y con la que va pidiendo a gritos que le detengan y póngase cómodo. Sé que es duro, pero si sale a la calle no llegará muy lejos. Unas horas de pausa nos vendrán bien, aunque ya conozco su teoría de que los asesinatos han de resolverse en las siguientes cuarenta y ocho horas o luego es más complicado.

—¿Lo recuerda?

—Lo recuerdo todo. Por eso soy un buen detective —se jactó.

—Intente descubrir cómo era el cuchillo, dónde encontraron a Andrada, si en la entrada, en mitad del piso o en su dormitorio, si el asesino dejó el arma homicida allí...

—Tranquilo, pero sepa que no voy a poder dedicarme sólo a eso.

—¿Tiene otro caso?

—Un padre que quiere saber si su hijo anda con malas compañías. —Lo justificó abriendo las manos—. Nada del otro mundo, pero... ¡He de cumplir!

Eso fue todo, salvo que, al irse, desde la puerta, David Fortuny gritó jovialmente:

—¡Hasta luego!

17

A los diez minutos tuvo que levantarse y pasear por el piso.

A los treinta se sentó para escuchar la radio.

A la hora apagó la radio y volvió a moverse como un león enjaulado.

A las dos horas se le caía la casa encima.

Estuvo a punto de no obedecer a Fortuny y salir a la calle. Todo era mejor que aquello. No, todo no. Si le detenían no saldría jamás de la cárcel. Eso si no anulaban el indulto y le fusilaban o le ejecutaban con el garrote vil.

Patro viuda. Raquel huérfana.

Raquel.

Fortuny le había dicho que le escribiera a Patro.

Eso sí tenía sentido.

Buscó utensilios para redactar una carta. Encontró papel en un escritorio viejo y una pluma en un cajón del aparador del comedor. Le costó hacerla funcionar pero lo consiguió tras presionar la carga y golpear la punta media docena de veces. Cuando la tinta fluyó, buscó el lugar más cómodo para instalarse. Acabó en el mismo lugar en el que había comido, con la luz de la lámpara encima de su cabeza.

La carta no iba a ser para Patro, sino para Raquel.

Respiró hondo y empezó a escribir.

Querida hija: si un día lees esto, significará que yo ya no estaré contigo...

¿Demasiado duro? No, real.

¿Pero cómo se le hablaba a una niña de la muerte propia?

Bueno, niña primero. Después, ya de mayor, la entendería.

Querida hija: si un día lees esto, significará que yo ya no estaré contigo, al menos físicamente, aunque sí en espíritu. Eso es lo primero que has de saber, y lo único que debes tener en cuenta. Soy tu padre y eres la esencia de lo que más cuenta a lo largo de una existencia: el amor.

Quiero que sepas que, junto con tu madre, eres lo mejor que me ha pasado en la vida, aunque yo haya tenido dos vidas muy diferentes, separadas la una de la otra por el tiempo que pasé en una cárcel tras una espantosa guerra de la que un día oirás hablar. De esta vida actual, la última, sois lo más grande, aquello por lo que un día decidí no rendirme y seguir adelante cuando ya no me quedaba nada. Encontrar a tu madre ya fue un milagro. Verte nacer lo ha sido mucho más. La noche que te vi por primera vez lloré. No sabes cuánto. No eras más que una bolita con los ojos muy abiertos y carita de pasmo, pero te habría comido a besos.

¿Se estaba poniendo demasiado sentimental?

Sí, ¿y qué?

Era la verdad.

Siguió escribiendo.

Mi ángel, no sé la vida que te espera, pero quiero confiar en un futuro más o menos cercano en el que la paz, la concordia y la reconciliación se hayan apoderado de España. Si no tuviera esa esperanza, no valdría la pena pedirte valor y fuerza, ánimo y toda la libertad de tu corazón para disfrutarla.

Te escribo esto una tarde de junio, primaveral, sin saber demasiado bien si lo que me impulsa es el miedo o la prevención ante lo que me pueda pasar. Fui policía durante muchos años. Luego, la guerra lo cambió todo; me encerraron y salí en libertad sin haber hecho gran cosa, por no decir nada. Ahora estoy metido en un lío. Me acusan de un crimen que no he cometido.

Lucharé por demostrar mi inocencia, pero puede que pierda, en cuyo caso va a ser la razón de que leas esto. Si sale mal, si me cogen y tiran la llave, lo más importante, lo único que me alentará, será saber que tú crees en mí, como lo habrá hecho tu madre. Siempre he intentado ser una buena persona, y el mejor en mi trabajo. Uno no deja de servir a la ley por mucho que le jubilen, le aparten o le condenen por un cambio político. El único pecado que he cometido ha sido estar del lado de la legalidad siempre, y más en una guerra equivocada y traidora.

Raquel, el futuro es tuyo. Resiste, aguanta, fórmate como ser humano, no te dejes intimidar ni avasallar, ten ideas propias, defiende tus principios; estudies o trabajes, hazlo con honestidad y empeño. Siéntete orgullosa de ti misma. La felicidad la forman un sinfín de buenos momentos. Que sean más y mejores que los malos. Un día también deberás cuidar de tu madre. Ella es maravillosa. Única. La persona más buena y generosa que he conocido, y tan llena de vida que fue capaz de convertir a un pobre cadáver ambulante en una nueva persona digna de ser llamada así. Ni te imaginas lo que es eso cuando lo has perdido todo.

Te he dicho que el futuro es tuyo, y así es. Está en tu cabeza y en tus manos, en tu corazón y tu determinación. Ni una dictadura de hierro como la que nos domina ahora, mientras te escribo esto, puede durar demasiado en el tiempo. Ningún dictador merece perpetuarse ni hacerse un hueco digno en la historia. Tarde o temprano, habrá una justicia, una reivindicación, aunque para los muertos sea algo tardío, y para los vivos que resistan una compensación tal vez estéril. Yo no veré ese futuro, tú sí. Hazte digna de él.

Si esto sale mal, y me acusan de un crimen que no he cometido, dirán cosas atroces de mí. Tú sólo escucha a tu madre. Nos ha tocado vivir en momentos difíciles y amargos, pero los que nos hayamos quedado por el camino formaremos la carretera por la que los que sobreviváis deberéis avanzar.

Raquel, esperanza es una vieja palabra del diccionario que, en la mayoría de los casos, poco o nada tiene que ver con la religión. Más bien se refiere a la voluntad de seguir. Es un impulso, una fuerza, la gasolina del alma, suponiendo que el alma sea eso que nos hace diferentes, no inmortales en un paraíso celestial en el que no creo.

Te quiero mucho.

Te...

Dejó de escribir.

Tenía los ojos húmedos y le temblaba la mano.

Demasiada emoción.

Leyó lo que acababa de escribir, con letra menuda y clara, y no tocó ni una coma. No era necesario. Tampoco alargó más la carta. Simplemente se despidió con un «Tu padre» y la firmó. Se la dejaría a David Fortuny y, con un poco de suerte, Raquel jamás tendría que leerla.

O sí.

¿Por qué no?

Vivo o muerto, servía igual.

Un testamento.

Buscó un sobre en los mismos lugares en los que había encontrado el papel y la pluma, pero no tuvo suerte. Pensó en guardarse la hoja, doblada en cuatro partes, en el bolsillo de la enorme chaqueta de Ramón, pero acabó dejándola apoyada sobre la lamparita de la mesita de noche y volvió a esperar a David Fortuny.

Más radio.

Más paseos.

Más nervios.

Hasta que a las ocho de la noche se abrió la puerta del piso y la voz del detective le anunció su llegada con la misma jovialidad con la que se había ido.

—¡Ya estoy en casa!

Incluso lo dijo cantando.

Día 5

Miércoles, 20 de junio de 1951

18

Cuando David Fortuny salió de su habitación, vistiendo un horrible pijama, despeinado y con cara de sueño, Miquel ya llevaba una hora despierto.

—Buenos días —gruñó el dueño de la casa con mucho menos entusiasmo del que solía hacer gala.

—Buenos días.

—Gracias por no hacer ruido para que abriera los ojos antes. —Se rascó la cabeza—. Por la mañana tengo muy malas pulgas. No empiezo a coordinar hasta que me he tomado algo. ¿Ha desayunado?

—No.

—Pues en la cocina había galletas, y un poco de café molido.

—No importa.

—Allá usted. ¿Qué tal la noche?

¿Le decía que no había dormido más de media hora seguida, que no había parado de dar vueltas, que había tenido pesadillas y que lo que más quería era ponerse en marcha?

—Regular. —Se quedó a medio camino.

—Ya, una cama nueva siempre es difícil. —Lo entendió por el lado equivocado—. A mí, es que me cambian la almohada y ya soy hombre muerto.

—Después de pasar ocho años y medio en el «hotel» del Valle de los Caídos, cualquier cosa me parece un lujo.

—Eso sí, ¿ve? —No quiso ahondar en el comentario.

—Fortuny.

—¿Qué?

—Me dijo que le habían herido, pero no cómo.

—¿De verdad le interesa saberlo?

—Pues claro.

El detective se tocó el brazo izquierdo con la mano derecha. Pareció no darle importancia a la explicación. Como si contara el argumento de una película bélica.

—Cayó un morterazo en mitad de nuestro pelotón y saltamos por los aires. Yo no tenía nada, ni un rasguño, sólo el aturdimiento, pero el resto del grupo... Uno de los chicos, un soldado llamado Gutiérrez, gritaba como un loco, pedía ayuda. Yo gateé hasta el socavón dejado por la explosión y le vi hecho una piltrafa, el pobre. Se le salían las tripas, estaba abierto en canal. Intentaba sujetárselas y volver a ponerlas en su lugar, pero era imposible. A pesar de ello, seguí gateando hacia él. ¿Y sabe eso que dicen de que una bomba no cae en el mismo lugar que la anterior? Pues es mentira. Cayó un segundo morterazo justo encima de él. Si llego a estar más cerca, no lo habría contado. Volví a volar por los aires, perdí el conocimiento, y cuando me desperté... —Movió a duras penas el brazo izquierdo y los dos únicos dedos sanos de la mano, el pulgar y el índice—. Un precio menor por seguir vivo, ¿no cree?

—¿Estuvo mucho tiempo en la retaguardia?

—Ya no volví al frente. ¿Con un brazo inútil? Me libré de pelear en el Ebro.

Miquel tragó saliva.

David Fortuny no había luchado contra Roger.

¿Algo era algo?

—Gracias por contármelo.

—Cuando sea viejo, si tengo nietos, será mi gran batallita.

Salió del comedor y Miquel le oyó deambular por la casa. Regresó ya vestido, con una taza de café en la mano y unas galletas.

—Coma algo, que luego se va a caer redondo. —Le pasó las galletas.

—¿No se hace tarde? —dijo Miquel.

—No, tranquilo. Asunción Miralles me dijo que cogía el tren después de desayunar con su madre. Llegará a su casa a media mañana. Tenemos tiempo.

Miquel se lo dijo con toda naturalidad:

—Voy a ir solo.

—¡Ah, no! —objetó Fortuny.

—Ah, sí —repuso él con la misma serenidad—. Si me ve con usted, adiós a eso de la confidencialidad detective-cliente. ¿Lo ha olvidado? Ha de quedarse al margen.

—¿Y quién le dirá que es usted?

—No sé. A veces no digo nada y la gente me toma por policía igual.

—Es que sigue pareciéndolo.

—Sirve de ayuda. —Masticó una de las galletas.

—¿Y yo qué hago?

—Lo que no pudo hacer ayer por la tarde a causa de su otro caso: tratar de averiguar más detalles del crimen. Hable con la mujer que encontró el cadáver, con los vecinos... No conozco a ninguno que no quiera protagonismo, por más que se escandalice. Necesitamos cubrir toda esa parte.

—Trabajo de campo.

—Trabajo de campo —asintió—. Yo no puedo acercarme a esa casa, por si la policía la vigila.

—Por una vez, estoy de acuerdo con usted.

—Gracias.

—Ahora vamos a ir a mi despacho. He de camuflarle.

—¿Que va a hacer qué?

—Se lo dije ayer: no puede salir a la calle así, sin más. Toda la policía debe de tener ya su descripción. Voy a vestirle adecuadamente y a disfrazarle.

—¡No fastidie! —exhaló Miquel.

—No sabe lo bien que va en mi trabajo. ¡Lo que hace una

peluca, un bigote, una barba...! ¡Incluso un leve acento extranjero, a fin de despistar! Para ser detective hay que ser también un buen actor.

—Estoy impresionado —tuvo que admitir.

—Ya le dije que era bueno. ¿Está listo?

—Sí, cuando quiera.

Salieron del piso y bajaron las dos plantas que les separaban del primero. La oficina de David Fortuny era funcional, una sala de espera, un cuartito que servía de almacén, un pequeño lavabo y el despacho propiamente dicho, con una mesa, dos sillas, un sofá, un archivador y poco más.

Salvo el diploma acreditativo.

—Suerte que, más o menos, somos de la misma estatura y complexión —calculó el detective—. Bueno, usted tiene un poco más de barriga.

—Yo no tengo barriga —quiso dejarlo claro.

—Lo que usted diga. —Entró en el almacén, lleno de trastos, y en un perchero empezó a buscar la ropa adecuada, pantalones, americana, corbata... —Veamos esto, y esto, y también esto...

—¿Me va a hacer ir con sombrero? —Se alarmó al ver que cogía uno.

—Sí.

—Me da dolor de cabeza.

—Pues va a tener que aguantarse por unos días. El cabello también delata a la gente y el suyo, tan plateado, es como un semáforo en rojo.

No sólo fue el sombrero. También sacó un bastón de puño plateado de lo más profundo del perchero.

—No...

—¿Quiere callarse, hombre? ¡Es perfecto! A sus años no tiene nada de malo que lleve bastón. Le dará un toque digno a la par que elegante. Ahora siéntese, que vamos a cambiarle la cara. ¡No le va a reconocer ni su madre!

Miquel pensó en su madre.

Y en Patro.

De todos los sinsentidos de su vida, aquél era claramente el peor.

Caminó hasta el despacho seguido por Fortuny. El detective dejó en la mesa todo lo que llevaba. No fue tarea fácil. De entre la media docena de barbas escogió la que más se parecía a su cabello. Miquel agradeció que lo único postizo fuese la barba y el bigote. Con una peluca habría sido peor, llevase o no sombrero. Una vez untada la parte interior con el pegamento, o lo que fuese aquella fijación, se la colocó con mimo, asegurándola centímetro a centímetro. El bigote hacía juego y era frondoso. Nada que ver con los finos bigotitos franquistas.

—No hará falta ni que le maquille —dijo Fortuny.

—¿También se maquilla?

—Pues claro. Unas buenas ojeras, unas manchas, pecas... Todo sirve, se lo aseguro.

—¿Se disfraza usted mucho?

—A veces, cuando el caso lo requiere. Técnicas modernas.

—Parece pasárselo en grande —tuvo que reconocer.

—Siempre he tenido sentido del humor. Vivo y dejo vivir. ¿Y qué quiere que le diga? Mejor esto que estar todo el día en una oficina siniestra aguantando a un jefe cabrón.

David Fortuny era el tipo más positivo del mundo.

Fascista, pero positivo.

O tal vez por ello.

Después de todo, habían ganado la guerra y tenían la sartén por el mango.

—Sé lo que está pensando —le recriminó el detective.

—Pues vaya.

—No se haga el izquierdoso conmigo. —Le apuntó con un dedo—. Los dos somos supervivientes, métaselo en la cabeza. —Se apartó de él, entrechocó las manos y cantó—: ¡Ya está! ¡Ha quedado genial!

Miquel se levantó. Fue directo al pequeño cuarto con el

lavamanos y el retrete. Había un espejo bastante picado por la vejez y el deterioro. Se miró en él y abrió los ojos.

Era un anciano.

Y, desde luego, daba el pego.

—¡Jesús! —exclamó.

—Una obra de arte, no me diga. Con el sombrero, la ropa y el bastón...

Jamás hubiera imaginado llegar a algo como aquello.

—Gracias —dijo sinceramente.

—¿Tiene dinero?

—Sí, cien pesetas.

—¿No salió de su casa a la carrera?

—Me prestaron la americana y el dinero. Un amigo.

—Eso está bien. Quien tiene un amigo, tiene un tesoro. —Levantó el dedo índice de la mano derecha hacia lo alto.

—¿Me da las señas de Asunción Miralles?

—Calle de la Luna 14. ¿Sabe dónde cae?

—Sí.

—Es una mujer muy sencilla, no sea duro con ella.

—Sé cómo hacer mi trabajo.

—Una cosa es hacer su trabajo y otra estar implicado y metido hasta las orejas en el caso —observó Fortuny.

Miquel recordó algo.

Quizá no tuviera otra ocasión, si algo salía mal y no regresaba.

—Oiga, si me pasara cualquier cosa...

—¡No sea negativo, hombre!

—¿Quiere escucharme? —Se revistió de paciencia.

—Adelante —dijo alargando la tercera vocal.

—En mi habitación le he dejado una carta. Va dirigida a mi hija, aunque deberá dársela a mi mujer, claro.

—¿Ya se pone cenizo? ¿Ha hecho testamento?

—Más o menos.

—Va, tire, tire. ¡Váyase antes de que cambie de idea! Nos vemos aquí por la noche. —Abrió un cajón de su mesa y le entregó dos llaves—. Esto es por si regresa antes que yo. No va a esperar en la calle.

Le daba las llaves de su piso.

No hacía ni veinticuatro horas que estaban juntos, y le daba las llaves de su piso.

Inaudito.

¿La excepción que confirmaba la regla fascista?

Miquel seguía pensando en ello cuando dio los primeros pasos de su nueva personalidad por el exterior.

19

Lo primero que hizo fue regresar al bar del día anterior para llamar por teléfono. Pidió un café con leche que acompañara en el estómago a las galletas ingeridas un rato antes y un par de fichas. No era temprano, pero de todas formas había gente. Lo peor, el humo del tabaco. Antes de empezar a hablar por el auricular tuvo que aclararse la voz.

Luego, escuchó la de Teresina.

—Soy yo —se presentó igual que horas antes.

—¡Señor!

El tono de su empleada era de susto, no de alarma. Aun así, se sintió sobrecogido.

—Estoy bien. —Fue lo primero que le dijo—. ¿Está mi mujer?

—No, lo siento —se desesperó, víctima de la ansiedad—. Ha pasado por aquí para decir que no se encontraba bien, que se quedaba en casa con la niña, pero que no se alarme usted, que únicamente es por el susto y que apenas si ha pegado ojo en toda la noche.

Pobre Patro.

Se sintió culpable, aunque todo aquello le hubiera caído en la cabeza de la manera más inesperada y estúpida.

Bueno, después de meter la pata saltando sobre Laureano Andrada como lo había hecho.

—¿La policía...?

—No, no. Tranquilo. No han vuelto.

—¿Y por la calle?

—Ay, eso no lo sé. Si están camuflados o algo así...

—Teresina, cuando veas a mi mujer le dices que estoy bien, que sobre todo se lo tome con calma y tenga paciencia. Dile que le prometo resolver esto en unos días.

—¡Pero es un asesinato, señor! ¿Y si se mete en más problemas?

—¿Qué quieres que haga? No voy a dejarme encerrar siendo inocente. Escucha. —Mejor acabar cuanto antes—. Dile a Patro que esta tarde esté en la tienda, ¿de acuerdo?

—¿A qué hora?

—No lo sé. Tú díselo. Salvo que se encuentre muy mal, que haga ese esfuerzo.

—¿Y si no viene por aquí?

—Pues a la hora de comer vas a casa y ya está, pero que venga. ¿De acuerdo?

—Sí, sí señor.

—Entonces de acuerdo. Confiad en mí.

—Tenga cuidado, señor.

—Lo tendré.

Colgó el auricular.

Siempre había tenido cuidado, pero era la primera vez que le acusaban de un asesinato.

Con eso, cualquiera podía perder la cabeza.

La distancia entre la calle Vilamarí y la calle de la Luna era relativamente breve. Quince minutos a buen paso. No llevaba más que cien pesetas, menos lo que le habían costado el café con leche y las fichas. ¿Ahorraba?

Levantó la mano y paró un taxi.

El tiempo apremiaba.

—Buenos días, abuelo, ¿de paseo? —le saludó un jovial taxista.

Le dio la dirección secamente y el hombre captó el tono. No volvió a abrir la boca en todo el trayecto, por otra parte rápido. Ni le miró por el retrovisor, concentrado en la conducción. Cuando Miquel se bajó miró el edificio en el que vivía Asunción Miralles, una vieja, viejísima casa de dos plantas y aspecto muy humilde. Lo primero en lo que pensó fue en el detalle de que alguien que viviera allí pudiera pagar a un detective privado, por barato que fuese.

Ni siquiera sabía a cuánto cobraba la hora David Fortuny, si es que medía así el tempo.

No había portera, pero la puerta de la calle tampoco estaba cerrada. Subió a la primera planta y llamó al timbre. Al otro lado oyó una tos, un «¡Ya va!» y el roce de unas zapatillas con el suelo. La puerta se abrió y en el umbral apareció una mujer de unos cincuenta y pocos años, desarreglada, con el pelo revuelto, vistiendo una bata arremangada hasta los codos. Por detrás de ella se veía un piso de lo más humilde. Se lo quedó mirando un par de segundos sin decir nada, con cara expectante.

—¿Señora Miralles?

—Sí, soy yo. ¿Qué quiere?

Era un caballero mayor, con barba, bigote, sombrero y bastón. Tuvo que recordarlo, para comportarse como tal. Ya no parecía un policía.

—¿Podría hablar con usted?

—¿De qué?

—De Laureano Andrada.

El rostro inexpresivo se crispó. La mirada se hizo más oblicua. Los labios se tensaron.

—¿Cómo dice?

—Quiero hablar con usted del señor Laureano Andrada —se lo repitió con la misma educación y buenas formas.

—No entiendo...

—Por favor.

—¿Quién es usted?

—Eso no importa, créame. Sé que ha contratado a un detective para que siga al señor Andrada. Y me consta que la razón es la misma por la que le seguía yo.

Asunción Miralles se apoyó en la puerta.

Dio la sensación de recibir todo aquello como una bofetada.

—Mire, yo no... En serio, no sé de qué... —balbuceó sin encontrar la forma de terminar ninguna frase mientras el miedo avanzaba en su semblante.

—Ese hombre pervirtió a mi hijo durante años, antes de la guerra —disparó con bala—. Le creía muerto, porque entonces le detuvieron. Hace poco supe que estaba vivo.

—Lo... siento, pero...

—Vamos, ayúdeme. ¿Por qué contrató a ese detective, señora?

Se venía abajo. Era evidente. Pero no de la forma habitual en una persona culpable o cargada de secretos. Era más bien desconcierto.

Esta vez abrió y cerró la boca sin decir nada.

—¿Un hijo, un sobrino...? —intentó sonsacarla Miquel.

—El hijo de una amiga —respondió sin mucha convicción.

—¿Me da su nombre y dirección?

Asunción Miralles se acabó de atolondrar. El desconcierto se convirtió ya de forma definitiva en miedo, y el miedo la empujó al pánico. Los ojos bailaron en la penumbra del rellano.

—No... puedo. —Movió la cabeza de lado a lado—. Su madre... no lo sabe. Él me lo contó. Sí, él.

No mentía bien. Ella misma fue consciente de eso.

Miquel supo que iba a perderla.

—Señora Miralles, dígame dónde puedo encontrar a ese joven.

—No. —Siguió moviendo la cabeza, ahora con mayor agitación—. Mire, yo no quiero líos. Váyase, señor. Déjeme en paz, ¿quiere?

—¿Por qué está tan nerviosa?

—Porque yo no sé nada. —Se aferró a la puerta con una

mano—. El detective me pasa los informes y esto es todo. Es cuanto puedo decirle. Ni siquiera entiendo...

Se lo soltó a bocajarro:

—Han asesinado al señor Andrada, señora Miralles. Pensé que usted podría decirme algo.

El efecto fue impactante. Como si la hubiese golpeado en el pecho con el puño cerrado. Asunción Miralles dejó de respirar durante unos segundos. Se llevó la otra mano a la cara. Los ojos se adentraron en un territorio inexplorado de angustia y terror. La palabra «asesinato» penetró en su mente como un cuchillo, primero frío, después candente.

—¿Qué? —gimió.

—El hombre al que mandó seguir fue asesinado, y eso la relaciona muy directamente con el caso —siguió Miquel.

—¿Es... policía?

—No, no lo soy. Ya le he contado por qué seguía al señor Andrada. Necesito tan sólo que usted confíe en mí.

—Váyase, por favor —logró decir al límite de su resistencia.

—¿Prefiere hablar con la policía?

—¡Váyase! —gritó de pronto, fuera de sí—. ¡Déjeme en paz! ¡Yo no sé nada!

La mujer cerró la puerta con estruendo.

Miquel no se movió. Podía haber puesto el pie para evitarlo, pero no lo hizo. No serviría de nada asustarla. Si se ponía a chillar sería peor. Sabía que ella estaba al otro lado. No había oído sus pasos alejándose por el piso.

—¡No complique las cosas, hágame caso!

Silencio.

—¿No comprende que esto no va a quedar así?

Nada.

Pegó el oído a la madera.

Asunción Miralles no lloraba. Posiblemente ni respiraba.

Ya no esperó más y regresó a la calle.

Pero no para alejarse de allí.

20

Más allá de la reacción de Asunción Miralles, algo no encajaba.

Lo más evidente.

¿Una mujer como ella, viviendo de forma tan humilde, contrataba a un detective privado?

Probablemente ni siquiera supiera que existían.

Y también estaba su reacción.

Se había venido abajo hasta el límite.

Miquel se alejó por la calle de la Luna en dirección a la del León, por si su agitada testigo le espiaba desde una ventana. Dobló por la esquina de la calle Tigre y se apostó en ella. La espera no fue larga. Asunción Miralles tardó diez minutos en salir, a la carrera, presa de los nervios. Llevaba zapatos planos y una chaquetilla barata. También se había peinado. Siguió el mismo camino, calle de la Luna y su prolongación, la calle León, doblando al final hasta la ronda de San Antonio. Una vez en ella se dirigió a la parada del tranvía y esperó.

Miquel supo que no podría tomar el mismo tranvía sin que le viese.

Un riesgo más, pero habitual.

Primero paró un taxi.

—Vamos a esperar aquí hasta que la señora de la parada, la de la chaquetilla beige, se suba a un tranvía —le informó—. Habrá que seguirlo.

El hombre volvió la cabeza.

—¿Va a ser algo peligroso? —preguntó.

—¿Tengo aspecto de ir a meterme en líos?

—Eso nunca se sabe. Si yo le contara...

—Tranquilo. —Se le ocurrió la mentira más plausible—. Es mi hija y me temo que se ha relacionado con un hombre casado. Ya me entiende.

—A mí la mía me hace eso y, con la poca cara de vergüenza que me quede, la mato.

—Caray, tampoco es eso.

—Usted no conoce a mi hija.

No hablaron más.

Sobre todo porque llegó el 29 y Asunción Miralles se subió a él.

No fue un trayecto largo. Enfilaron Marqués del Duero y el paseo de Isabel II hasta la plaza Palacio. Por suerte lo hicieron en silencio. La mujer se apeó del tranvía en la plaza y Miquel hizo lo mismo del taxi, dándole el importe exacto al taxista.

—¡Suerte! —le deseó el hombre.

La mujer que había contratado a David Fortuny volvía a caminar con paso vivo. Miquel tuvo que arreciar el suyo para no perderla. Tomó un trecho de la avenida Marqués de Argentera, pasó al otro lado y subió por la calle de detrás de Palacio y la plaza de las Ollas. Finalmente alcanzó la calle Espartería.

Allí entró en un portal.

Miquel se tomó su tiempo antes de continuar la marcha. Pasó por delante del portal y vio que era una especie de asilo regentado por monjas. Su nombre: Buena Esperanza. No se detuvo. Llegó hasta la siguiente esquina, en la calle Calders, e hizo lo mismo que en la calle de la Luna: esperar paciente.

Fueron quince minutos.

Largos, tensos, cargados de interrogantes y dudas.

Asunción Miralles volvió a salir, y esta vez ya no avivó el paso. Se alejó en dirección a la plaza de las Ollas, como si deshiciera el camino seguido para regresar a su casa. Miquel se quedó donde estaba.

Contó hasta diez y se encaminó al asilo.

En la entrada había una especie de garita presidida por una monja de hábito largo y cofia alada. Si no se equivocaba, esa clase de cofia era el signo distintivo de las Hijas de la Caridad, pero tampoco estaba seguro. El escapulario era más bien un peto blanco. Más allá de ella se veía un patio sin sol en el que una docena de ancianos inmóviles veían pasar la vida en silencio, con los ojos vueltos hacia dentro, no hacia fuera.

Se comportó como evidenciaba su disfraz, como un caballero digno y respetable, se quitó el sombrero y sonrió.

—Perdone. —Metió un poco la cabeza por el agujero del cristal que protegía a la monja—. La señora que acaba de irse, ¿a quién ha venido a ver?

La venerable hermana, entrada en años y en carnes, no se fio de su talante amigable.

—¿Quién es usted?

Si le decía que era policía, igual le pedía la credencial. Y disfrazado, no lo parecía. Había perdido su empaque.

—Soy detective privado —soltó.

La monja levantó las cejas.

—¿Cómo dice?

—Investigo cosas, ya sabe.

No, no sabía.

—¿Aquí? ¿Qué tiene que investigar aquí?

—Pues un delito, aunque nada serio, no tema. Y no puedo decirle más, lo siento. —Mantuvo las formas—. Es algo importante, créame. Siento molestarla. Le juro que seré breve.

La celadora se lo pensó.

Tampoco estaba para líos, y su visitante parecía cualquier cosa menos una persona desagradable.

—Ha venido a ver al señor Camprubí. Lorenzo Camprubí —se avino a colaborar—. Habitación 217. —Sacó una mano por la mampara de cristal—. Siga todo recto, suba la escalera, y en el primer piso doble a la izquierda.

Miquel miró a los ancianos del patio.

—¿Estará en su habitación?

—Él sí —aseguró la monja.

No le preguntó por qué estaba tan segura, aunque lo intuyó. Le dio las gracias y cruzó la puerta enrejada que le permitía llegar al otro lado de la frontera, la que separa la vida exterior de la muerte interior. Mientras caminaba, con cierta aprensión, pensó que él habría acabado igual, solo y perdido, de no haberse encontrado con Patro y casado con ella.

Tener a alguien lo era todo.

Subió al primer piso, y mucho antes de llegar a la habitación 217 ya oyó el tumulto, las risas, los gritos.

Se detuvo.

—¡Hoy es el día más feliz del resto de mi vida!

—¡Lo conseguimos, Lorenzo, sí señor!

—¡Creí que moriría sin verlo!

—¡Por Pedro!

—¡Por Pedro! —repitieron no menos de un par de voces.

Más risas felices.

Miquel metió la cabeza por el hueco de la puerta, que estaba abierta. Lo que vio fue un puro contraste. Tres hombres en las últimas, tres pellejos animados, comportándose como si acabasen de recibir la mayor de las alegrías, exultantes de felicidad. Uno estaba en la cama, con unos tubitos que le salían de las fosas nasales y conectaban con un respirador. El segundo, sentado en una silla de ruedas que abultaba más que él, por lo delgado y menguado de su figura. El tercero, de pie, se apoyaba en un andador de madera. Ninguno tenía mucha carne en el cuerpo. Sólo piel y huesos.

Y, riendo como se reían, de paso mostraban los pocos dientes que les quedaban.

Los tres callaron de pronto al reparar en su presencia.

Le miraron como si fuera un marciano surgido de la nada.

—¿Sí? —preguntó el de la cama.

—¿Señor Camprubí?

Estaba parcialmente sentado, descansando sobre la almohada puesta en posición vertical. Se apoyó con las dos manos y se irguió un poco más. Los ojos, hundidos en las cuencas, tenían la clásica expresión de la vejez extrema a la que, encima, ronda la muerte, cuando las miradas se hacen inciertas, profundas pero vacilantes y débiles.

Obviamente, Asunción Miralles le había descrito con más o menos detalle, porque Lorenzo Camprubí frunció el ceño y apretó las mandíbulas. Los otros dos se pusieron tensos.

—Usted...

—La he seguido, sí. —Fue sincero.

—¿Qué quiere?

—Poca cosa. —Acabó de entrar en la habitación, con el sombrero en una mano y el bastón en la otra—. Saber quién mató a Laureano Andrada y por qué.

Los pómulos se marcaron todavía más en el rostro del anciano. Cerró la mano derecha con fuerza. Miquel intuyó que, ahora, le costaba respirar a pesar de los tubitos.

La voz sonó muy dura.

—No sé quién coño es usted ni me importa —espetó—. Esa bestia ha muerto, es todo lo que cuenta. Si es cierto lo que le ha dicho a Asunción...

—Lo es.

—Pues mejor. Lo habría hecho yo mismo de haber podido, ¿me comprende? ¡Yo mismo! Ahora lárguese y déjenos en paz, disfrutando de este momento.

—¿Quiere que hable con la policía?

Lorenzo Camprubí le lanzó una mirada tan intensa como irónica.

Abrió los dos brazos, abarcándose a sí mismo y al mundo en general.

—¿Me lo dice en serio? —Soltó una carcajada seca y amarga, exenta de felicidad—. ¿No me ve? ¿La policía? ¡Ja! ¡No me quedan ni tres meses de vida, así que me la suda la policía!

Fue demasiado para él. Se puso a toser y ya no paró. De la tos pasó a la congestión, y de la congestión al ahogamiento. El anciano de la silla de ruedas se quedó tal cual, viendo la escena. El del andador se inquietó.

Fue él quien gritó:

—¡Sor Anunciata!

La monja apareció al segundo, cuando ya Lorenzo Camprubí estaba rojo. Entró igual que un tornado, o como una enorme bola con piernas, porque era baja y redonda. Al ver la escena se abalanzó sobre el enfermo, incorporándole y dándole palmadas en la espalda. Luego se dirigió a ellos.

—¿Qué ha pasado? —preguntó alarmada.

—Ha sido él —dijo el del andador señalando a Miquel.

—¿Y quién es usted? —tronó la voz de sor Anunciata—. ¡Haga el favor de no alterarle, hombre! ¡Ya están saliendo todos de aquí, hala, venga!

Miquel miró al anciano de la cama.

Por encima de la tos y lo demás, estaban sus ojos.

Le miraban con fiereza.

El acero forjado por el crisol del tiempo en la vejez.

No iba a hablar.

Tuvo que salir de la habitación, dejando que la monja recompusiera el desaguisado, y ya no quiso enfrentarse a los otros dos. Sería inútil. Recorrió el pasillo, bajó la escalera hasta el patio y regresó a la garita de la primera monja, ajena a lo que había sucedido arriba.

—He sido rápido, ¿ve?

—Sí, ya, ya. Mejor. Los angelitos no están para muchos trotes. La mayoría tiene la cabeza en otra parte.

—Veo que el señor Camprubí se muere.

—Sí —asintió con serenidad—. El pobrecillo ya está en manos del Señor.

—Este asilo...

—Residencia —le rectificó.

—Esta residencia no es de la Administración, ¿verdad?

—No, no señor. Es de pago, aunque nosotras estamos aquí para ayudar, sin interés, claro. ¿Qué harían esas pobres almas sin nuestro cariño?

—Entonces el señor Camprubí no es indigente.

—Vino aquí hace unos años, con su primo Antonio y su amigo Ángel. Siempre están juntos. El señor Camprubí dejó, nada más llegar, un fondo para que fueran atendidos lo que les quedara de vida y no les faltase de nada dentro de nuestras posibilidades.

—¿No tiene familia?

—No.

—¿Entonces la señora que le ha visitado...?

—Viene a menudo. Creo que servía en su casa hace años.

—¿No recibe más visitas?

—No. Los tres están solos, ya ve. Si no fuera por nosotras...

Era una monja habladora, cordial, pero no quiso tensar más la cuerda.

—Ha sido usted muy amable. Tomo nota de este lugar. —Se hizo el candidato a ser un huésped futuro.

—El delito que investiga... Me ha dicho que no era nada serio; pero bueno, un delito siempre es un delito, ¿verdad? —inquirió de pronto, curiosa.

Se sintió un poco cruel, pero se lo soltó:

—Un asesinato —dijo lleno de naturalidad.

La monja se llevó las dos manos a la boca y abrió los ojos de par en par. Luego se santiguó.

—¡Jesús, María y José, qué horror!

—Siempre hay manzanas podridas. —Se despidió de ella con una inclinación de cabeza—. Gracias, hermana.

21

Mientras caminaba por la parte de arriba de la plaza Palacio, se detuvo en un escaparate para echarse un vistazo. Tenía la sensación de que la barba se le estaba despegando. Se quedó tranquilo, pero se la apretó con los dedos, no fuera a desprendérsele en el momento más inesperado. La imagen que le devolvió el cristal le apaciguó. Un hombre agradable, en parte elegante, en parte serenamente relajado y sosegado. Eso era lo que desprendía. Tenía que reconocer que David Fortuny había hecho un buen trabajo.

Curioso personaje.

Bueno, quizá todos lo fueran, incluido él mismo.

Si primero se había hecho amigo de Agustino Ponce, Lenin para los archivos policiales de antes de la guerra, ¿por qué no serlo ahora de David Fortuny, ex agente reconvertido en detective con reciente pasado franquista?

De un chorizo de poca monta, salvado por la campana, a un inesperado amigo y protector que había luchado con Franco contra la República.

Era relativamente temprano, pero igual luego se le hacía tarde para comer algo. Y las galletas no le habían quitado del todo el hambre de la mañana. Subió por la calle Espartería hasta la plaza de Santa María y buscó algún lugar para comer, sobre todo que fuera tranquilo y discreto. Lo encontró pasado Sombrereros, subiendo por la calle Platería. No era un bar barato, pero tampoco un restaurante caro. Si se quedaba sin dinero, contaba con que Fortuny le hiciera un préstamo. Al menos hasta que pudiera ir a casa o a la mercería.

Pensó en Patro.

En lo mal que lo estaría pasando.

En una dictadura no había asesinatos; y, si los había, se resolvían rápido: se pasaba página y se olvidaban como si jamás hubieran existido.

Antes de entrar en el restaurante compró *La Vanguardia* en el quiosco de la plaza. Con ella bajo el brazo se sentó en una mesa, de espaldas a la calle, y pidió una sopa y un filete de pescado. ¿Para beber? Agua. El camarero se marchó dispuesto a cumplir cuanto antes con el servicio y él hojeó el periódico. La portada era un puro contraste. Por un lado, una fotografía del ministro del Aire en Manila. Por el otro, una instantánea de la hija del *Duce*, Ana María Mussolini, conduciendo una moto por las calles de Roma. El pie de la imagen decía que la joven vivía con su madre, la viuda del dictador. Más abajo una fotografía del hongo provocado por la explosión atómica experimental realizada por los estadounidenses en el atolón de Eniwetok. La temida «bomba H», con H de Hidrógeno. Y al lado una manifestación de médicos y practicantes vieneses protestando por el escaso sueldo que percibían y amenazando con ir a la huelga. Curioso que, en una dictadura, se hablara de una huelga, aunque fuese austríaca. ¿Acaso en España se gozaban de los mejores sueldos del mundo? ¿Con noticias así, las autoridades no tenían miedo al contagio?

Pero lo más preocupante era lo de los experimentos atómicos.

¿Cuánto tardarían los americanos en lanzar otra bomba sobre una ciudad? ¿En la próxima guerra? ¿Y qué harían los rusos?

Otra vez apareció Raquel en sus pensamientos.

El mundo del futuro, a veces, era aterrador.

No quiso tener dolor de estómago antes de comer, así que

hojeó las páginas del periódico por encima. A veces, lo más curioso eran los anuncios, tanto los grandes como los pequeños. Sobre todo para la gente de a pie. Ya se proponía una excursión de Noche Vieja a París por cinco mil pesetas en Viajes Meliá. Doce días en total. Y un pasaje Madrid-Boston-Nueva York, en transatlántico de «4 ases», por once mil doscientas pesetas. Más asequible era una enciclopedia de nueve volúmenes, *El Mundo Pintoresco*, con ochenta pesetas de cuota inicial y noventa y cinco los meses restantes, sin decir cuántos. La publicidad decía más o menos: «Si usted ya ha viajado, le gustará volver a ver el mundo pintoresco, y si usted no ha podido hacerlo, esta obra le llevará por países cuyos nombres más de una vez le hicieron soñar despierto».

¿Cuántas personas tenían medios para viajar fuera de España? ¿Y cuántas más podían hacerlo libremente?

En cuanto a los alquileres de pisos, uno de tres dormitorios estaba en seiscientas cincuenta pesetas.

El mundo se estaba volviendo loco.

¿Seiscientas cincuenta pesetas de alquiler por un piso de tres habitaciones?

La bomba atómica, H, o como la llamaran, acabaría con todo.

Cerró el periódico en cuanto llegó la comida, y la devoró con apetito porque estaba buena. Se sintió culpable: él tan tranquilo llenándose la barriga y Patro preocupada y asustada imaginándolo de aquí para allá, en parte huyendo en parte investigando. Tenía que tranquilizarla cuanto antes.

Lo haría después de ir al orfanato de San Cristóbal.

La comida no fue cara, pero menguó un poco más el dinero que le quedaba. El restaurante no tenía teléfono público. Tuvo que buscar un bar, y para ello anduvo un buen rato, hasta encontrar uno en el que pedir la guía. El orfanato estaba en la calle Calabria, cerca de la avenida de Roma.

El taxi le dejó en la puerta. Se colocó el sombrero y subió las escalinatas con el bastón en ristre. Ya se había acostumbrado a moverlo con soltura, acompasándolo y sincronizándolo con sus gestos al caminar. El edificio era oscuro, gris, con ventanas enrejadas y aire solemne. Tuvo que llamar a la puerta para que le abrieran, y lo hizo un celador con sotana y barriga prominente. Tenía los ojos saltones, inquietos. Cuando pidió por el director, la respuesta fue inmediata, sentida y dolorosa.

—¡Oh, lo siento, señor, pero me temo que hoy es un mal día!

—Lo imagino. —No se arredró—. Dígale que, precisamente, quiero hablar sobre el señor Andrada.

El nombre le hizo casi levitar. Se puso de puntillas y unió los dedos de las dos manos mientras los ojos saltaban un poco más.

—¡Oh!

Desapareció por un largo pasillo, a la carrera, haciendo revolotear su sotana.

La espera fue larga, tanto que Miquel acabó sentado en uno de los bancos de la entrada. Nadie fue a decirle nada. Se lo tomó con calma. Se cansó pasados quince minutos, se levantó y caminó hasta un ventanal que daba al patio central de la institución, alertado por un griterío infantil. Un grupo de niños de uniforme, bata de rayas y aspecto de fieras enjauladas, jugaba al fútbol como solían hacer siempre: persiguiendo la pelota en compacto pelotón, a ver quién se hacía con ella. Durante cinco minutos más contempló el juego, hasta que un sacerdote tocó a rebato y los chicos se alinearon en perfecta formación casi castrense. Entonces empezaron a cantar el «Cara al Sol».

La comida se le revolvió en el estómago y se apartó del ventanal.

Por suerte, la espera llegó a su fin. Apareció un nuevo cura, joven en este caso, de veintitantos años.

—Si quiere acompañarme, por favor.

Le siguió por dos pasillos y dos salas, en silencio, hasta el despacho del director, un hombre de unos cincuenta y muchos años, escaso cabello y larga sotana salpicada por un rosario de botones que brillaban opacamente del cuello a los pies. El despacho, oscuro, severo, estaba presidido por los retratos de Francisco Franco y de José Antonio Primo de Rivera, además de un enorme crucifijo colgado de la pared entre ambos. Jesucristo miraba al suelo, dolorido, tal vez avergonzado de que incluso en el siglo xx le colgaran entre los dos ladrones de siempre, tuvieran la cara que tuvieran, y sin que ninguno fuese mejor que otro y menos se arrepintiera de nada.

El director del orfanato le observó con atención.

Cuando habló, su tono fue todo menos amable.

—¿Me han dicho que quería hablar del señor Andrada?

—En efecto.

—¿Puedo preguntarle por qué?

—Mi nombre es Ernesto Miró Llach —se presentó.

—Padre Eulalio Sandoval. —Le tendió la mano—. ¿Quiere sentarse?

Lo hizo. Dejó el bastón a un lado y el sombrero sobre la mesa. El sacerdote esperaba. Tenía los ojos duros. No parecía un hombre fácil.

Empleó toda su serenidad para decir:

—Sé que es el día menos indicado para hablar del tema, pero, dadas las circunstancias de la muerte del señor Andrada, es urgente afrontar la investigación desde todos los ángulos, ¿comprende? Nosotros querríamos saber...

—Espere —le interrumpió—. ¿Nosotros? La policía ya ha estado aquí, y hemos respondido a todas sus preguntas en la medida de lo posible. El señor Andrada era una persona intachable, muy querida, que llevaba a cabo una gran labor con nuestros niños.

—Yo soy de otro departamento, padre —aventuró Miquel—. Asuntos Sociales.

—¿Qué cuerpo es ése?

—Tiene que ver con protección de la infancia. Ya sabe que

es una prioridad del Caudillo cuidar a los futuros españoles.

—¡Oh, sí, claro! —El nombre del «Caudillo» pesaba—. Ya me extrañaba que fuera usted policía.

—Si lo dice por la edad...

—No, no, perdone. Siga.

—La muerte del señor Andrada, sus circunstancias, el modo en que ha sido asesinado, la amputación de su cuerpo y... Bueno, ya sabe lo desagradable que resulta su sola mención.

—Me consta, sí. —Se estremeció visiblemente.

—Nos sugiere una venganza sexual. —Lanzó la bomba sin más.

El padre Sandoval acusó el impacto.

—¿Cómo dice?

—El señor Andrada fue detenido en 1936 por varios delitos relacionados con la pederastia y el suicidio de un menor. Se le encarceló tras ser hallado culpable.

El director del orfanato se reclinó en su adusta silla. Dos salientes, a ambos lados de la cabeza, le conferían casi una sensación de pequeño trono.

—Conozco la historia y los antecedentes del señor Andrada —asintió—. Pero he de decirle que actualmente era un hombre nuevo, intachable, por completo regenerado tras pagar su culpa. De lo contrario, no habría sido liberado de la cárcel.

—¿Cómo se regeneró?

—Nuestra gloriosa Cruzada tuvo mucho que ver en ello. El señor Andrada vio la luz, a mayor gloria del Señor. Solía contarlo con lágrimas en los ojos.

—¿Está seguro de lo que dice?

—Completamente.

—Por regenerado que estuviese... ¿Ve normal que volviera a trabajar con niños, y más en un espacio como éste, donde están más desprotegidos y desvalidos?

El sacerdote se puso rojo.

Se dominó a duras penas.

—Señor Miró, aquí precisamente los niños están protegidos, a salvo de todo mal y lejos de los pecados del mundo exterior. Lo que usted insinúa es... triste, muy triste, y lamentable, aunque entiendo que esté cumpliendo con su trabajo. El señor Andrada pagó sus culpas de antaño, fue perdonado, y servía a esos niños expiando cualquier rescoldo del hombre que fue y ya no era.

Miquel no bajó la guardia.

Al contrario.

—¿Alguien de este lugar querría matarlo?

—¿Se ha vuelto loco? —El padre Sandoval se aferró a los reposabrazos de su silla y enderezó la espalda—. ¿Alguien de aquí? ¿Quién? ¡Somos servidores de Dios y éste es un centro dedicado a cuidar de esos pobres hijos del pecado, niños que por desgracia han nacido marcados por la herencia de padres rojos o madres prostitutas, solteras, adúlteras, que Dios las perdone! —Se agitó cada vez más a medida que hablaba defendiendo su causa—. ¡El señor Andrada era un santo que se desvivía por esos niños! ¡Nadie tiene derecho a mancillar su memoria, ni siquiera la ley, por mucho que se trate de un execrable crimen y haya que investigarlo!

Miquel mantuvo la calma, el mismo tono sereno e inalterable pese al estallido visceral de su interlocutor.

—¿Nunca dio muestras de un comportamiento... digamos dudoso?

—¡Jamás! ¡La simple duda ofende, señor mío! —Se levantó de un salto y ya no menguó su alterado estado de ánimo—. Créame si le digo que no hay nada más de que hablar, lo siento. Si hay un asesino suelto, no es aquí donde va a encontrarlo, y menos poniendo en duda el buen nombre de una gran persona que, por desgracia, no está ya entre nosotros para defenderse de una infamia como la que insinúa.

Hablaba bien, con la retórica de la Iglesia.

Dominadores de los púlpitos.

—No quería molestarle, se lo aseguro.

—No lo ha hecho, y he respondido a sus preguntas, pero ahora, si me permite... —Elevó la voz para gritar—: ¡Padre Moyá!

El cura joven que le había conducido hasta el despacho asomó la cabeza por la puerta. Miquel recogió el sombrero y el bastón. El director del orfanato le tendió la mano.

—Espero que tenga suerte en sus investigaciones, señor —le deseó. Y dirigiéndose al aparecido le ordenó—: Por favor, acompañe a nuestro visitante a la salida.

Miquel le dio la espalda.

Notó el acero candente de la mirada del sacerdote hundido en ella, así que caminó revestido de dignidad, puenteando su paso con el movimiento del bastón. Una vez cerrada la puerta, se sintió a salvo y se permitió soltar un poco del aire retenido en sus pulmones.

Siguió al padre Moyá de regreso a la entrada del orfanato.

Fue justo al llegar a su destino, un segundo antes del adiós, cuando el joven se le acercó para susurrarle en voz baja:

—Señor, mañana a las tres de la tarde en la boca del metro de la plaza de Cataluña, la que está delante del Zurich.

Miquel le lanzó una rápida mirada.

Ya no dijo más. El celador de la entrada apareció junto a ellos para ocuparse de cerrar la puerta. El padre Moyá se despidió de Miquel con una sonrisa.

—Que tenga un buen día, señor.

22

Llevaba un buen rato mirando la mercería de lejos. Y no sólo prestaba atención a la tienda, sino a todo lo que se movía a su alrededor. Cualquier indicio sospechoso, cualquier gesto de un transeúnte, cualquier mirada o cualquier coche que pasara por delante, lo escrutaba con sus viejos ojos de policía. Estaba ya seguro de que no vigilaban la tienda, pero no bajaba la guardia. Acabó escrutando las casas vecinas, sobre todo las que estaban enfrente, ventana a ventana.

Nada.

Podía arriesgarse.

Tenía que arriesgarse.

Ver a Patro, aunque fuera sólo una vez, para tranquilizarla y que se diera cuenta de que estaba bien.

Teresina salió en aquel instante, posiblemente para cumplir un mandado, y decidió que era el mejor momento para dar el paso. Cruzó la calle, lanzó otra larga mirada más a su alrededor y cruzó el umbral de la mercería.

Patro, desmejorada, con ojeras, se quedó tan pasmada como boquiabierta.

Ella sí le reconoció.

Se le desencajó la mandíbula.

—Finge darme algo, por si acaso —le pidió Miquel.

Su mujer tardó un poco en reaccionar. Seguía hipnotizada. El sombrero, la barba, el bigote, la ropa, el bastón... Y, sin embargo, era él.

Él.

—¿Qué quieres... que te dé? —balbuceó.

—Lo que sea. Soy un cliente. Creo que no vigilan esto, pero mejor no arriesgarse.

Patro abrió uno de los anaqueles laterales. Sacó un puñado de hilos de colores y los desparramó por encima del mostrador. Se sostuvo a duras penas, por la falta de sueño pero sobre todo por la sorpresa. Raquel dormía en su cochecito, junto a ella. Miquel quería abrazarla, darle un beso, y también a su mujer.

Se contuvo.

Riesgo cero.

—Sonríe, cariño.

—Como que estoy yo para sonrisas. —Lo que hizo fue contener las lágrimas.

—Ya ves que estoy bien.

—¿Cómo vas a estar bien, con la policía buscándote?

—Baja la voz, ¿quieres?

—Por Dios, Miquel...

—¿Les has dicho que estuve contigo, que no pude hacerlo?

—¡Pues claro que se lo he dicho, pero ni caso! Que si soy tu esposa, que si pudiste pagar a alguien para que lo hiciera... ¡Después de tu pelea con ese hombre están seguros de que te cegaste!

Miquel fingía mirar los canutillos.

Jamás había deseado tanto abrazarla y besarla.

Tan cerca, tan lejos.

Por lo menos no había parroquianas.

—¿La gente...?

—¡La gente me importa un rábano! ¡A más de una la he mandado a freír espárragos!

—Todo irá bien, te lo prometo. ¿Cuándo te he fallado?

—¡Esto es diferente! ¿Cómo puedes investigar si te siguen los pasos?

—No me los siguen.

—¿Y de dónde has sacado todo eso? ¡Pareces un mayor-domo!

Casi estuvo a punto de reír.

Él creía que parecía un señor, lo mismo que Fortuny.

—¿Quieres calmarte? —dijo sin mucho éxito.

—¡Estoy muy enfadada!

—¡Ya lo sé! —se desesperó.

Patro empezó a llorar.

—¿Sabes con qué me han amenazado? —hipó—. ¡Con que pueden acusarme de cómplice y quitarme a Raquel!

—Eso lo dicen para asustarte y que me delates.

—¡Pues me han asustado, y mucho! —Se llevó las manos a los ojos para secar las lágrimas—. Miguel, dime qué está pasando...

—Creo que alguien me vio pelear con Andrada, y aprovechó la oportunidad para matarle con la esperanza de que me lo colgaran a mí.

—¡Pues lo ha conseguido!

—Tranquila. Averiguaré quién ha sido.

—¿Cómo?

—Estoy en ello.

—¿Y si no puedes?

—Lo haré.

—Miquel, Miquel... —Se vino abajo.

—Por favor, necesito que seas fuerte. Sólo así podré concentrarme en lo que hago. Te aseguro que ya estoy en el buen camino.

—¿De verdad?

—Pues claro —mintió con una sonrisa forzada.

Sólo le delataban los ojos. Bajo el disfraz, el resto quedaba camuflado.

—¿Dónde has pasado la noche?

—En casa de un amigo.

—Pero si tú no tienes amigos, y a casa de Lenin no has ido.

—Ha aparecido uno, te lo juro. Un viejo colega de la policía que ahora es detective.

—¿Detective, como en las películas?

Cuando se decía la palabra «detective», todo el mundo pensaba en el cine.

Increíble.

—Sí, pero a la española.

—¿Y ese disfraz?

—¿Te gusta? —bromeó de nuevo.

—Estás horrible.

—Pero disimulo, que es lo que cuenta. —Recordó algo y se lo dijo—. Gracias por lo de la escalera. Me pilló bajando.

—Lo imaginé. Fue lo único que se me ocurrió.

—Eres rápida.

—¿Cómo saliste?

—Por el terrado. Salté al edificio de al lado.

—Jesús...

—De no haber sido por ti, y por la suerte de no estar en el piso en ese momento...

—Escucha. —Patro se inclinó sobre el mostrador y estuvo a punto de atraparle las manos—. ¿Por qué no cogemos a Raquel, el dinero que escondemos en casa y nos vamos a la frontera, los tres? Tenemos de sobra para llegar al otro lado, y luego... ¡Empezaríamos de nuevo en México, con tu hermano!

—Patro, si hago eso es como admitir que soy culpable, y por ahí no paso. Lo último que me queda es la dignidad.

—¿De qué te va a servir la dignidad si te cogen y te fusilan? ¿Qué te importa a ti lo que piensen ya todos esos cerdos? ¿No contamos Raquel y yo?

—¡Claro que contáis! ¡Sois lo más importante! ¡Pero eso me importa a mí! ¡Me lo han arrebatado todo, todo, Patro! ¿Quieres que también pierda mi propio respeto?

—Mira que eres testarudo.

—Vaya, quién fue a hablar.

—¿De verdad estás en casa de un amigo?

—Sí.

—¿Y quién es?

—Cariño, cuanto menos sepas, mejor.

—¿Crees que van a torturarme o algo así?

—Va, no seas dramática. Ahora envuélveme uno de esos canutillos y cóbrame, por si las moscas. Es mejor no fiarse.

—¿Ya te vas?

—Sólo quería que me vieras, para que estuvieses segura de que me encuentro bien. —Le tendió un duro por encima del mostrador—. Ramón me prestó cien pesetas, pero será mejor que finjas devolverme el cambio y me des algo más, por si acaso.

—¿Cuánto quieres?

—No sé, otras cien pesetas.

—No las tengo. Como mucho, hay setenta u ochenta en caja. Hoy ha venido gente, sobre todo por la mañana, pero a comprar... ¡Qué rápido corren las voces en el barrio, por Dios!

Le dio todo el dinero de la caja de manera discreta y le envolvió el canutillo.

Ahora sí le rozó la mano.

—Te quiero —dijo Miquel.

—Y yo a ti, tonto.

Miró a Raquel. Dormía como un ángel.

Pensó en la carta que le había escrito. Una despedida. Estaba en su habitación del piso de David Fortuny.

—He de irme. —Reunió las fuerzas para dar el primer paso.

—Llama, por favor.

—Bien.

—Miquel...

—Sí, lo sé.

—No sabes qué iba a decir.

—Todo. —Se encogió de hombros.

La última mirada.

La más dulce.

La más dura ante la separación.

Miquel salió a la calle y echó a andar de nuevo, con los ojos muy vivos recorriéndolo todo en busca de algún peligro, personas, casas, automóviles; sin prisas, como si paseara aprovechando el buen clima.

Su bastón iba de un lado a otro, hacia delante y hacia atrás, con absoluta elegancia.

23

Cuando llegó al piso de David Fortuny, su inesperado salvador y amigo estaba ya en casa. Se había puesto cómodo. Llevaba una bata gris de suave y primaveral seda y unas zapatillas baratas bastante gastadas. Le recibió como si hiciera un siglo que no se veían y con una sonrisa de oreja a oreja. O estaba realmente feliz de tenerle allí y haberle recuperado, o vivía en su nube, en un mundo hecho a la medida de su optimismo. Nada menos que detective. Risueño, positivo y capaz de enfrentarse a lo que fuera. Lo disfrutaba.

Un rara avis.

—¿Todo bien?

—Sí, todo bien.

—¡No hay nada como un buen disfraz! ¡Seguro que hasta se sentía otro!

—Un poco.

—¡Lo que yo le digo! ¿Qué, quién empieza? —Se sentó en una de las sillas del comedor.

—Usted —le apremió Miquel—. Pero antes deje que me quite la barba y el bigote.

—¿Puede?

—Sí, sí.

Fue a buscar un espejo y, despacio, despegó las dos piezas. Luego se lavó la cara en la cocina. Las dejó bien colocadas sobre un taburete sabiendo que tendría que utilizarlas al día siguiente, a no ser que Fortuny le vistiera de otra forma.

Cuando regresó al comedor, su anfitrión ya había puesto sendos vasos de agua sobre la mesa.

—¿Listo?

—Dispare.

—A nuestro hombre le mataron a primera hora de la noche —empezó el detective—. Entre las diez y las doce. Nadie vio nada, pero un vecino cree que oyó un ruido en el piso de arriba, que está vacío y se alquila. Este piso vacío es el que está justo encima del de Andrada. Los dos dan a la parte de atrás del edificio y tienen balcones.

—Alguien pudo descolgarse por ellos.

—Exacto.

—Pero no alguien de sesenta y seis años como yo.

—Usted está en forma. Por ahí no creo que cuele. Y si hay un cómplice...

—Siga. —No le gustó que le desmontara la teoría de su inocencia.

—El lunes la dueña enseñó el piso a tres parejas, dos por la mañana y una por la tarde.

—Yo me peleé con él a mediodía.

—Por eso se lo digo. ¿Casualidad? No lo sé. Falta ver si tenían cita concertada o si se presentaron de casualidad. Hay un letrero en la entrada que anuncia lo del piso, y un teléfono de contacto.

—¿Cómo murió Andrada?

—Le sorprendieron en la cama. —Fortuny hablaba ahora con seriedad y rigor profesional—. Le dieron un golpe en la cabeza para dejarle inconsciente, le ataron, le amordazaron, y esperaron a que despertara de nuevo. El que lo hizo quería que estuviera consciente y se diera cuenta de todo.

—Una pura venganza.

—Es lo que parece —asintió Fortuny—. Le cortó los huevos en vivo.

Miquel tragó saliva. Quince años atrás, habría disparado a Laureano Andrada. Bastaba con apretar el gatillo. Lo otro...

—¿Tardó mucho en morir?

—Eso no lo saben. Pero, desde luego, perdió mucha sangre. Para meterle el pene en la boca tenía que estar ya fiambre, o en cuanto le hubiese quitado la mordaza habría gritado. En la policía están acojonados por la magnitud de la tragedia. Siendo falangista...

—¿Y el cuchillo?

—Nada. Pero falta lo mejor.

—¿Qué es?

—Tenía usted razón: Andrada debía de seguir con sus aficiones. Sólo así se explica que, con su propia sangre, el asesino escribiera en la pared esta frase: «Por todos los niños a los que hundiste la vida».

—Lo sabía, lo sabía... —bufó Miquel.

—Dudo mucho de que eso salga a la luz. Bien que se cuidarán de mantenerlo en secreto. No vea lo que me ha costado a mí sacárselo a uno de mis contactos. He tenido que jurarle por mis muertos que no se lo diría a nadie.

—¿Cree que se podrá identificar al asesino por el tipo de letra?

—Lo dudo. Todo eran palotes rápidos. Por ahí no se salva, de momento.

—¿Y en el piso, había fotos de niños?

—Eso no lo sé. El caso apunta a algo gordo, Mascarell. Se andarán con pies de plomo; y, en cuanto detengan al culpable, sea usted u otro, lo despacharán en un abrir y cerrar de ojos, para cerrarlo cuanto antes.

—Gracias por los ánimos. —Suspiró.

—No creo que haya habido un crimen así en Barcelona desde el fin de la guerra —reconoció Fortuny.

—Creía que en la benemérita España de Franco eso no podía pasar.

—No empiece... —le advirtió moviendo el dedo índice de su mano sana delante de él.

—Soy un incordio. ¿Por qué no me echa?

—Ya sabe que estoy de su parte. Mire. —Se inclinó sobre la mesa—. Tal y como lo veo yo, y espero que me dé la razón, Andrada ha estado tan tranquilo, gozando de plena libertad para su vicio, hasta que: a) yo le he seguido, y b) se peleó con usted. Eso significa algo, junto o por separado.

—Significa que alguien más le vigilaba, y que supo de mi pelea con él. Era perfecto. Vio la oportunidad de vengarse y cargarme el muerto a mí.

—Ni más ni menos.

—Usted le estuvo siguiendo. ¿No vio a nadie más?

—No, únicamente a usted el lunes. Y soy bueno en mi trabajo.

—Pues ya me dirá.

—Está claro que estamos empezando y que algo se nos escapa.

—Yo me peleé con Andrada en casa de su hermana.

—Eso lo hace más raro —manifestó Fortuny—. Pero le diré algo: con estos ingredientes, lo de que usted lo hizo no se sostiene demasiado.

—Eso dígaselo a la policía.

—Para mí que ellos también lo saben, pero...

—Necesitan a alguien.

—Sí. Y usted cumple todos los requisitos.

Miquel se quedó callado unos segundos. Su cabeza le daba vueltas a algo, sin precisar qué era. Cada vez le pasaba más a menudo: una campanilla de alarma repiqueteaba en su mente y tardaba más de la cuenta en comprender su significado.

Cosas de la edad, imaginó.

Esta vez la alarma sirvió de algo.

—Fortuny —dijo—. La única persona que me vio pelear con Andrada... fue usted.

—Y la hermana, y mucha gente.

—¿Se lo contó a alguien?

El detective se quedó muy quieto.

Hubo un brillo en sus ojos.

—¿Su novia? —aventuró Miquel.

—Ese mismo día... le pasé un informe a la señora Miralles.

—¿Le detalló el incidente?

—Para eso es un informe, para que la persona que paga vea que uno cumple y le cuenta todo lo que ha hecho o le ha sucedido al investigado. —Frunció el ceño—. ¿No va a imaginar que esa señora...?

—No, he ido a verla y realmente se ha sorprendido cuando le he dicho que Andrada estaba muerto. No fingía. Después ha salido pitando para informar a un hombre llamado Lorenzo Camprubí, que vive en un asilo de ancianos cerca del Borne. Él también ha celebrado la muerte de Andrada.

—¿Lorenzo Camprubí?

—Sí, ¿le suena?

—No, pero ya veo que le toca a usted contarme su parte. Conociéndole como le conozco, y con sólo que tenga la mitad del instinto que tenía entonces, sé que no habrá perdido el tiempo.

Miquel bebió agua. Tenía todo el tiempo la garganta seca.

—He ido a ver a Asunción Miralles, que por cierto vive en un piso muy humilde y no parece ser la clase de mujer que contrata a un detective privado, de entrada porque no tiene dinero y de salida porque dudo que conociera su existencia. Ha reaccionado mal, con miedo, y no ha querido hablar conmigo. Me he quedado cerca de la casa y la he seguido. Ha ido a un asilo regentado por monjas llamado Buena Esperanza, en la calle Espartería. Ha visto a un tal Lorenzo Camprubí, un hombre al que le quedan tres meses o menos de vida. Según una de las monjas, la tal Miralles había sido empleada suya. Criada o algo así. Camprubí tampoco ha querido hablar conmigo. Casi le da un ataque, pero él y otros dos ancianos, uno en silla de ruedas y otro apoyado en un andador, lo estaban celebrando en grande después de que ella les dijera que Andrada estaba muerto. —Recordó el detalle final y lo agregó a su explicación—. Les he oído gritar «¡Por Pedro!».

—¿Sólo eso?

—Sí. —Chasqueó la lengua.

—Está claro que Asunción Miralles cumplía órdenes del tal Lorenzo Camprubí. Me contrató siguiendo sus indicaciones.

—Pero ninguno de ellos mató a Andrada.

—¿No decía usted que, cuando se huele a mierda, es porque hay mierda en alguna parte, aunque esté oculta?

—¿Yo decía eso? —Abrió los ojos.

—Y más cosas.

—Pues no lo recuerdo.

—Yo sí. Fue todo un maestro.

—No me dore la píldora, va.

—¿Ha hecho algo más? —preguntó Fortuny cambiando de tema.

—He ido al orfanato de San Cristóbal.

—Vaya. ¿Ha sacado algo?

—El director, un tal padre Sandoval, también ha acabado echándome. Y eso que le he dicho que era de Asuntos Sociales.

—¿Se lo ha creído?

—He sido convincente.

—¿Por qué le ha echado?

—He puesto en duda la honorabilidad de Laureano Andrada. El director le ha defendido a muerte. Ha dicho que Andrada pagó su error de antaño, que ahora era un hombre intachable y sólo le ha faltado vestirle de santo.

—O sea que por aquí... tampoco, nada.

—Cuando me iba, un sacerdote joven, un tal padre Moyá, me ha susurrado al oído que quiere verme mañana a las tres.

Eso le impactó.

—¿En serio?

—Sí.

—¿Se imagina para qué?

—Sospecho que para desvirtuar un poco lo que ha dicho

su superior. Tratándose de un cura joven... Bueno, no sé. Es lo que me gustaría pensar.

—Por lo tanto, sí tiene algo.

—Puede ser —convino Miquel—. No hay mucho más por donde meter baza.

—Con lo de la señora Miralles y el tal Camprubí, la policía ya podría tener una línea de investigación.

—No puede ir a la policía comprometiendo a su cliente. Y aunque lo haga, si ellos no pudieron cometer el asesinato, no nos sirve de mucho.

Esta vez bebieron agua los dos.

Hora de cenar.

Cenar y hablar del caso, o de los viejos tiempos.

O de lo mucho que les separaba.

Miquel miró a su compañero.

¿Qué habría hecho sin él?

—¿Ha llamado a su mujer? —preguntó el detective.

—He ido a verla.

—¿Se ha vuelto loco? ¿Y si la vigilaban? —Se envaró.

—Me he asegurado.

—¡Por ahí es por donde pillan siempre a los delincuentes, la familia, la mujer, los hijos...! ¿No se da cuenta de que, si le han seguido, me compromete?

—En caso de reconocerme, me habrían detenido allí mismo, tranquilo.

—Parece mentira... —rezongó antes de recuperar su tranquilidad—. Bueno, va, ¿qué hacemos mañana?

Pluralizaba. Ya eran un equipo.

—¿De verdad quiere seguir ayudándome?

—¡Pues claro que sí, hombre! ¡No vuelva a dudarlo!

—¿No tiene ningún otro caso?

—El del padre que quería que vigilara a su hijo ya está, más o menos. Y no, de momento no tengo nada, pero aunque lo tuviera...

Sí, estaba lo de haberle salvado la vida.

Una deuda eterna.

Y en un lío como aquél, agradecía no estar solo.

—Usted trate de averiguar más acerca de la Miralles y ese hombre, Camprubí. A ver si descubre quién es el Pedro por el que brindaban. Yo me ocuparé del cura. Ah, y averigüe también dónde vive la dueña de ese piso vacío, aunque yo también lo intentaré por mi cuenta. He de ver la casa de Andrada.

—¿Va a ir a la guarida del lobo?

—Depende de si todavía la vigila la policía, algo que después de cuatro días dudo mucho. —Y, antes de que Fortuny volviera a la carga con más preguntas o más cháchara, añadió—: ¿Cenamos algo?

Día 6

Jueves, 21 de junio de 1951

24

De manera inexplicable, o a causa de la tensión y el cansancio acumulados, se despertó relativamente tarde. Salió de la habitación rascándose la cabeza y descubrió que David Fortuny ya no estaba en el piso. Como si se tratara de una esposa solícita, le había dejado una nota sobre la mesa del comedor:

«En la cocina tiene café, leche y galletas, dormilón».

Dormilón.

Miquel chasqueó la lengua y se dirigió al retrete. Primero, se alivió. Después, se aseó un poco como hacía en su casa, en el lavadero. Axilas, sexo y pies. No le fue fácil, tuvo que usar una silla para encaramarse a la pileta, pero consiguió su propósito. Ya limpio, procedió a vestirse, con la misma ropa del día anterior, camisa incluida, y finalmente desayunó. En la cocina encontró una segunda nota:

«No se olvide del disfraz. Le dejo el pegamento para que fije bien la barba y el bigote».

Detallista en todo.

No quería pasar el día en el piso, hasta la hora de la cita con el padre Moyá. Tenía ya en la cabeza su siguiente paso, algo arriesgado pero necesario. Antes de salir se esmeró en cambiar de aspecto. Colocarse el bigote fue fácil. La barba, menos. Incluso se pasó un poco con el adherente, porque nada más pisar la calle empezó a picarle y no supo si era conveniente rascarse.

La distancia entre el piso de Fortuny y el de Andrada era

considerable, así que optó de nuevo por coger un taxi. No le dio las señas exactas. Le pidió que lo dejara en la esquina de Diputación con Bruch. El taxista le lanzó una rápida mirada, como si calibrase su temperamento y posibilidades, si era de los clientes habladores o todo lo contrario.

—¿No tiene calor con el sombrero? —Fue lo primero que le preguntó.

—No, en absoluto —mintió Miquel, que nunca llevaba sombrero, ni de joven, por esa razón y porque siempre había tenido una buena mata de pelo.

—Yo creo que, en unos años, nadie llevará —vaticinó el taxista—. De cada diez hombres que suben al taxi, siete u ocho ya no lo utilizan.

—Menos mal que no tengo una sombrerería —suspiró Miquel.

—¡Hay que ver cómo cambia todo!, ¿eh?

No le contestó.

Ya no hubo más.

Se bajó en la esquina de las dos calles y miró distraídamente en dirección al edificio. No había ya gente comentando el incidente, como el martes, ni parecía haber ningún coche patrulla apostado enfrente. En dos días la expectación había desaparecido, aunque los efectos de la tragedia perdurasen en los alrededores. No se confió y caminó por la acera opuesta; contempló un escaparate, más que nada para ver el reflejo de lo que sucedía a su espalda, y cuando estuvo seguro al noventa y nueve por ciento se dio la vuelta y cruzó la calle.

La portera de la casa hablaba con una vecina. El tema no era otro que el asesinato de su vecino.

—¡Si me llega a pasar a mí, me muero! —decía con una mano en el pecho—. ¡Esa pobre asistenta no dormirá en años! ¿Se imagina, señora Mercedes?

—Tuvo que ser...

Volvieron la cabeza hacia él al ver que se detenía a un metro escaso de ambas. Su aspecto, elegante y decimonónico, les hizo ver que era todo un señor. La vecina esbozó una sonrisa. La portera mantuvo la seriedad.

Fue la que habló.

—Usted dirá.

—Buenos días, señoras. —Se inclinó unos centímetros y se quitó el sombrero. Sin duda, un gesto de caballerosidad—. He visto que se alquila un piso en este edificio y me gustaría verlo, si fuera tan amable.

Era amable, pero no tanto.

—Pues lo siento. —Puso cara de resignación la mujer—. Lo enseña la dueña, y no está aquí. Puede llamarla por teléfono, o si quiere su dirección, con mucho gusto puedo dársela. Calle Escorial 1, junto a la plaza Joanich.

—Entonces me temo que no podrá ser —lamentó compungido—. Salgo de viaje en un par de horas. Si me gustaba, iba a decírselo a mi hija, que quiere venirse a vivir a Barcelona la semana próxima. Ella quiere algo en este barrio y le prometí ayudarla, aunque no he encontrado nada conveniente.

—No sabe cuánto lo siento.

—Pero usted tendrá las llaves, ¿no?

—Sí, claro, pero sin el permiso de la señora...

—¿Acaso está amueblado o contiene algo susceptible de ser considerado valioso? —Empleó su lenguaje más florido.

—No, no, está vacío.

—Entonces, ¿no me haría el favor?

—Me pone en un compromiso. —Estiró un poco sus facciones.

La vecina, callada hasta ese momento, se decidió a meter baza en el asunto. Seguía sonriendo, complacida por el porte del visitante.

—No sea así, mujer —le dijo a la portera—. Si este señor tiene prisa, es para su hija, y además el piso está vacío... La señora Consuelo no dirá nada, que yo la conozco bien. —Se dirigió a Miquel—. Aquí vivía su madre, ¿sabe usted? Murió y ahora todo son recuerdos. Por eso lo alquila sin llegar a desprenderse de él.

—Sé lo que es eso —manifestó él—. Yo perdí a mi esposa hace dos años. —Le enseñó la mano izquierda—. Ni siquiera he podido quitarme el anillo.

La vecina plegó los labios en un gesto de comprensión.

La portera se sintió aún más acorralada.

—Yo también soy viuda —dijo la primera.

Pura solidaridad.

—Lo siento —dijo Miquel.

—Es ley de vida —repuso ella.

—¿Por qué no sube conmigo? —le preguntó Miquel a la portera.

—Si no es por eso, señor.

—Mire, yo lo veo; si me parece adecuado, le digo a mi hija que llame por teléfono y entonces ella se pone de acuerdo con la dueña sin decirle nada de mí. —Abrió las manos con las palmas hacia arriba—. No pensará que voy a hacer algo malo, ¿verdad?

—No, no —se apresuró a dejar claro la portera.

—Venga, señora Josefa —la animó la vecina—. Yo subo con este señor.

Fue definitivo.

—Está bien, pero vaya rápido, ¿de acuerdo?

—Por supuesto, y muchas gracias.

Ni una palabra del asesinato del piso inferior al que se alquilaba. Eso podía devaluar el edificio.

La portera se metió en su garita y buscó las llaves.

—Es muy cumplidora —soltó la vecina.

—Me gusta, sí. Una buena celadora es la mejor garante de la seguridad de los vecinos de un edificio.

Volvió a impresionarla.

Cuando la portera le entregó las llaves, la vecina ya había abierto las puertas del ascensor. Los dos entraron en el camarín. Miquel temió que le acompañara a visitar el piso.

No fue así.

—Es esa puerta —le indicó cuando el ascensor se detuvo—. Yo vivo en el último piso.

—Ha sido muy amable, gracias.

—Ojalá le guste, su hija se venga a vivir aquí y a usted le veamos de visita, señor...

—Olmedo. Justo Olmedo, para servirla. —Le hizo una ligera reverencia, siempre con el sombrero en las manos y el bastón sujeto bajo el brazo.

El ascensor siguió su camino.

Miquel ya no perdió ni un segundo. Abrió la puerta, sin hacer ruido, para no llamar la atención, y se coló en el interior de la vivienda. La cerró tras de sí. Las ventanas estaban abiertas y no tenían cortinas, así que había suficiente luz. Desde luego el piso estaba vacío, no quedaba nada, pero al mismo tiempo estaba limpio. En las paredes había huellas de los cuadros que un día colgaron de ellas. Era la única muestra de un pasado reciente.

Lo primero que examinó fue el balcón. Se asomó sacando medio cuerpo fuera y miró el del piso de abajo. Para alguien de menos edad, descolgarse de uno a otro no resultaría complicado. A lo mejor, incluso para él, aunque jugándose la crisma. No apreció roces, sobre todo porque los hierros estaban igualmente gastados por los años y era difícil diferenciar uno nuevo.

Las ventanas, balcones y galerías de las casas circundantes también estaban abiertas debido al buen tiempo. El asesino no había tenido ni que romper un cristal para colarse en el piso de Laureano Andrada. El suelo de toda la vivienda era de cerámica, así que no había huellas de ningún tipo. Recorrió el piso y abrió los armarios. Contó tres, uno de ellos muy grande y profundo.

Algo le llamó la atención de este último.

Olía a tabaco.

Era el único lugar de la casa con cierto aroma. Y el del tabaco resultaba inconfundible, sobre todo para alguien de nariz fina como él.

Olió los otros dos armarios.

Nada.

Sólo aquél.

Y no se trataba de que alguien hubiera fumado allí dentro. Más bien era como si se hubiera guardado ropa que apestase a tabaco durante el tiempo suficiente para dejar el aire y el suelo impregnados.

No había nada más por inspeccionar. El retrete estaba limpio. La cocina igual. Ninguna huella de más.

Salió del piso y bajó la escalera a pie. La portera estaba en guardia, con la cabeza levantada esperando ver bajar el ascensor. Se asombró al aparecer él descendiendo peldaño a peldaño. Miquel le entregó las llaves.

—Me ha gustado mucho —lo expresó con calor y convicción—. Es muy luminoso, está en perfecto estado, limpio... Y si todas las vecinas son como la señora que me ha acompañado, estoy seguro de que mi hija estará muy bien aquí.

—Lo celebro, señor. —Ella se sintió aliviada.

—Ha sido usted una santa.

—No, para nada.

—Me he tropezado con un vecino y no he podido por menos que escuchar su conversación —dijo de pronto—. Hablaba de un asesinato...

A la portera le cambió la cara.

—¡Oh, sí, una desgracia! —Retomó su aire compungido y azorado—. Espero que esto no afecte a su decisión o a la de su hija.

—No, no, ¿qué dice? ¿En qué casa de Barcelona no ha pasado alguna cosa o en qué familia no hay fantasmas? —Le quitó importancia—. Debe de estar conmocionada.

—Y que lo diga.

—¿Vio usted algo?

—¡No, gracias a Dios!

—La policía le habrá hecho muchas preguntas.

—¡No lo sabe usted bien! —Levantó los ojos al cielo—. ¡Ni se lo imagina! ¡Hoy es el primer día que nos han dejado tranquilos!

—¿Y si alguien vino a ver el piso de esa señora y se quedó en él, escondido?

—¡Ay, calle! ¿Cómo se le ocurre algo así?

—Me gustan las novelas policíacas.

—Ese día vinieron tres parejas a ver el piso, dos por la mañana y una por la tarde, bueno, casi ya al anochecer, aunque como ahora los días son más largos todavía había luz. A ésos no les vi, porque estaba en el terrado. Lo sé porque cuando la señora Consuelo bajó, después de que se fueran, yo ya me encontraba aquí de nuevo y me lo comentó todo. Me dijo que la habían llamado con algunas prisas, porque estaban a punto de comprar otra vivienda y antes querían ver ésta. Pero, por lo visto, no se fueron muy satisfechos.

Fin de trayecto.

La única que había visto a la pareja de la tarde, después de la pelea entre Andrada y él y antes del asesinato, era la señora Consuelo Miranda, la propietaria del piso.

—Bien, no la molesto más, he de irme —se despidió—. De nuevo mil gracias, señora.

—No se merecen.

Se puso el sombrero, le dio la espalda y salió a la calle.

Se preguntó si la policía estaría siguiendo la pista del piso vacío.

Aunque se comprara el periódico, lo leyera de cabo a rabo y comiera algo, tenía que quemar dos horas antes de reunirse con el padre Moyá.

Dos horas y la cabeza llena de dudas.

25

El padre Moyá fue puntual. Miquel esperaba verle aparecer por la calle, pero llegó por detrás, saliendo del subterráneo, subiendo la escalera del metro a buen paso. A la luz del día, lejos del orfanato, se veía aún más joven. Tenía los ojos claros y era un hombre sin duda atractivo, un desperdicio para la mujer a la que habría podido hacer feliz de no haber abrazado él otra clase de vida. Había también en sus rasgos algo de inocencia, bondad, un deje de honesta pureza. Le tendió la mano y los dos se la estrecharon con fuerza, comunicándose energía. Miquel recordaba que, sobre todo en el Valle de los Caídos, pero también antes de la guerra, los curas daban la mano con flacidez, tomando sólo la punta de los dedos. Un roce casi etéreo. Daba la sensación de que todo el mundo tuviera que besársela.

—¿Quiere caminar o le invito a un café? —preguntó Miquel.

—Mejor un café.

—¿Aquí mismo? —Señaló el eterno Zurich, con las mesas exteriores ya rebosantes de hombres y mujeres que tomaban algo después de comer.

—De acuerdo, pero mejor dentro —accedió el sacerdote.

Miquel tomó la iniciativa. Entró en el sacrosanto templo de tantos encuentros y citas con destino a la plaza de Cataluña y, por si acaso, escogió una de las mesas más discretas y alejadas de la entrada. Pensó que, tal vez, el padre Moyá no quisiera ser reconocido si alguien le veía en el exterior hablando con él.

Cuando se sentaron, dejó el periódico y el sombrero en una de las sillas vacías. Apoyó el bastón en su respaldo. El camarero ya estaba a un paso esperando atenderles. Pidieron un café y un chocolate. El café para el joven y el chocolate para él.

Después se quedaron solos.

—Usted dirá —le invitó Miquel.

No debía de ser fácil.

El hombre de la sotana bajó los ojos, se miró las manos y tomó aire. Luego, volvió a levantar la vista.

Estaba muy serio.

Más aún: en el fondo de sus ojos latía un evidente dolor.

La angustia de un peso enorme.

—¿Cómo se llama usted? —quiso saber.

—Ernesto Miró Llach. —Recordó a duras penas el nombre inventado en el despacho del director del orfanato de San Cristóbal.

—Yo me llamo Heriberto. —Hizo un gesto delicado con los hombros—. Mi padre se llama así, y mi abuelo, y mi bisabuelo... Tradición que acabará conmigo porque, obviamente, no voy a casarme.

Miquel esperó.

Entendió que el padre Moyá tenía que prepararse, reunir alguna clase de valor antes de empezar a hablar.

Le dijera lo que le dijera.

—Señor Miró, ante todo quiero que sepa que soy sacerdote por convicción, porque creo en Dios, en la Santísima Trinidad, en nuestra amada Virgen María... —Unió las manos como si acompañara su declaración con un rezo—. Amo lo que hago, y siempre, siempre, quise trabajar con niños, para darles esperanza, cariño, un futuro en el que confiar.

—Supongo que es lo que se espera de un sacerdote —dijo Miquel al ver que se detenía.

—Es algo más que eso. —Le dirigió una mirada intensa, cargada de dolor—. A veces uno ha de reafirmar su fe. Incluso a diario. Necesitamos hacerlo para enfrentarnos al mal y al pecado que nos rodea. El Señor nos pone a prueba, ¿sabe?

No le dijo que no sentía lo mismo, que hacía muchos años que había dejado la religión a un lado, y que ya en la guerra, pero más después de ella, no creía en nada, y menos en un Dios bondadoso y misericorde.

¿Por qué los sacerdotes creían que todo era «una prueba»?

Miquel sintió pena por él, pero también por sí mismo.

Dos mundos opuestos, antagónicos, sin posibilidad de entendimiento.

Como si le leyera el pensamiento, Heriberto Moyá le preguntó:

—¿Usted es religioso, señor Miró?

¿Qué podía decirle?

—De misa diaria —mintió sin ruborizarse.

—Ayer me pareció una buena persona —asintió el padre Moyá.

—Gracias.

—Estaba escuchando tras la puerta del despacho del padre Sandoval, lo reconozco —confesó—. No pude oírlo todo, así que... ¿De qué departamento policial dijo que era?

—No es exactamente policial. Es algo nuevo. Lo llaman Asuntos Sociales.

—¿Y se ocupan de...?

—Niños y niñas en estado de vulnerabilidad.

—Ya.

—En muchos casos, los delitos relacionados con menores tienen un componente que va más allá de su situación personal. El enfoque humano es entonces más importante que ninguna otra cosa. No todo es violencia en sí, aunque sea lo más evidente y llamativo. ¿Qué nos lleva a esa violencia? ¿Por qué los adultos, en ocasiones, somos crueles con los que más nos necesitan? ¿Y de qué forma se enmascara esa crueldad, a veces camuflada con una falsa mentira afectiva? No digamos ya si esos pequeños carecen de una vida normal, una familia que les ampare, proteja y eduque. Nosotros investigamos qué lleva a una persona a cometer un delito contra la infancia, así establecemos pautas, conductas, estadísticas, y podemos hacer diagnósticos sociales más precisos, estar preparados para actuar, prevenir antes de que sea tarde.

—Interesante —dijo con cierto asombro el sacerdote.

Miquel pensó que a veces se sentía un actor desaprovechado.

Por más que el padre Moyá fuese la inocencia personificada.

—Con todo esto, ni que decir tiene, recogemos una de las máximas prioridades del Caudillo, que quiere preservar a esos niños para que sean el futuro de España.

—Es un empeño común, claro —confirmó, rendido a su retórica.

—Sí. —Miquel se sintió aún más cómodo en su papel—. ¿Puedo preguntarle ya por qué quería hablar conmigo?

La mirada se le extravió.

Heriberto Moyá volvió a la realidad del presente.

El café y el chocolate aterrizaron en la mesa en ese momento. El camarero le entregó la nota a Miquel. Allí no se pagaba al final. Demasiada gente. Le dio diez pesetas, esperó el cambio y le devolvió una pequeña propina.

—Gracias por la invitación —dijo el sacerdote.

—Iba a contarme el motivo de que estemos aquí. —No quiso soltarle, ni que se relajara.

—Si quiere que le diga la verdad... no estoy muy seguro. —Suspiró sorbiendo un poco de su café.

Miquel no tocó su chocolate.

—Puede confiar en mí —dijo.

—Verá, ayer... tuve un presentimiento, una revelación. De pronto...

—Necesita expiar sus culpas.

Había puesto el dedo en la llaga.

—Creo que sí —convino el padre Moyá con otra inesperada carga de dolor.

—¿Ha hablado con la policía?

—No, no. —Hizo un gesto de amargura—. Vino un inspector, habló con el padre Sandoval, le informó de la muerte del señor Andrada, y el padre Sandoval lo único que le dijo fue que era una gran persona, un trabajador infatigable, y que los niños del orfanato le adoraban.

—Pero no era así, ¿verdad?

El cura casi hundió la cabeza en la taza de café.

—No —susurró de manera apenas audible.

—¿Cuánto lleva usted en San Cristóbal?

—No mucho, apenas unos meses.

—Escuche. —La voz de Miquel fue severa—. En primer lugar, puedo asegurarle que lo que me diga quedará entre nosotros y su nombre no saldrá a la luz en ningún momento. Y, en segundo lugar, permítame que le recuerde lo que me ha dicho nada más sentarse a esta mesa: que es un buen sacerdote, que lo es por convicción y que cree en Dios Todopoderoso. Siendo así, no hay más que una verdad, padre.

Era convincente, aunque no se trataba de ablandar a una roca, sólo de vencer el último atisbo de miedo y zozobra. El padre Moyá se resquebrajaba por momentos. De pronto su rostro envejecía, se marcaban venitas pronunciadas en sus sienes, se le hundían los ojos.

—Amo mi trabajo —musitó—. Me gusta estar con niños, hacerles felices en su infortunio...

Miquel ya no esperó más.

—Laureano Andrada era pederasta.

—Oí cómo se lo decía al padre Sandoval. —Cerró los ojos.

—Pero usted ya lo sabía.

La respuesta tardó dos, tres segundos en llegar.

—Sí.

—¿Por qué no lo denunció?

—¿A quién, a mi superior?

—¿También lo es él?

—No. Es decir, no lo sé. —Bebió otro sorbo de café como si tuviera una bola en la garganta—. Lo del señor Andrada era... diferente. El director está siempre en su despacho. En cambio, al señor Andrada le veía trabajar, actuar, moverse por entre los niños, y veía sus caritas... Además, es... era muy amigo del padre Sandoval. Íntimo. ¿Qué podía decirle? Ni siquiera tenía pruebas.

—¿Y los niños a los que estaba haciendo cosas?

—¡Eso mismo es lo que son: niños! —Se agitó víctima de su propia culpabilidad ante el silencio impuesto en su pasado más reciente—. Tienen miedo. A veces son como tumbas. ¿Quién iba a hablar? Habría sido mi palabra contra la del señor Andrada, y ambos frente al padre Sandoval. ¡No me habría creído, me habrían echado, cambiado de lugar, y sé que puedo hacer más por ellos estando dentro que fuera!

—¿Vio alguna vez algo?

—No de manera directa. Todo eran sospechas. Niños que salían del baño con los ojos enrojecidos para luego salir él a los pocos segundos, otros que disfrutaban de un inesperado caramelo y resultaba que la bolsa abultaba en el bolsillo del señor Andrada... Cosas así. Yo... —Buscaba las palabras y no siempre las encontraba. Parecía perdido en el laberinto de su mente—. Tuve una vocación tardía, señor Miró. Tardía pero firme. Vi morir a un hermano, y luego lo hizo mi madre, de dolor. Sentí que todo se hundía bajo mis pies, y una noche oí la voz del Señor. Me llamó. Me dijo «ven» y fui. Soy feliz trabajando en el orfanato. He encontrado mi destino, algo de lo que pocos humanos pueden presumir. Allí hay chicos problemáticos, pero también chicos buenos. No se les trata como es debido, hay castigos crueles, muy físicos, mano dura. Soy de los pocos, por no decir el único, que les cuida y protege. Por eso sé que soy necesario. Por eso callé. No quería volver la vista, pero pensaba que era mejor ayudarles desde el silencio que gritar una verdad que nos habría estallado en las manos. Si he hecho mal, que Dios me perdone. Creo que... —De nuevo trató de mantener la coherencia de su discurso—. Creo que a veces es superior el bien de la mayoría que el bien de uno.

—¿Y si ese uno muere, o si acaba convertido en una persona irremediablemente perdida, llena de odio y resentimiento no sólo contra su agresor, sino contra el mundo entero y contra Dios?

—¿Cree que no he pensado en eso? —Apretó las mandíbulas—. ¡Estoy hablando con usted, arriesgando todo aquello en lo que creo! ¡Y lo hago por un hombre que ya ha muerto, con lo cual el problema ha desaparecido!

—Sabe que no es así, que puede aparecer otro Andrada. Eso si no hay más sacerdotes como él en el orfanato.

—No, no. —El gesto fue de enorme desagrado.

—Entonces, ¿por qué me está contando todo esto?

—¡No lo sé! —Se resignó con un jadeo—. O tal vez sí. Para que sepa dónde buscar.

—¿Y no para hacer justicia?

—Eso queda en manos de Dios.

—¿No cree en la justicia humana?

—Usted la representa. —Se acabó el café sin que Miquel hubiera tocado aún su chocolate—. Quizá sí, no sé, aunque me consta que la justicia humana es imperfecta, mientras que la del Señor es infalible. Un día estaremos todos en Su presencia.

Más que ingenuo, era devoto.

Miquel no supo si sentir lástima por él o... admirarle.

Creía en algo.

Inquebrantable.

—Quiere proteger al orfanato por encima de todo, ¿no es cierto?

—Al orfanato y a los niños. No es el mejor lugar del mundo, pero es algo. No tenemos dinero, la comida es escasa, la disciplina férrea. Es una lucha continua. Nos movemos en la precariedad del equilibrio más frágil.

—¿Espió al señor Andrada para confirmar sus sospechas?

—Venía unas horas, no coincidíamos en los mismos lugares. —Se santiguó—. Lo pensé, pero...

—¿Fue algo gradual, viendo a esos niños y sus reacciones?

—No, todo comenzó con el incidente de hace unos años. Cuando me lo contaron y empecé a asociarlo con lo que veía...

—¿Qué incidente?

—Tres chicos quisieron matarle.

—¿En serio? —Enderezó la espalda y, ahora sí, cogió la taza de chocolate con las dos manos—. ¿Qué pasó?

—Le acorralaron en un baño y uno le clavó un punzón en el abdomen. Por suerte para el señor Andrada, no era muy largo y no afectó a órganos internos pese a que fueron varios pinchazos. Además, los gritos que dio alertaron a otros y evitaron que siguieran pinchándole.

—¿Qué sucedió con los tres chicos?

—Lo pagaron caro.

—Pero dirían algo, acusarían a Andrada...

—No pudieron. Se les separó y aisló. Luego, a uno llamado Rodolfo Cuesta se lo entregaron en adopción a un payés de la zona de Olot. El principal responsable de la agresión, José María Cánovas, que era el que manejaba el punzón, fue a parar a un correccional y después acabó en la cárcel.

—¿La Modelo?

—Sí.

—¿Siendo menor?

—Sí, eso no importó nada.

—¿Y el tercero?

—Fue enviado a Sant Boi.

—¿El manicomio?

—En efecto.

—Dios... —Bebió un largo sorbo del chocolate, casi de forma mecánica, en lugar de tragar saliva—. Eso es... inhumano.

—Pero frecuente. Algunos de esos niños presentan trastornos graves de relación o convivencia. Sin embargo, entiendo que... es una forma de quitárselos de encima y pasarle el problema a otro.

—¿Como se llamaba ese crío?

—Pedro Camprubí —dijo el padre Moyá.

A Miquel casi se le atragantó el chocolate.

—¿Pedro Camprubí, seguro?

—Sí, seguro. Esos tres nombres aún circulan entre los chicos que estaban ahí en esos momentos. De hecho, lo que hicieron es casi una leyenda entre ellos.

Miquel intentó dominar la tensión que sentía de pronto, para seguir pareciendo «profesional» y aséptico.

—¿Eran amigos?

—¿Por qué se interesa por ellos? —quiso saber el sacerdote.

—Responda. —Prefirió no inventarse más explicaciones.

—Según he oído decir, Cuesta y Camprubí venían de la Casa de la Caridad y llegaron juntos. A los siete años han de sacarlos de allí y mandarlos a otros centros, como el nuestro. Cánovas lo hizo más tarde, poco antes del incidente. Naturalmente, no hay nada escrito acerca de tan espinoso tema. A mí me lo contó uno de los sacerdotes la primera vez, como chismorreo.

—¿Eran huérfanos?

—Sí y no. A veces las madres solteras no tienen más remedio que entregar a sus hijos en adopción. O eso o se los queda el Estado.

—¿Aun teniendo otros familiares, abuelos, tíos...?

—Sí, sí.

—¿Sabe si esos tres muchachos siguen donde les mandaron?

174

—Es lo más probable. No creo que Camprubí haya salido del manicomio ni Cánovas de la cárcel. Tampoco hace tanto tiempo del incidente. Cuesta seguirá con el payés que le adoptó.

—¿Podría darme sus señas?

—¿De verdad quiere verle? —Seguía confundido.

—Si quiero cerrar el cuadro de lo que hacía el señor Andrada, sí. Todo cuenta. Y de paso míreme las fichas de los otros dos, si eran realmente huérfanos o tenían familia.

—¿No sospechará que uno de ellos...?

—No, no. Pero ya le digo que necesitaremos investigar la vida del señor Andrada, qué hizo, con quién, dónde estuvo, qué enemigos se creó...

—Entonces llámeme mañana por teléfono. Miraré en los archivos. ¿Tiene algo con lo que escribir?

Miquel iba siempre preparado, pero no con aquel traje prestado por David Fortuny. Llevaba los bolsillos vacíos. Levantó una mano, le pidió papel y lápiz al camarero, y el padre Sandoval le anotó el número de teléfono.

Ya no quedaban más preguntas.

Y el sacerdote parecía súbitamente exhausto, como si alguien le hubiese arrebatado la energía.

—Sea como sea, cogeremos al que mató al señor Andrada —dijo Miquel por decir algo.

—Es un crimen horrible —reconoció el joven—. Dios perdone al asesino.

—Entiende que fue una venganza, ¿no?

—Sí, es evidente. La policía dijo que tenía un sospechoso muy claro, pero a saber cuántos habrían deseado mal a ese hombre, ahora y desde hace años.

Miquel se acabó el chocolate.

Los dos hombres se miraron como si ya no tuvieran nada más que decirse.

Sólo quedaba una última cosa.

—Señor Miró, si saben que le he contado todo esto...

Miquel le puso una mano en el brazo.

—Tranquilo —dijo con excelente énfasis para vencer su angustia—. Y, por encima de cualquier otra consideración, sepa que Dios le está mirando lleno de su más absoluta complacencia.

26

Pedro Camprubí.

¿Era Lorenzo Camprubí su padre, su abuelo, un tío?

En aquella habitación, los tres ancianos habían gritado: «¡Por Pedro!».

¿Casualidad?

—No, ni hablar —gruñó.

Heriberto Moyá había desaparecido por la boca del metro, llevándose su desazón con él. Un pequeño santo en el infierno. Alguien lo bastante joven para creer en milagros enfrentado a la crudeza de un orfanato franquista, no mejor que las prisiones o la esclavitud del Valle de los Caídos. Laureano Andrada había campado a sus anchas en aquel lugar.

Eran casi las cuatro de la tarde.

A la Modelo sólo se podía ir por la mañana, en horario de visitas. Y Sant Boi no estaba lo que se dice a tiro de piedra. Además era probable que, en el manicomio, no le permitieran ver a un interno. Dependía de sus condiciones y del grado de su salud mental.

Lo de Olot era otra cosa.

El tercer muchacho estaba libre.

De no haber sido por aquel nombre, Pedro Camprubí, nada de todo aquello tendría interés o serviría.

Ahora era diferente.

Siguió paralizado, frente al café Zurich, junto a la boca del metro Transversal, con el esplendor de la plaza de Cataluña vibrando en una tarde de primavera, al lado de las bulliciosas Ramblas y de la calle Pelayo, por la que había paseado con Patro el sábado, ajeno a lo que se le venía encima.

Una isla.

A veces se sentía una isla.

Y más en aquel momento, disfrazado de hombre respetable, con sombrero y bastón.

La otra Barcelona, la oculta, la de las cárceles, los manicomios, los orfanatos, la represión, el miedo y el silencio, le dolía en el alma.

Le pesaba.

—Mierda... —gruñó.

Tenía que hablar como fuera con Lorenzo Camprubí, el hombre que había hecho que Asunción Miralles contratara a un detective para seguir a Andrada. Era esencial. Pero antes, según su costumbre, quizá mejor ir cerrando círculos.

Consuelo Miranda, la propietaria del piso vacío situado justo encima del de Laureano Andrada, vivía en la calle Escorial, junto a la plaza Joanich. Podía ir en taxi o coger el 38 en la misma plaza de Cataluña. Su recorrido pasaba cerca de su destino.

Optó por el tranvía.

Mejor no gastar porque sí.

Llegó a la parada, esperó cinco minutos, se subió al tranvía envuelto en sus pensamientos y ocupó uno de los asientos vacíos junto a una ventanilla. Los pensamientos se le hicieron más turbios, así que abrió el periódico que ya se había leído mientras esperaba a Heriberto Moyá. A Patro le gustaba ver los anuncios. Sobre todo los anuncios. Los comentaba con él, a veces dando rienda suelta a su imaginación y otras como si realmente fuera a comprar lo que trataban de vender seduciendo a la gente.

En la página 5 lo que se anunciaba eran armas.

«Pistolas Astra – Admiran por su seguridad.»

En letra pequeña se aclaraba que eran «modelos especialmente creados para Jefes y Oficiales, Autoridades, Agentes, Particulares, etc.».

¿Particulares?

Del precio, nada.

No estaba seguro de haber visto el anuncio otras veces. Tal vez porque ya no quería saber nada de armas. Su última pistola, reglamentaria y oficial, la había tirado a la alcantarilla el 26 de enero de 1939, después de matar..., de ajusticiar a aquel maldito asesino con la última bala disparada en la Barcelona de la guerra.

Miró más anuncios.

«Salga a la calle sin preocupaciones – Usted debe alternar tal como le corresponde por su posición social.»

Por lo visto, Filoclor era una maravilla contra el sudor.

También se vendía una pistola pirata para niños: Chiquito.

Se sintió ridículo mirando esas tonterías y cerró el periódico cuando una señora abundante en carnes ocupó el asiento contiguo. Se preguntó si ella usaría Filoclor, porque olía. Se resignó. Casi de inmediato el tranvía arrancó, enfiló la plaza de Urquinaona y luego subió por la calle Lauria.

Ver pasar la ciudad desde un tranvía era distinto a verla desde un taxi.

Tenía otro sabor.

Otro ritmo, con las pausas necesarias para apreciar los detalles en silencio.

Bajó en el cruce de la calle Bailén con la Travesera de Gracia y cubrió a buen paso la distancia que le separaba del número 1 de la calle Escorial. También era un edificio con portera. La mujer llevaba una bata y barría la entrada con aire cansino. Tenía el cabello blanco y la mirada triste. Cuando le preguntó por el piso de la señora Consuelo Miranda se entristeció todavía más.

—Oh, no está, señor. Ha salido. Qué pena.

—¿Sabe si volverá pronto?

—Oh, unos veinte minutos, media hora. Eso me ha dicho. Qué pena.

—Regresaré, gracias.

La dejó con la pena de servidora entregada y buscó un bar. Lo encontró en General Mola después de caminar cinco minutos y preguntar. Era pequeño, minúsculo, cargado de olores y con escasa clientela, tal vez por la hora. Pero, como la mayoría, disponía de un teléfono público. Pidió un par de fichas y, todavía con el sabor del chocolate en la boca, nada para tomar. El camarero le miró con desconfianza, tanto por su ropa como por el hecho de no hacer gasto. Miquel marcó el número de la mercería y cruzó los dedos.

Esta vez se puso Patro directamente.

—Hola —la saludó con el corazón encogido.

—¿Dónde estás? —Fue la primera pregunta.

—A salvo, tranquila. ¿Estás bien?

—Sí, dentro de lo que cabe.

—¿Y Raquel?

—Ella no se entera de nada.

—Mejor. ¿Por qué hablas bajo? ¿Hay gente?

—Sí. —Fue lacónica.

—Escucha, he avanzado bastante —mintió—. Tengo un par de buenas pistas que intentaré resolver mañana. Quizá también pasado. Tú no desesperes.

—La policía ha vuelto. —Patro bajó la voz hasta lo indecible.

—¿Para hablar contigo?

—Sí, han vuelto a interrogarme y a amenazarme. Que si sé dónde estás se lo diga, que por fuerza he de saber dónde te ocultas, que me quitarán a la niña...

—Te lo dije: ni caso.

—¿Y si han intervenido el teléfono? Recuerda que lo vimos en una película.

—Era de espías, mujer.

—Ya, ¿y crees que esos inventos modernos no llegan a España sólo porque estemos atrasados?

—Entonces, ¿prefieres que no te llame?

—¡No, por Dios! ¡Necesito saber que estás bien!

—Pues lo estoy. Y camino de solucionar esto. Tú sólo confía en mí. Cuando este lío acabe te llevaré a cenar donde quieras, y hasta compraremos el tresillo que vimos el sábado.

—Tonto. ¿Para qué quiero yo un tresillo nuevo?

—Te quiero.

—Y yo a ti.

—Dale un beso a Raquel.

—Se los darás todos tú cuando vuelvas, ¿verdad?

—Claro. Adiós, mi vida.

—Adiós.

Colgó y se quedó mirando el negro aparato.

«Mi vida.»

Con Quimeta nunca había hablado así.

A lo mejor, Quimeta se habría reído.

Salió del bar y regresó a la calle Escorial, despacio. Habían transcurrido apenas quince minutos. Desde lejos vio el portal del número 1, y a una mujer de mediana edad que entraba en él. Pensó que, con suerte, sería su objetivo. Esperó tres minutos más y se presentó por segunda vez en el vestíbulo de la casa. La portera «qué pena» lo saludó de inmediato.

—Acaba de llegar —dijo—. Es el primer piso.

—Gracias, señora.

Le abrió la puerta la mujer a la que había visto entrar en la casa tres minutos antes. Todavía llevaba ropa de calle. No parecía simpática ni amable, vestía ropas oscuras y llevaba el cabello mal peinado, pegado a la cabeza. Por si acaso, retomó su aire policial, aunque el disfraz no le acompañara.

—¿La señora Consuelo Miranda?

—Sí, soy yo. ¿Qué desea?

—Hacerle unas preguntas, si no le importa.

No tuvo que decir por qué ni para qué.

—¿Otra vez? ¡Pero si ya lo he contado todo, por Dios!

La policía la había interrogado. Eso significaba que Oliveros se tomaba en serio la idea de que el asesino había accedido a la vivienda de Andrada a través del piso vacío.

La mujer se rindió sin más, sin pedirle una credencial o querer saber a qué clase de cuerpo pertenecía un tipo con bastón y sombrero, tan poco policial.

—Lo siento —se excusó Miquel—. ¿Puedo pasar? Sólo serán cinco minutos.

—Tengo la casa revuelta, ¿le importa que hablemos en el recibidor?

—No, no, en absoluto. Y créame que lamento molestarla.

—Ande, pase.

Cerró la puerta y encendió la luz del recibidor. Parecía estar de mudanza, o quizá había llevado todo lo del piso vacío a su casa. Se cruzó de brazos a la espera de la primera pregunta de su visitante.

—Sabrá que sospechamos que el asesino de ese hombre pudo esconderse en su piso —dijo Miquel.

—¿Y qué quiere que sepa yo de eso? Si fue así, bastante mal me sabe, mire usted. Pero tuvo que ser después de que yo me fuera, y siendo así, no sé ni cómo pudo entrar. La puerta no estaba forzada.

—Hábleme de las personas que fueron a visitarlo ese día.

—Ya se lo dije a sus compañeros: vinieron dos parejas por la mañana y una por la tarde, normales, interesados en el piso y ya está. La primera era un matrimonio mayor. Iban a quedarse solos al casarse su hijo y buscaban un piso más pequeño. La segunda era una pareja de prometidos que iban a casarse. Por la tarde vinieron una mujer y su hijo.

—¿Habían llamado antes para concertar la visita?

—La visita de la tarde fue más bien precipitada. Me pidieron ver el piso con urgencia porque no tenían tiempo. Por lo visto, estaban a punto de quedarse otro piso y antes querían ver el mío, porque les gustaba más la zona. Tuve que ir corriendo a enseñárselo.

—¿Cómo eran?

—Pues... —Hizo memoria—. Ella tendría unos cuarenta años, guapa, de buen ver, aunque vestía de manera un poco llamativa para mi gusto y usaba un perfume muy fuerte. El chico tendría unos dieciséis años, más o menos. No soy muy buena calculando la edad de los jóvenes. Desde luego, aparentaba más. Ya fumaba y todo. Era rubito, con un hoyuelo en la barbilla, como ese actor que está de moda ahora.

—Kirk Douglas.

—Sí, ése.

—¿Dice que fumaba?

—Cuando los saludé en la calle, porque llegaron después de mí, sí lo hacía. En el piso no, imagino que por respeto. Si la mujer olía a perfume, él olía a tabaco, desde luego, como si ya fumara más que un carretero.

—¿Estuvieron mucho rato en el piso?

—No, no mucho. Lo vieron muy rápido. Me di cuenta enseguida de que estaba perdiendo el tiempo. El muchacho se marchó antes y todo.

—¿Cómo que se marchó antes?

—Dijo que la esperaba en la calle.

—¿Le vio salir del piso?

—¿Cómo dice?

—¿Que si le vio salir por la puerta?

—Pues... —Hizo memoria, señal de que la policía no le había preguntado eso—. No. Su madre y yo estábamos en el comedor. Pero oí el ruido de la puerta al cerrarse.

—¿Qué hora sería?

—Casi las nueve.

—¿Le dejaron unas señas?

—Las pido siempre, por si acaso. Espere.

Se metió por el pasillo y regresó al cabo de un minuto. Miquel se fijó en el retrato de una señora mayor, anciana, de rostro severo, que presidía el recibidor desde una mesita adosada a la pared. Consuelo Miranda se parecía mucho a ella.

—Se lo he anotado, tenga.

—Elena Tamayo. —Leyó el papel con la dirección—. ¿Sin teléfono?

—Me dijo que no tenía.

—¿Y el nombre del muchacho?

—No lo mencionó, y no oí que lo llamara por ninguno. Ya le digo que todo fue muy rápido. Se marchó casi enseguida.

—¿Han vuelto a llamarla?

—No. Se le notó que no era lo que buscaba, ya se lo dije a sus compañeros del cuerpo. No sé por qué me hacen las mismas preguntas. Bastante desagradable es saber lo que pasó. Yo conocía a ese hombre, y lo mismo mi madre, no sé si me comprende. Le había visto algunas veces por la escalera, siempre tan amable, educado, cortés. No entiendo que alguien quisiera matarle.

—¿Le vio alguna vez con niños?

—No, ¿por qué?

—Era pederasta.

—¿Que era qué?

—Abusaba de niños.

Casi se le descolgó la mandíbula. La sacudida fue brutal.

—¡Qué me dice!

—No siempre los amables, educados y corteses son trigo limpio. —Hizo un gesto terminante antes de plegar velas—. Ha sido usted muy amable, señora.

La acababa de dejar KO.

Como para fiarse de la raza humana desde ese instante.

—Pues...

—Buenas tardes. Avísenos si recuerda algo más —se despidió su visitante.

Abrió y cerró la boca, pero ya no pudo articular ni una sola palabra mientras Miquel se marchaba de su piso.

27

Sabía que era una pérdida de tiempo, pero quiso comprobarlo.

Esta vez sí cogió un taxi. Mejor dicho: dos. Uno para ir al falso piso de la no menos falsa Elena Tamayo, y otro para regresar a la calle Vilamarí.

No sólo no existía ella, ni su hijo, sino que el número de la calle correspondía a un solar en obras.

Tenía al asesino, pero ni idea de quién podía ser.

Dieciséis años, rubito, con un hoyuelo en el mentón.

Como Kirk Douglas.

Apenas un muchacho.

—Maldito seas, Andrada —gruñó un par de veces durante el regreso en taxi a casa de David Fortuny.

¿Podía condenar a un chico sometido a las vejaciones por las que le habría hecho pasar el pederasta?

La ley, sí. Él no.

Pero, si no descubría quién era, esa misma ley le caería encima a él.

Adiós a Patro, adiós a Raquel, adiós a su nueva vida.

Lo mismo que el día anterior, David Fortuny ya estaba allí, con la misma bata y el mismo talante efusivo. Ante todo, lo saludó con alivio.

—Ya estaba empezando a preocuparme.

—Parece una esposa.

—No sea malo, Mascarell. El disfraz es bueno, pero, a lo mejor, impaciente como está, podría haberse metido en la boca del lobo sin más, por una imprudencia. La policía no es tonta.

—Lo sé. Están siguiendo casi las mismas pistas que yo.

—¿Casi?

—Ellos no saben lo de Asunción Miralles y Lorenzo Camprubí. Ahí les llevo ventaja.

—Les llevamos.

—¿Qué?

—¡Hable en plural, hombre! ¡Les llevamos! ¡Yo también estoy trabajando lo mío! —protestó sin enfadarse—. ¿Está seguro de que no lo saben?

—Sí, seguro.

—¿Ha visto al cura ese?

—Ha sido una charla de lo más instructiva. —Empezó a quitarse la barba y el bigote, porque todavía seguía de pie—. ¿Me ayuda? Creo que me la he pegado demasiado.

Lo llevó a la cocina y se la fue quitando con calma y con un poco de agua caliente. Miquel esperó para contarle su conversación con el padre Moyá. Mientras lo hacía, Fortuny le escuchó en silencio, sin interrumpirle. Algo raro.

Después llegó el turno a su inspección del piso de Consuelo Miranda y a su charla con ella.

Esta vez sí, David Fortuny le detuvo con la primera pregunta.

—Espere, espere. ¿Me está diciendo que esa pareja de la tarde era falsa, y que el chico se ocultó en un armario fingiendo irse antes?

—Eso mismo.

—¿Todo porque el armario olía a tabaco y él fumaba?

—Se ocultó ahí y perfumó el ambiente. El armario seguía cerrado, manteniendo el olor en su interior. De todas formas, aunque no fuera por esa prueba, es la única opción. La mujer y el muchacho estuvieron en ese piso pasadas las ocho de la noche. El crimen se cometió entre las diez y las doce. Además, he comprobado las señas de la tal Elena Tamayo, y son falsas. Seguro que el nombre también lo es.

—Bueno, pues hay que buscar a un joven rubito con la barbilla partida, ya está. —Pareció feliz.

—Supongo que no habrá muchos, pero aun así...

—No va a ser la clásica aguja en el pajar.

—¿Sabe a cuántos niños habrá hecho daño Andrada a lo largo de su vida?

—Necesitamos un nombre —asintió.

—Un nombre y algo más. Un poco de suerte —admitió Miquel.

—¿Por qué lo dice?

—Ese joven ha cometido un crimen, ha tratado de colgármelo a mí. ¿Cree que andará por ahí como si tal cosa?

—Pues es probable que sí, mire lo que le digo —afirmó Fortuny—. A mí todo este asesinato me suena a improvisado.

—O acelerado. El muchacho quería matar a Andrada. Buscaba su oportunidad y yo se la di. Con lo que no contaba era con que yo escapase y que hubiese sido policía.

—Y tampoco contaba conmigo —se jactó.

—No tiene abuela, ¿verdad? —Miquel forzó una sonrisa melancólica.

—No me estoy dando importancia. Sólo le digo que, si yo no hubiera estado allí, usted ahora mismo andaría más ciego que un pollo sin cabeza. Y recuerde que no está investigando únicamente usted. Yo también me he movido lo mío.

—Cuéntemelo.

—Espere, espere. Antes cerremos lo suyo. —Puso la mano derecha en forma de pantalla—. ¿De verdad quiere ver a esos tres chicos, Cuesta, Cánovas y Camprubí?

—Sí.

—Pero lo que hicieron fue hace años.

—No tantos. Y lo más importante es que uno es el Pedro al que hacían referencia los tres ancianos del asilo.

—Mire que es usted metódico. —El detective movió la cabeza de arriba abajo.

—Siempre lo he sido. Hay que ir paso a paso. En una investigación no hay que dar nada por supuesto, ni saltarse una pista o un testigo sólo porque parezca que el siguiente es más importante. Si no se cierran los círculos, al final siempre queda uno abierto.

—No, si ya era meticuloso entonces, lo recuerdo bien. Tenía una paciencia...

—No he cambiado.

—Yo diría que los años le han hecho incluso más puntilloso.

—¿Hemos acabado con lo mío?

—Sí, ahora sí.

—Pues suelte lo suyo. Dice que se ha movido mucho.

David Fortuny se retrepó en la silla. Con la mano derecha ayudó a colocar el brazo izquierdo sobre la mesa. Los tres dedos inútiles formaban un trípode inanimado, tres pequeños garfios empequeñecidos por la falta de uso y de piel ligeramente más oscura. Pese a todo, no parecía un tullido.

¿No le había dicho que vivía y dejaba vivir?

—Para empezar, he averiguado dónde vivía Lorenzo Camprubí. Tampoco es que me costara demasiado. Una vez allí, una vecina ha sido de lo más locuaz. Nuestro hombre tiene setenta y siete años y antes de acabar en un asilo no era un muerto de hambre precisamente. Tierras, negocios... Le iba bien. Lorenzo tuvo un hijo, sólo uno, que se casó al acabar la década de los veinte y, nada más empezar la guerra, en los primeros días, murió en la columna de Durruti dejando viuda a su esposa y con un vástago nacido poco antes, en el 31. Ese pequeño es hoy...

—Pedro Camprubí, su nieto.

—Exactamente.

—Luego Lorenzo Camprubí se entera de que su nieto está en Sant Boi; aunque si llegó al orfanato desde la Casa de la Caridad, significa que su madre no lo crió. ¿Se lo quitaron o, pese a que su abuelo tenía dinero, lo dio en adopción?

—No corra tanto. Vayamos por partes —le detuvo Fortuny—. De entrada, vamos a situarnos: Pedro tiene en la actualidad veinte años. ¿Conforme?

—Sí.

—Sigamos con Lorenzo Camprubí —retomó el hilo de su narración—. Su mujer, Natividad, ya tenía una enfermedad incurable desde mucho antes. Algo que hace que los músculos del cuerpo se vayan paralizando primero y muriendo después, hasta deformarlo todo. Creo que en Francia la llaman enfermedad de Charcot y aquí...

—Esclerosis.

—Eso. —Se estremeció con desagrado—. Como Lorenzo no podía cuidar a su mujer solo, contrató a una asistenta. ¿Sabe quién?

—Asunción Miralles.

—¡Premio para el caballero! Asunción Miralles, joven y fuerte, se convirtió en enfermera, criada y, según la vecina habladora, también pasó a cuidar al dueño de la casa tanto de día como de noche casi de corrido. Con su mujer fuera de circulación, y siendo un hombre vigoroso, los dos acabaron cohabitando sin mucho disimulo, ya que Asunción dormía en el mismo piso. La relación se convirtió en un secreto a voces, y ya sabe cómo son las comadres: todo eran miradas y comentarios en voz baja. A Lorenzo Camprubí le entraba por un oído y le salía por el otro, pero a la señora Miralles, que seguía soltera y sin compromiso, no le sentaba nada bien. La mala fama fue en aumento, y también las pullas, los insultos por detrás de las puertas o las ventanas con cortinas. Hablamos de comienzos de los años treinta —precisó—. Sucede que, al parecer, Asunción Miralles le quería, estaba enamorada. Ya ve. No era sólo necesidad, sexo, hacerse compañía mutua... No, no: le quería. Aguantó de todo. Así hasta un año antes de que empezara la guerra, cuando ella... desaparece.

—¿Cómo que desaparece?

—Lo que oye. Se esfuma. No hay rastro de ella. ¿Le pudo el peso de los comentarios que se vertían a su alrededor? ¿Se cansó de ser «la otra», la amante? Aún era joven, podía aspirar a algo más, casarse y ser feliz. Ni idea. Lorenzo Camprubí se queda solo con su esposa, ya casi completamente paralizada. En esta situación empieza la guerra, muere el hijo de Lorenzo y la desgracia sigue cebándose en la familia. La madre de Pedro pilla una tuberculosis fulminante, que va a llevársela por delante en pocos meses. Hambre, bombas, frío... Ya sabe de qué hablo. A la mujer la apartaron de su hijo por prevención al enfermar. Después...

—Se lo quitaron del todo y su abuelo no pudo hacer nada para quedárselo.

—Los tiempos no están tan claros, ni el orden en que pasó todo. Es confuso. Tampoco es que importe mucho en qué momento sucedió cada cosa. —El detective plegó los labios—. Los años de la guerra son como un agujero oscuro entre un antes borroso y un después dramático, ésa es la cuestión. —Abrió la mano sana—. Es como si una niebla espesa lo envolviera todo. Por un lado, la madre de Pedro muere de tuberculosis. Lorenzo reclama a su nieto y es en ese momento cuando Asunción Miralles reaparece.

—¿Sin más?

—Es lo que me han dicho, aunque le repito que las fechas no están nada claras y tampoco es que importe mucho. Pedro Camprubí vuelve con su abuelo. ¿Quién lo cuida? Asunción. Ya casi forman una familia completa, hecha de retales pero completa. Mientras, Natividad sigue muriéndose despacio, muy despacio. Una espera que debió de hacérseles eterna. Finalmente ella acaba en un hospital y muere meses después. La guerra termina y llega la miseria. Pero, según se dice, Lorenzo había escondido oro, joyas, suficiente para venderlo todo en el mercado negro y asegurarse una vejez tranquila.

—Es lo que me dijeron en el asilo, que había pagado su estancia por años, y también la de los otros dos, uno de ellos un primo suyo.

—Con la llegada del nuevo régimen, y ahora no diga nada

sobre él —le previno Fortuny—, el pequeño Pedro acaba unos días en la Casa de la Caridad. No podía quedárselo su abuelo, ya mayor, y además era hijo de un rojo. Punto. Lorenzo Camprubí pudo haberse casado por fin con Asunción Miralles, pero ni así lo hizo. ¿Por qué? Ni idea. Otro misterio. Lo único cierto es que volvemos a tener a la pareja de amantes junta un breve tiempo. Para su desgracia, a Lorenzo no tardaron en diagnosticarle el cáncer que le está matando ahora en el asilo. Repetimos la pregunta: ¿por qué no la hizo una mujer decente? Vaya usted a saber. Puede que ella le amara pero él no y sólo la utilizase. O puede que su desaparición, cuando más la necesitaba, le escociese hasta el punto de no perdonárselo. Lorenzo optó por un asilo, atendido médicamente, y eso fue todo. Y lo cierto es que la única persona que iba al asilo a verle era ella, siempre solícita y entregada.

—Está claro que Lorenzo Camprubí sabía de su nieto. Como fuere, pero sabía de él. Y sabía que lleva años en el manicomio de Sant Boi por culpa de Laureano Andrada.

—Tan claro que, tras encontrarle, vaya a saber cómo estando allí en una cama inmovilizado, le pidió a Asunción que me contratara para espiarle. Eso sí, si querían matarle ellos, o contratar a quien fuera para que lo hiciese, alguien se les adelantó; porque, según usted, tanto ella como él se sorprendieron por la noticia de su muerte.

Miquel se quedó callado.

Unos pocos segundos, con la cabeza dándole vueltas.

La historia que acababa de contarle su compañero no era más que una de tantas, bañada con el regusto amargo de la guerra y la derrota. Una familia destrozada, casi todos muertos, con un abuelo a punto de desaparecer, un nieto castigado por el sistema y una mujer enamorada y sola, todavía unida al hombre que no se había casado con ella.

—¿No va a felicitarme por toda esa información? —quiso saber el detective interrumpiendo el silencio.

—Le felicito.

—Con un poco más de entusiasmo, ¿no?

Le aplaudió una, dos, tres veces, despacio.

David Fortuny se echó a reír.

—Desde luego...

—¿Desde luego qué?

—Usted fue mi maestro y mi modelo. No busco su aprobación porque sí. —Se le iluminó la cara—. ¿Sabe una cosa?

—¿Qué?

—Juntos trabajamos bien.

—¡Vaya por Dios! —Miquel no podía creerlo.

—Lo digo en serio.

—¿Y?

—Pues que, cuando esto acabe, podríamos seguir igual.

La mirada de Miquel fue algo más que escéptica.

—¿Habla en serio?

—¡Por supuesto!

—¿Yo detective?

—Hombre, a usted no le darían la licencia. Con sus antecedentes... Pero como ayudante mío, de extranjis...

—No fastidie, Fortuny.

—¡Que se lo digo de verdad! Yo a veces estoy solo, y encima tengo este brazo a medias. ¡No digo todo el día, abajo en mi despacho, en plan oficina, pero si en ocasiones, cuando se acumula el trabajo, o hay que seguir a más de una persona, que me veo desbordado y no puedo con todo! ¡Sería genial!

—Tengo sesenta y seis años y cumpliré sesenta y siete en diciembre.

—¡Míralo él, que está más en forma que cualquiera, y sobre todo tiene esto! —Se tocó la sien con el dedo índice de la mano derecha—. ¡Para usted los años no han pasado, se lo digo yo! El que tuvo, retiene.

—Es usted increíble —resopló.

En el fondo quería echarse a reír, pero de verdad, por lo insólito de la idea.

—Piénselo. —Se mantuvo en sus trece Fortuny—. No sólo

se ganaría unas pesetas, que siempre vienen bien, sino que estaría activo, y con un trabajo que, no diré que sea descansado al cien por cien, porque a veces es pesado, pero tampoco mata. Yo es que no le veo a usted mano sobre mano, por muy padre que haya sido. ¡Y con una mercería!

—Va, calle. ¿Cenamos?

—Usted mismo. Voy a llamarle diga lo que diga. Cuando llegue el momento, ya me dirá que «no» si se empeña en ello.

Miquel pensó en Patro.

—Mi mujer me mata, se lo aseguro. —Sonrió por última vez.

—No lo creo. ¿No me dijo que era un ángel? Una mujer enamorada dice siempre que sí a todo. Si le ve feliz...

Hora de acabar con aquel disparate.

Miquel se levantó para ir al lavabo.

No había orinado en todo el día y eso no podía ser bueno.

Día 7

Viernes, 22 de junio de 1951

28

Desayunaban en casa, sin prisas. La cola para entrar en la Modelo solía ser larga, pero en cuanto se abrían las puertas todos entraban en masa. Un pelotón de desesperados. O, mejor dicho, desesperadas. Por lo que sabía, la mayoría eran mujeres. Como mucho, cargadas con niños que iban a visitar a sus padres o hermanos mayores. Lo peor, las ancianas, que quemaban sus últimos años viendo cómo se hacinaban allí sus maridos o sus hijos.

La duda era saber si tocaba día de visita, porque de no ser así y con el fin de semana de por medio...

David Fortuny no estuvo callado mucho rato.

No era como Lenin, pero casi.

—¿Qué tal ha dormido? —inició la conversación.

—Bien. Mejor.

Ya no perdió el tiempo en rituales.

—¿Ha pensado en lo que le dije anoche?

—No hay nada que pensar.

—Ya veremos. —Puso cara de malo.

—En serio, Fortuny —Miquel dejó la taza de café con leche sobre la mesa—. ¿Nos imagina a usted y a mí trabajando juntos, aunque sea de manera esporádica como dice?

—Sí, ¿por qué no?

—¡Porque somos agua y aceite, hombre!

—¿Y quién dice que tengamos que mezclarnos? Sólo sería una relación... profesional. Llámela laboral, si quiere.

¿Qué más da que yo esté cómodo con el Régimen y usted no?

—¿Le parece poco?

—Le aseguro que no nos pelearíamos por eso.

—Fortuny, está mal de la cabeza si piensa de verdad lo que dice —resopló.

—A veces esto es lo que me ha permitido seguir adelante y mantenerme a flote, no crea. He estado muy solo.

—¿No me dijo que tenía novia?

—Bueno, sí, pero...

—¿Pero qué?

—Nada, que estamos bien y punto.

—¿Ella en su casa y usted aquí?

—Las cosas no son fáciles.

—¡No fastidie! ¿La quiere?

—Sí.

—¿Y ella a usted?

—También.

—¿Pues entonces?

David Fortuny ya no sonreía. Parecía pillado.

—Casarse es todo un compromiso, oiga —dijo.

—¿Ella quiere hacerlo?

—Sí, como todas.

—Entonces, ¿qué le pasa? ¿Sabe lo que cuesta encontrar a una buena mujer hoy día?

—Tanto como a un buen hombre, imagino.

—¿Y usted no lo es?

El detective se miró el brazo izquierdo.

—Sí, aunque a veces pierdo la cabeza y...

—Prefiere regar todo el jardín antes que quedarse con una sola flor.

—Es usted un poeta.

—¿Cómo se llama la «afortunada»? —preguntó con retintín.

—Amalia. —Le amplió la información—: Tiene cuarenta años y es viuda. Su marido murió en la cárcel en el 44.

—Vaya por Dios.

—Es comunista perdida. —Suspiró con pesar.

Miquel no soltó una carcajada de milagro.

—¿Y se quieren?

—Claro. Pero no hablamos de política.

—Ya, como Franco. ¿Puedo preguntarle cuándo se ven?

—A veces ella viene por aquí, a veces voy yo, vamos al cine, a pasear... Depende del trabajo que yo tenga, porque en esto no hay horarios. Es muy discreta. Ayer estuve en su casa.

—Maravilloso.

—¡Caray, Mascarell, que uno tiene sus necesidades! ¡Y no me suelte sermones, que usted se ha buscado a una bien joven!

—Esas cosas no se buscan. Aparecen.

—¡Pues a usted se le apareció el Ángel de la Guarda! ¡O la mismísima Virgen!

—Le doy la razón.

—Qué quiere que le diga. —Hizo un gesto dudoso—. Casarse es un compromiso. Cuando uno se habitúa a vivir solo...

—Vivir solo es un asco, se lo digo yo. El estado natural del ser humano es compartir la vida con alguien.

—¿Y lo que eso supone? ¿Se acuerda de que yo fumaba dos paquetes de tabaco diarios? —No esperó a que le respondiera—. ¡Pues tuve que dejarlo, porque ella es asmática y no soporta el olor a tabaco, ya ve! Se ahoga. ¡Y eso que no vivimos juntos! Hace un par de meses se me ocurrió fumarme un cigarrillo, y en cuanto notó el olor en la ropa y el sabor en mi boca... ¡Madre mía, qué bronca! Hasta que se me pasó no quiso verme. ¡Una semana a pan y agua! Si esto es así siendo novios, imagínese casados. ¡La de cosas que habría que cambiar!

—Sea como sea, caerá —le vaticinó Miquel.

—Eso, usted anímeme.

—Ella le dirá que o boda o adiós.

—Ya me lo ha insinuado, ya. Aunque de momento he parado la tormenta. —Se encogió de hombros—. Bueno, ya veremos, ya veremos.

Miquel no quiso forzarle, ni pincharle más, ni seguir hablando del tema.

—¿Puedo preguntarle algo?

—Lo que quiera —dijo Fortuny, todavía ensimismado.

—¿Tiene pistola?

—Tengo licencias de armas, en previsión de que un día me decida; pero no, todavía no tengo una. Me da no sé qué. Y, de momento, tampoco me ha hecho falta. Chorizos hay muchos, pero delincuencia así, más o menos peligrosos, no. ¿Por qué me lo pregunta?

—Curiosidad.

—Usted nunca hace preguntas por curiosidad. Siempre tienen un porqué.

—Le aseguro que esta vez no. —Miquel se puso en pie—. Voy a telefonear al padre Moyá.

—Entonces llame desde aquí, no vaya al bar. No creo que tengan controlado el teléfono del orfanato.

—Bien.

Llevaba el papelito con el número anotado del orfanato de San Cristóbal en el bolsillo. Lo marcó y pasó dos controles. La tercera voz que escuchó fue la de Heriberto Moyá. Debía de estar solo, porque el tono fue alto y claro.

—Señor Miró...

—Buenos días, padre. ¿Cómo está?

—Pues... no he dormido muy bien —confesó—. Los remordimientos, quizá.

—Créame si le digo que será cualquier cosa menos remordimientos. Está ayudando a resolver un delito. Piense en ello.

—¿Han hecho progresos?

—Avanzamos despacio, es un caso complicado. ¿Tiene la información que le pedí?

—Sí. —Se produjo una pausa, como si el sacerdote buscara

los datos—. A Rodolfo Cuesta lo adoptó un hombre llamado Ovidio Rigal Pujades. Vive en la masía de Can Rigal, en Olot, aunque no hay unas señas más concretas. En la ficha consta que el señor Rigal ya había adoptado a un muchacho del orfanato con anterioridad, Manuel Varela, pero que se le murió a los seis meses.

—¿Y pudo adoptar otro libremente?

—Parece que sí —empleó un tono inseguro hasta que dijo—: Pagó diez mil pesetas. Bueno, las donó al orfanato.

Miquel cerró los ojos.

—Dice que lo adoptó un hombre —quiso aclararlo—. ¿No consta el nombre de la esposa?

—No. Aquí dice que el señor Rigal es soltero.

Rodolfo Cuesta era carne de cañón para el campo.

Aunque por lo menos no había ido a parar a un manicomio ni a la cárcel.

De paso, el orfanato recibía «donaciones».

—¿Algo de los otros dos, Cánovas y Camprubí?

—No, no señor. Como le dije, salieron de aquí y eso es todo. No hay nada más de ellos, y menos de antes.

—¿Ni datos ni...?

—No, nada.

—¿Los tres tienen la misma edad?

—Cánovas es el mayor, casi veintiún años. Los otros dos tienen veinte uno y diecinueve el otro.

—¿Cuándo se produjo el famoso incidente?

—Hace cuatro años.

Entonces Cánovas estaría entre los dieciséis y los diecisiete. Cuesta y Camprubí entre los dieciséis de uno y los quince del otro. Suponiendo que las fechas de sus nacimientos fueran correctas.

—Le agradezco lo que ha hecho, padre. De verdad. Es usted una buena persona y Dios lo sabe.

—Señor Miró...

—¿Sí?

—¿De verdad cree que la muerte del señor Andrada puede estar relacionada con ellos?

—No lo sé, pero hay que cuidar todos los detalles. —Fue prudente—. Después de todo, ha sido la única vez que alguien quiso atentar contra su vida, ¿no?

—Que sepamos, sí.

—Ojalá resolvamos esto pronto —se despidió—. Le mantendremos informado.

—Me gustaría, sí.

—Rece por nosotros, padre.

—Lo haré.

Miquel colgó.

No había hablado tanto de cosas sagradas ni mencionado tanto a Dios como en los dos últimos días.

No estaba mal para un ateo.

David Fortuny apareció por detrás.

—¿Listos? ¿Le pongo la barba y el bigote o puede usted solito? ¡Mire que ayer se pasó con el pegamento!

Habría preferido ir solo, como siempre, pero ya no podía pedirle a Fortuny que investigara más por su cuenta. Por otro lado, además de ayudarle, el día anterior se había portado. La historia de Lorenzo Camprubí daba respuestas al porqué del encargo de Asunción Miralles para que Laureano Andrada fuera seguido por su compañero.

El detective no dejó de hablar mientras le ayudaba con la barba y el bigote.

—¿No ha pensado que tal vez estemos siguiendo una pista falsa? Si la Miralles y el señor Camprubí no sabían que Andrada había muerto, es porque no tuvieron nada que ver con su muerte. Así que yendo por ahí...

—Es posible, pero Andrada muere cuando usted le sigue y yo hago acto de presencia, sin olvidar el informe que le pasó a Asunción Miralles y la convierte en sorprendente sospechosa. Ya comentamos que eso pudo provocar la precipitación de los acontecimientos. Y sabemos que le mató un muchacho joven, de unos dieciséis años, para vengarse de los abusos cometidos presumiblemente con él. La clave ha de estar en ese orfanato, y los antecedentes nos dicen que ya hubo un intento de acabar con su vida.

—¿Y la Escuela Tarridas?

—No creo. —Hizo un gesto negativo—. Allí todo es demasiado evidente, los niños salen y entran, corre el aire, no sé si me entiende. El orfanato es otra cosa, un mundo cerrado en el que Andrada campaba a sus anchas y con materia prima abundante, sin restricciones. En San Cristóbal tenía lo que necesitaba, sin riesgos. Por lo tanto, es ahí donde está la clave. Puede que Cuesta, Cánovas y Camprubí nos den más pistas. Quizá alguno de ellos conozca a ese chico rubito con el mentón partido.

—Entonces eran adolescentes, pero ahora ya serán mayores, claro.

—Sí.

—De acuerdo. —Acabó su trabajo—. Esto ya está. ¡Andando!

Bajaron a la calle y llegaron a la moto, aparcada allí mismo. Miquel miró el sidecar con aprensión.

—¿No podemos ir a pie? ¡Pero si la Modelo está ahí mismo!

—¿Y después qué, volvemos aquí a por ella y perdemos tiempo? ¡Ande, quite, caguetas, que es un caguetas! ¡Parece mentira! ¿No se fía de mí?

—De usted sí, pero de los demás no. ¿Usted no ve lo frágil que se siente uno metido ahí dentro?

—Tenga. Ayer le compré esto para que no le entrara porquería en los ojos. —Le pasó unas gafas de motorista que sacó de un hueco en el que también había un trapo, aceite y herramientas pequeñas.

—Gracias.

—Un detalle, ¿eh? Para que vea que lo cuido.

Miquel se las colocó y se subió al sidecar. Se quitó el sombrero. No fuera a volarse. Fortuny, en cambio, se lo dejó puesto. El espacio se le antojó más angosto que la primera vez. No se imaginó metido allí en invierno, con el abrigo. O lloviendo. Debía de convertirse en una pecera.

—Si llueve, tengo un plástico que hace de cubierta y capucha. —Fortuny pareció leerle el pensamiento—. Se sujeta en esos ganchitos, ¿ve?

Arrancó la moto.

Dos calles, hasta la cárcel. Un paseo tranquilo.

Miquel se tranquilizó al ver que había cola. Suerte o no, era día de visita. Una cola larga, en efecto. Larga y silenciosa. La formaban unas treinta mujeres, con media docena de niños y niñas bien cogidos de la mano y muy serios, y sólo dos hombres, uno muy mayor y otro muy joven, entre ellas. Miquel se puso al final. Su inquieto compañero no.

—Voy a ver si conozco a alguien —le susurró—. Ser héroe mutilado tiene sus privilegios. Usted quédese aquí.

—Bien.

Le vio caminar hacia la entrada.

Un tipo curioso.

Hasta tenía ganas de conocer a la tal Amalia.

La mujer que esperaba delante de él se volvió de pronto. Era gitana, de rasgos inequívocamente oscuros y ojos muy negros. Le miró de arriba abajo y le tendió la mano.

—¿No tendrá usted unos céntimos, caballero?

Miquel se sintió incómodo, no por la petición, sino porque estaban en una cola y tendrían que compartir aquel espacio Dios sabía cuánto rato más.

Se metió la mano en el bolsillo.

La gitana se animó.

—Céntimos o alguna peseta, que se va a agradecer mucho y tiene usted cara de santo, que se lo digo yo. De los que se van al cielo sin esperar a nada.

No quiso discutirle lo de ir al cielo.

Le dio la calderilla que llevaba suelta, monedas de cinco y diez céntimos más una de dos reales.

—¿Le leo la mano? Por una peseta...

—No, gracias.

—Deje que le diga la buenaventura, que seguro que le cambia la cara. —Intentó cogérsela.

Lo de la cara le dolió. Pero no dijo nada. Le salvó la vida Fortuny. Reapareció en la acera y le hizo una seña. Miquel se despidió de la gitana con una inclinación de cabeza y voló a su encuentro.

—Vamos a entrar de los primeros, que abren ya —le informó el detective.

29

No eran familia del preso. No eran nada. Ni habían concertado la visita. Pero que David Fortuny fuera detective, con una licencia en ristre, toda una novedad, servía para abrir puertas en caso de dudas. Una credencial era una credencial. Los funcionarios querían de todo menos problemas. Además, el disfraz de Miquel seguía proporcionándole cierto empaque señorial. Ya no de policía, pero sí de juez. En menos de diez minutos se encontraban en la sala de visitas, rodeados de otros presos con sus familias, todos hablando más o menos en voz alta.

José María Cánovas estaba muy delgado, pómulos salientes, ojos hundidos, mentón afilado, orejas de soplillo. Bajo el uniforme no hacía falta intuir sus huesos: se le marcaban. Las manos eran como sarmientos coronados por diez uñas muy sucias, con los nudillos arrugados. Miquel se fijó en ellas porque parecían deformes, como si una fuerza invisible se las hubiera retorcido de manera inmisericorde. Tendría veinte años, pero daba la impresión de cargar con cinco o diez más. El escaso cabello de su cabeza formaba pequeños nudos sin orden ni concierto, sin un mal peine que hubiera pasado por allí en días, quizá semanas.

Se sentó frente a ambos, les miró y frunció el ceño.

—¿Quiénes son ustedes? —preguntó con voz áspera.

—Detectives privados —habló primero Fortuny.

—¿En serio? —Cánovas levantó las cejas.

Le mostró la credencial. El muchacho la inspeccionó, más por curiosidad que por querer estar seguro. Se la devolvió sin alterar sus facciones, como si, después de la sorpresa inicial, ya nada volviese a inquietarle.

—¿Y qué quieren? —Se enfrentó a ellos uniendo las manos sobre la mesa que les separaba.

—Estamos investigando a Laureano Andrada —habló Miquel.

José María Cánovas endureció el rostro.

Los ojos se le llenaron de tensión y odio.

No abrió la boca.

—Sabemos lo que es, lo que hace, lo que les hizo a usted y a sus amigos Cuesta y Camprubí —siguió hablando Miquel, sin tratarle de tú, mostrándole un respeto del que, seguramente, llevaba años careciendo—. Buscamos pruebas para denunciarle.

Lo recibió con sorpresa.

—¿Ahora? ¿Por qué?

—¿Puede ayudarnos?

—Hablen con cualquier niño de San Cristóbal. —Se echó para atrás reclinando la espalda en la silla.

—No es tan sencillo, y lo sabe.

Su suspiro fue largo, muy largo, tanto como el interés despertado en sus ojos.

—Sí, lo sé.

—Nos han contado lo que sucedió entre ustedes y él, que quisieron matarlo hace unos años.

—¿Quién se lo ha contado?

—No todos los curas del orfanato son iguales.

—No me haga reír —escupió las cuatro palabras con amargura—. El que no manosea, calla. Y todos, todos, son auténticas bestias. ¿Ve esto? —Se subió la parte superior del uniforme y les enseñó dos cicatrices, una de ellas enorme, que le atravesaban el pecho. Luego se dio un poco la vuelta para que le vieran la espalda, picoteada por una docena más—. Es lo que nos hacían y hacen esos buenos curas y sus amigas las benditas monjas, y tanto da que sean Adoratrices, Oblatas, Cruzadas Evangélicas o Terciarias Capuchinas. Hábitos distintos, mismo talante —siguió hablando con desprecio—. Ojalá encierren a Andrada, pero el resto...

David Fortuny iba a abrir la boca. La cerró al recordar lo que le había pedido Miquel antes de entrar: que le dejara a él no sólo el interrogatorio, sino la forma de llevarlo.

La experiencia seguía siendo un grado.

Comprendió lo que quería Miquel: que Cánovas se sintiera cómodo, que primero sacara todos los demonios que llevaba dentro.

Información.

—¿Tan dura era la vida allí?

—¿Quién les ha contratado? —Obvió la pregunta.

—No podemos decirlo.

—¿Alguien que pasó por las manos de Andrada?

—Sí.

—Entiendo. —Se relajó—. ¿Y por dónde quieren que empiece? ¿Por el principio? —bufó sin alma—. Cuando llegamos a San Cristóbal, muchos ya veníamos marcados. El orfanato no es más que la guinda.

—Sabemos que Cuesta y Camprubí procedían de la Casa de la Caridad. Usted...

—Yo empecé en la Maternidad, pero también pasé por la Casa de la Caridad. Estuve unas semanas, hasta que me trasladaron a tres sitios distintos antes de recalar en San Cristóbal, uno de ellos el Hogar Juvenil San Jaime, en Vallvidrera. Las benditas monjas... —El desprecio le hizo parecer más viejo—. ¿Sabe lo que decía Eulalia Arqué, la superiora de la Casa de la Caridad, a los recién llegados, a modo de salutación? —Alteró un poco la voz para decir—: «¡Estáis en desgracia permanente y por esta razón habrá que coger el látigo para sacar vuestro demonio, que vive en vuestras oscuras almas con tan morbosa satisfacción! ¡Habrá que borrar el pasado y de hoy en adelante seréis sometidos a la más estricta obediencia! ¡Recordad que habéis llegado abandonados de todo y algunos en condición de maleantes, mendicantes y viciosos!» —Cambió de nuevo el tono, se crispó y, conteniéndose a duras penas, casi gritó—: ¡Aquello era un puro terror! ¿Maleantes y viciosos? ¡No éramos más que críos asustados! Si encima sabía que procedíamos de padres republicanos... ¡apaga y vámonos! Estaba segura de que el comunismo era una enfermedad contagiosa y propia de débiles mentales. —Respiró con fatiga—. Esa gente, curas, monjas, se supone que han de predicar amor, ¿no? Ustedes no pueden ni imaginarse de qué les hablo.

—Cuéntelo —le animó Miquel.

David Fortuny se movió inquieto en su silla.

José María Cánovas ya no retrocedió.

—¿Ven mis manos? —Se las mostró—. Las tengo así por culpa de los sabañones. Hubo momentos en que no podía ni doblarlas, ni coger una cuchara. ¿Y qué nos daban, como mucho? Yodo. ¡Yodo! ¿Sabe cuál era el remedio de una de aquellas monjas cuando algo nos dolía? Unía las manos, sonreía y con voz dulce nos decía: «Ofrece tu dolor y tu sufrimiento a San José, como un regalo. Fíjate lo que sufrió Nuestro Señor Jesucristo en la cruz y Él no se quejó». Había otra que, directamente, nos hacía caminar con piedras o garbanzos duros en los zapatos para «ofrecer nuestro sacrificio a Dios». ¡Maldita sea, eso era una fábrica de ateos! Vivíamos en un puro terror. Los castigos eran... —Se mordió el labio inferior—. Si te meabas en la cama, hacían que todos te insultaran. Te quedabas de pie, desnudo, y los demás se reían de ti, aunque al día siguiente le tocase a otro. También te pasaban ortigas por el culo y el sexo, como advertencia. Lo peor, sin embargo, era el hambre. Pasábamos tanta que cuando salíamos al campo comíamos alfalfa, o hierba. Ah, y si vomitabas, te hacían comer de nuevo la papilla, «porque allí no se tiraba nada». —David Fortuny tragó saliva de manera tan estruendosa que sonó como un trueno, pero Cánovas ni le miró. Siguió dirigiéndose a Miquel—. Para beber nos daban un solo vaso de agua, nada más. Cuando teníamos sed íbamos al retrete, uno tiraba de la cadena y el otro recogía con las manos el agua que caía. Nos buscábamos la vida como podíamos, y no era fácil. Ni siquiera sé cuántos no lo contaron, porque desaparecían y nos decían que habían sido adoptados. Una vez, a un chico le castigaron a estar varias horas en agua helada. Lo sacaron azul, lo llevaron a la enfermería y desapareció. Nadie se preocupaba de nosotros.

—Así que, cuando llegó a San Cristóbal, ya venía quemado —intercaló Miquel al ver que se detenía.

—Muy quemado, señor. Aquello fue la guinda, y sobre todo por culpa de Andrada —masticó su nombre con asco—. Todos callaban, pero me hice amigo de Cuesta y Camprubí y ellos me advirtieron. Aun así...

—Siga.

—¿De verdad quiere oírlo?

—Sí —asintió Miquel.

—Usted está pálido. —Cánovas se dirigió a Fortuny.

—No, no, estoy bien. —Se hizo el fuerte.

—Mire, en todas partes había curas tocones, pero Andrada... Andrada era el más sádico, un absoluto vicioso. Camprubí fue el que peor lo pasó, el pobre. Me contó que la primera vez que se lo hizo con él le dijo: «Hoy haremos una cosa, pero es secreta, ¿eh? Ha de quedar entre nosotros. ¿Sabes que yo hablo con Dios? Oh, sí. Tengo comunicación con él, que para algo soy amigo suyo. Y cuando Dios pide algo, ¿qué se hace? Pues cumplirlo. A rajatabla. Dios me ha pedido que te escoja, por lo tanto lo que haremos está bien. Es hermoso, a su mayor gloria. Debes sentirte orgulloso. ¿Preparado?». —Dejó que sus palabras calaran en ellos—. Ése fue su estreno. Cuesta me contó que la primera vez que se corrió en su boca y tragó aquello, tuvo ganas de morderle. Se contuvo porque el castigo habría sido terrible. —Se acercó de nuevo a ellos inclinándose sobre la mesa—. Piensen una cosa: cuando no se tiene afecto, cuando nadie te besa o acaricia, da igual que lo haga un cura. ¡Te parece bien! Cuando no conoces nada más, sólo tienes una realidad. ¡Estás en sus manos! ¡Ellos deciden si comes o no, si vives o no! El día de cine, Andrada llegaba con una bolsa de caramelos. Todos querían sentarse a su lado. ¿Caramelo? Toqueteo. Eso en público. A solas ya era... Luego, con el tiempo, acabas creyendo que lo mereces, que Dios te castiga. Y es peor. Te quedas sin autoestima. Nosotros estábamos aislados emocionalmente.

—¿Lo sabía el director de San Cristóbal?

—¡Pues claro que lo sabía! ¡Tenía que saberlo! ¡O eso o era idiota! No hablábamos entre nosotros. ¿Para qué? Cada cual aguantaba su vergüenza como podía. Si Andrada se encaprichaba de uno nuevo, el anterior respiraba aliviado. Lo malo es que se lo hacía con todos, insaciable. Cuando yo llegué al orfanato, era el enemigo público número uno.

—¿Entonces el detonante de lo que pasó fue usted?

José María Cánovas sostuvo su mirada.

Pareció darse cuenta de todo lo que estaba diciendo.

—Tranquilo —dijo Miquel viendo que podía perderle.

—Es la primera vez que...

—¿Que lo cuenta?

—Sí. Y ni siquiera les conozco de nada.

—Nosotros no pertenecemos al aparato del Estado, ni tenemos vínculos con nadie. Actuamos con independencia. Buscamos la forma de encerrar a Laureano Andrada, nada más.

—Si creen que voy a repetir todo esto delante de alguien con un uniforme o en un juicio, es que están majaras.

—No, no tendrá que hacerlo, se lo aseguro.

—¿No me la estarán jugando?

—Hay un sacerdote en San Cristóbal que también ha confesado. Un cura joven que lleva pocos meses y tiene ideales. Lo único que necesitamos es recabar más información.

Les miró de hito en hito.

Era el punto sin retorno.

Se rindió.

—¿Saben lo que es vivir con rabia, con esto pesándote en el alma?

—Lo imaginamos. —La voz de Miquel seguía siendo afable y amistosa, pero también serena y firme.

Una voz hipnótica.

David Fortuny comprendió por qué le había pedido llevar el interrogatorio.

Ni siquiera le decía que Andrada estaba muerto.

Hábil, paciente, cauto.

—¿Qué sucedió desde su llegada hasta el intento de matar a Andrada? —preguntó Miquel, acercándose a su objetivo.

—Fueron dos meses —asintió Cánovas retrocediendo con dolor por el túnel del tiempo—. Suficientes. Nada más llegar, la primera noche, Andrada se me acercó. Me dijo que allí me querrían mucho y que, si me portaba bien y complacía a Dios, es decir, a él, tendría comida y lo que necesitase. Yo en ese momento habría hecho lo que fuera por comer, porque no saben el hambre que había pasado. Me dejé manosear y luego... se lo hice. Así me convertí en su nuevo favorito, aunque no por ello dejó de montárselo con Cuesta y con Camprubí. Le gustaban los niños pequeños, claro, pero también nosotros, que ya éramos casi hombres y se nos ponía dura de verdad. Eso le enloquecía. —Tomó aire—. A los pocos días yo ya estaba asqueado. Cuesta y Camprubí se resignaban, parecían idos. —Tomó aire de nuevo y agregó—: ¿Quieren conocer detalles o es demasiado para ustedes?

—Diga lo que quiera decir, libremente —le invitó Miquel.

—Yo... —intentó hablar Fortuny.

Se encontró con una dura mirada de su compañero y se calló.

—¿Quieren saber lo que decía Andrada cuando se corría en la boca de un niño? —Cánovas bajó la voz—: Gemía: «¡El cuerpo de Cristo! ¡El cuerpo de Cristo!». Como cuando en misa te daban la hostia. Y había que tragarlo. Si escupías, te pegaba. Y siempre la misma cantinela: «Dios tiene un propósito», «Llevamos a cabo una sagrada misión», «Debes estar contento de que Él te haya escogido»... Cuando eres crío y te han comido la cabeza, llenándotela de falsos conceptos, pecados, culpas y lo que promueve la religión para tenerte atrapado, te lo crees todo. Y ya me da igual que ustedes sean creyentes o no. Si reviento, reviento. ¿No querían oírlo? —Pareció lanzarse más y más a tumba abierta—. Un día, abres los ojos y te das cuenta de que Dios no existe, así de sencillo, porque si existe y consiente todo esto... Muchos del orfanato sólo han recibido esa clase de «amor». El resto de sus vidas están marcados.

—¿Tuvo usted la idea de matar a Andrada?

—No, fue de Camprubí. —Suspiró—. Pero yo me apunté enseguida. Pensamos que, si lo hacíamos bien, nadie sabría quién había sido. Algo infantil, ya lo sé, pero estábamos desesperados. A nuestra edad, otros ya salían del orfanato; pero los elegidos por Andrada, no. Se quedaban más tiempo.

—¿Por qué Camprubí?

—No lo sé. Fue de la noche a la mañana. De la resignación a la acción. Un día dijo basta.

—¿Le contó el motivo?

—No. Creo que tuvo que ver con la llegada de un par de chicos más, pero se lo calló. Cuesta era más amigo suyo. Tal vez él lo supiera. Conmigo sólo encontró el aliado perfecto para llevar a cabo nuestra acción. Yo iba a ser el ejecutor. Conseguimos fabricar un punzón. Creíamos que sería suficiente. Lamentablemente no fue así.

—Sólo le hirieron.

—La hoja era corta, y con el segundo golpe, encima, se dobló. Cuesta y Camprubí tenían que taparle la boca y sujetarle. Todo salió bien hasta que comprendimos que habíamos fracasado. Entonces nos entró el pánico, Andrada se puso a chillar y nos cogieron. Ya no volví a ver a los otros dos. Nos separaron. Yo acabé aquí, como autor material. Supe que Camprubí había ido a parar al manicomio, como instigador, y que a Cuesta lo habían enviado fuera, pero nada más.

—¿No ha vuelto a saber de ellos?

—No. Aquí no hay noticias del mundo exterior. Esto es una isla.

—¿Por qué mandaron a unos adolescentes a la cárcel y al manicomio? —preguntó Miquel con voz átona.

—¿Y me lo pregunta a mí? ¡Pregúnteselo a ellos, las autoridades, los que mandan! ¿Cree que alguien nos escuchó? ¡Ustedes deberían saberlo!

—¿Contaron lo que les hacía Andrada?

—No sé lo que hicieron Cuesta y Camprubí, ya le digo que nos separaron, pero me da que no, que bastante miedo tenían para encima complicar las cosas. Yo lo intenté, y de la primera hostia acabé empotrado en la pared de la comisaría. Un policía me dijo que, como se me ocurriera manchar el buen nombre de un falangista mintiendo, se me iba a caer el pelo. Yo pensé: ¿más? Así que me callé.

—Camprubí tenía un abuelo. ¿Nunca iba a verle?

—Ni idea. ¿Un abuelo? No recuerdo que me hablara de eso. Pero una mujer sí iba regularmente, casi cada semana.

—¿Asunción Miralles?

José María Cánovas asintió con indiferencia.

—¿Cómo eran ellos? Me refiero a físicamente.

—Camprubí un poco afeminado, aunque eso lo veo hoy, entonces no. Guapo, cabello castaño claro, muy claro, casi del color de la paja, facciones agradables... Cuesta era más tosco, pero de ojos transparentes y labios grandes. Ideal para Andrada. En los últimos días, antes de que lo intentáramos, Camprubí ya estaba muy mal, nervioso, inquieto. Le sucedía algo, estaba claro. Quería acabar con Andrada cuanto antes. Cuesta era más lento, no diré que tonto pero sí más parado. Siempre estaba quieto. Camprubí incluso escribía poemas a veces. Los niños ricos daban sus libretas usadas «a beneficencia», porque ellos escribían sólo por el lado de delante, no por el de atrás.

Les molestaba la espiral si les daban la vuelta. Camprubí escribió muchas cosas antes de que le descubrieran y le quitaran también eso. No te dejaban nada, nada, nada...

La hora de visita tocaba a su fin. Los guardias ya empezaban a recorrer las mesas para que los familiares de los presos se pusieran en pie. Quedaban los últimos abrazos, las lágrimas de la despedida. José María Cánovas mostró cierta desazón.

Nadie había ido a verle desde que estaba allí.

Probablemente jamás había hablado tanto.

Miró a Miquel. Fortuny era como si ya no estuviese.

—Escuche, si logran demostrar que Andrada es un pederasta, ¿podrían hacer algo por mí, sacarme de aquí..., lo que sea?

—Podemos intentarlo, sí —dijo Miquel con mal sabor de boca—. Por lo menos... —No supo qué más decir.

Ni pudo.

El guardia les hizo levantarse.

—Vamos, señores, se acabó el tiempo. Andando.

Miquel fue el primero en estrecharle la mano a Cánovas. Luego lo hizo Fortuny. Los ojos de uno y otros expresaron las emociones finales.

—Gracias —dijo Miquel.

El joven ya no habló.

Parecía convulso, agitado, nuevamente perdido en aquel laberinto.

Le dejaron atrás, hasta que Miquel volvió la cabeza.

Justo para ver que estaba llorando.

30

No hablaron hasta llegar a la calle.

David Fortuny estaba pálido.

No vomitó hasta pisar la acera, por si acaso, como si hacerlo dentro pudiera costarle una condena. Dejó los restos del desayuno entre el bordillo y la calzada, y luego se apoyó en el único árbol que crecía raquítico por allí. Miquel no hizo nada. Ni siquiera le palmeó la espalda.

—Jesús... —jadeó el detective.

—¿Ésta es la España maravillosa que nos ha dado la Santa Cruzada?

Fortuny le atravesó con una mirada enfadada.

—Vamos, Mascarell, no fastidie.

—¿Yo?

—Esas cosas han pasado siempre. Usted ya detuvo a ese hijo de puta antes de la guerra.

—Ya, pero ¿y la represión? ¡No me diga que no existe! ¿Hijos de rojos, adolescentes encerrados en manicomios o llevados a una cárcel con verdaderos delincuentes adultos? ¿Qué culpa tiene un niño de que sus padres sean comunistas? ¿Eso se lleva en la sangre? ¿Y cargar con los pecados de la madre por haberse quedado embarazada, amén de que te separen de ella por ser soltera? ¡Por Dios, Fortuny! —se exasperó—. ¡No hablamos de cuatro críos! ¡Son miles, por todo el país!

—¿Me está diciendo que todas las monjas son crueles y

que todos los curas son pederastas, es eso? —se defendió el detective.

Se quedaron mirando el uno al otro.

Perros enjaulados en la inmensa cárcel de la España franquista.

Y, sin embargo, estaban juntos en aquello.

Aliados.

Inesperados, pero aliados.

—Vámonos de aquí —le pidió Fortuny—. Nos están mirando.

Eran los guardias de la puerta, y también algunas de las personas que abandonaban la cárcel tras la visita. Una de ellas, la gitana que parecía buscar nuevos candidatos para que les leyera la mano.

Si todo fuera tan fácil como saber la buenaventura...

Caminaron hasta la moto, pero no se subieron a ella. Siguieron en silencio, hasta que Miquel suspiró y su compañero le palmeó el hombro con afecto.

—No discutamos, va —le pidió.

La mañana era clara, preludio de una intensa y emotiva verbena de San Juan, la noche más corta, el comienzo del verano. De no ser porque la Modelo seguía a sus espaldas, Barcelona habría parecido una amante perezosa dispuesta a mostrar su cara más amable.

—De acuerdo —suspiró Miquel.

—Quiero que sepa que me ha dejado impresionado.

—¿Por qué?

—Por cómo ha llevado el interrogatorio. ¡Hasta yo le habría contado mis secretos! ¿Cómo lo hace?

—No sé. —Se encogió de hombros.

—Sí, sí sabe. Ya era así antes de la guerra, y no ha perdido el punto. Al contrario: creo que ha ganado con los años. Cualquier otro se habría cerrado en banda, preso, con lo que le sucedió, pero usted ha conseguido que hablara y hablara...

—No tiene mucho mérito. Ese muchacho estaba deseando vaciarse. Nosotros se lo hemos permitido. Ahora sabe que no está solo, y que alguien intenta demostrar lo que hacía Andrada.

—¿Qué hacemos ahora?

—Ir a Sant Boi, está claro.

—¿Por qué no lo dejamos para mañana? —Fortuny miró la hora—. Aunque con la moto se va rápido, quizá hagamos el viaje en balde.

—Me están buscando —le recordó—. Y aunque con este disfraz doy el pego, no quiero arriesgarme.

—Tranquilo, que si le cogen yo sigo con la investigación.

La nueva mirada tuvo de todo menos tranquilidad.

—¡Eh, que soy bueno! —le reprochó el detective.

—Súbase a ese cacharro infernal —le pidió Miquel mientras él hacía lo mismo instalándose en el sidecar—. Camprubí es la conexión con su abuelo y con Asunción Miralles. ¿No ha oído eso de que ella iba a verle al orfanato? Quiero saber por qué ese anciano celebraba la muerte de Andrada y gritaba «¡Por Pedro!».

—Hombre, está claro: porque por culpa de Andrada, Pedro acabó en el manicomio.

—No dé nada por sentado, nunca —le recordó Miquel.

Se colocó las gafas y se preparó, mental y físicamente, para el largo desplazamiento hasta Sant Boi. David Fortuny ocupó su lugar, también con sus gafas y, esta vez, sin sombrero. Se lo pasó a Miquel para que se lo guardara. Luego, puso la moto en marcha e iniciaron el viaje.

Tomaron la carretera de Sants hasta Esplugas de Llobregat, y de ahí, por Cornellá, cruzaron el río y alcanzaron el pueblo de Sant Boi. El frenopático quedaba a un lado de la avenida de Barcelona, con su larga muralla dominando el perfil urbano. Lo mismo que al pasar cerca de la Modelo, la gente trataba de mostrarse ajena a su realidad, la mayoría cerrando los ojos del alma. Algunos no pisaban esa acera, como si estuviese contaminada. Otros no miraban hacia el centro hospitalario, si es que podía llamarse así. Las justificaciones estaban claras. Detrás de los muros de la prisión había delincuentes, asesinos, malhechores, no muchachos como José María Cánovas, cuyo único delito había sido tratar de ser libre con apenas dieciséis años. Detrás de los muros del manicomio, lo mismo. Allí se encerraba y ocultaba a los enfermos mentales, los que tenían la cabeza del revés, los infelices tarados, los que cometían locuras porque estaban locos, no los Camprubís de turno, sometidos a la nada como defensa ante la impotencia de la sociedad para ser justa.

El sistema y sus engranajes.

David Fortuny detuvo la moto en la acera de enfrente. Miquel puso un pie en tierra, todavía temblando. En la ciudad los monstruos tenían forma de tranvías, autobuses y trolebuses. Por carretera los monstruos se convertían en camiones, con el agravante de los tubos de escape echándoles toda clase de porquería.

—Esto no puede ser bueno —dijo tosiendo—. ¡Habría que llevar máscara antigás!

—Tampoco voy cada día por ahí —se justificó el detective—. ¿Y qué quiere? ¿Sabe lo que habríamos tardado utilizando transportes públicos? ¡No se queje, hombre! —Había recuperado su talante animoso—. ¿Vamos a comer primero? Es casi la hora y, a lo mejor, luego se hace tarde.

—No, mejor primero preguntamos, por si acaso. Si se hace tarde y no comemos, cenamos antes.

—De acuerdo. —No quiso discutírselo, viendo su determinación.

Cruzaron la calzada. Además de camiones, había carros. Ir detrás de uno significaba revestirse de paciencia, pero peor era ir detrás de un camión tragando humo. Esperaron a que pasara uno tirado por una vieja mula raquítica y entraron por la puerta principal. A lo lejos oyeron los primeros petardos anunciando la verbena. Cada vez que los oía, desde su llegada a Barcelona en julio del 47, Miquel se estremecía recordando la guerra, porque su sonido era casi igual. Aquélla sería su cuarta verbena de San Juan.

La primera sin Patro al lado, comiendo la coca y bebiendo una botellita de champán.

En la anterior, la de 1950, estaba casi seguro de que habían hecho a Raquel.

—Sigue serio —le susurró Fortuny.

—No, no, pensaba en algo.

—Pues concéntrese.

La mujer que les atendió en primer lugar parecía hablar y moverse a cámara lenta. Una mirada, una pregunta, la repetición del motivo de su visita, otra mirada, una consulta en los libros, otra pregunta más. Y todo para pedirles que esperasen y mandara a por alguien, que resultó ser un muchacho joven que los invitó a seguirles.

—¿Detectives? —les dijo animadamente—. Debe de ser una vida emocionante, seguro.

La mirada de Miquel sí fue emocionante.

—Bueno, no es como en las películas —se jactó Fortuny, siempre en su salsa—. Pero tiene sus cosas.

—¿Han matado a alguien?

—No, no —se apresuró a dejarlo claro—. Ni siquiera vamos armados.

—¿Ah, no? —El joven quedó muy desilusionado, hasta que le cambió la cara al pasar frente a unas extrañas construcciones que formaban arcos en piedra—. ¿Ven esto? Lo llamamos El Jardín Invisible. Algunos estamos seguros de que es obra de Gaudí, porque aquí cerca hizo la cripta de la Colonia Güell, pero no hay constancia y nos pasamos el día discutiéndolo. ¿A que es bonito?

Dijeron que sí, para quedar bien.

Su guía les dejó en un pabellón.

—Pregunten ahí. Cuando salgan, sigan todo recto, ¿de acuerdo?

Entraron en el pabellón. No se veían internos. Nadie por

el exterior de aquel lado. Obviamente, debían de quedar recluidos en las partes más cerradas y vigiladas. Eso si salían de sus habitaciones o de las salas de confinamiento.

David Fortuny volvía a estar serio.

—Como Camprubí nos cuente otra historia igual que la de Cánovas... —Se estremeció.

—¿Y qué espera?

—No, ya.

—Si quiere, espéreme en la moto y ya me encargo yo.

—No, no. —Hizo un gesto solidario.

Les salió al paso otra mujer. Más que enfermera parecía una gobernanta, o una guardia de seguridad. Era enorme, más alta y fornida que ellos. No se arredró ante la presencia de ambos; al contrario, les aplastó con la mirada y levantó el mentón hacia arriba.

—¿Qué quieren? ¿Qué hacen aquí?

—Nos ha traído un joven desde la entrada —la informó Miquel—. Queremos hacer unas preguntas acerca de un paciente suyo. ¿Usted podría...?

No, ella no.

—Tendrán que hablar con un médico. ¿Y para qué quieren hacer esas preguntas?

—Un asunto oficial —dijo Miquel.

Fortuny ya le enseñaba la credencial.

Ni la miró.

La palabra «oficial» era suficiente.

—Voy a buscar al doctor Puig —dijo hoscamente—. Siéntense.

La obedecieron y esperaron en silencio. No fue demasiado, pero tampoco algo breve. A los diez minutos apareció un hombre enfundado en una bata blanca, mayor, menudo, de aspecto afable. Llevaba gafas y unos zapatos muy gastados que, en otro tiempo, debieron de ser brillantes. Apenas tenía pelo en la cabeza. Se pusieron en pie para saludarlo.

—Me ha dicho Rosita que querían verme.

Rosita era el nombre más inapropiado para la enorme celadora, pero eso se lo guardaron.

—Tanto gusto —dijo Miquel estrechándole la mano.

—Detectives Fortuny y... Torras —anunció su compañero soltando el primer apellido que se le pasó por la cabeza justo a tiempo.

—¿Detectives? —El médico abrió los ojos.

—Investigadores privados, sí.

—Qué interesante —asintió—. ¿Y para qué están aquí? Si puedo ayudarles en algo...

—Trabajamos en un caso que tiene que ver con uno de sus pacientes —le informó Miquel—. Si pudiéramos hablar con él...

—Bueno, no es fácil hablar con nuestros enfermos —les advirtió—. Depende del grado de su salud, su estado mental, las restricciones familiares... Algunos se ponen muy agresivos con los extraños. ¿De qué paciente hablan?

—Pedro Camprubí —dijo Miquel—. Llegó hace unos cuatro años procedente del orfanato de San Cristóbal.

Al doctor Puig le cambió la cara.

Resultó evidente.

La sombra de tristeza fue tan sincera como dolorosa.

—Pues... —Buscó la forma de decirlo—. Me temo que no va a ser posible. Pedro Camprubí murió hace menos de dos semanas. —Hizo memoria—. ¿Hoy es 22? El día 10, sí. Tan joven...

31

Miquel tardó un par de segundos en digerir el golpe.

El médico tomó la iniciativa.

—Desde el día que llegó fue un caso dolorosamente trágico —continuó hablando—. Lo recuerdo muy bien porque los primeros que le atendimos fuimos el doctor Muro y yo. Somos los responsable del departamento de psiquiatría de este pabellón. Pedro Camprubí fue internado en muy mal estado. No hablaba, y nada más entrar aquí se encerró más y más en sí mismo. Tanto que, pese a nuestros esfuerzos, no hubo forma de sacarlo de su mutismo y su falta de cooperación. Hicimos lo que pudimos, no sólo por ser un paciente sino por su juventud. Parecía tan indefenso, tan vulnerable...

—¿Cuando dice que ingresó «en muy mal estado» a qué se refiere? —rompió su silencio Miquel.

—Por un lado, el mental. Daba la impresión de estar catatónico. Por el otro, el físico. Hubo que llevarle directamente a la enfermería.

—¿Le habían golpeado?

—Sí, la policía, creo.

—¿No preguntó?

—No nos corresponde hacerlo. Tampoco me lo habrían dicho.

—¿Sabe por qué le trajeron aquí?

—Según consta en su expediente, por intento de asesinato en grado de tentativa.

—Me refiero a por qué ingresaron a un chico tan joven en un manicomio.

—Nosotros preferimos llamarlo «sanatorio mental» —intentó rectificarle.

Miquel se mordió la lengua.

—¿Por qué le ingresaron en un sanatorio mental? —repitió la pregunta.

—Un médico certificó su estado y lo recomendó.

—¿Aquí mismo?

—No, antes de traérnoslo.

—¿Estuvieron de acuerdo con ese diagnóstico el doctor Muro y usted?

—Sí, por completo.

—Pero a muchos chicos y chicas se les ingresa como castigo, ¿no es cierto? O porque no caben en las cárceles y se quitan de encima a los más problemáticos.

—No, eso no es cierto. —El médico se tensó tanto por la pregunta como por el tono—. Siempre hay un motivo psiquiátrico.

—¿Aunque sean niños?

—Tenemos pabellones para la infancia —quiso argumentárselo—. Se sorprendería si viera las estadísticas de menores con problemas, señor.

David Fortuny estuvo al quite al ver que Miquel se estaba calentando, incomodando con ello al doctor que respondía a sus preguntas.

—Perdone si somos un poco... persistentes —dijo—. El caso que investigamos es muy duro.

El médico se relajó un poco.

—Lo comprendo, sí —asintió con la cabeza—. No crean que, por el hecho de ver a diario lo que veo, llego a casa por las noches como si tal cosa. También es triste para nosotros, sobre todo cuando no podemos hacer nada y nos sentimos impotentes.

Miquel recuperó su equilibrio.

Lo suficiente para seguir, todavía impresionado por la noticia de la muerte de Pedro Camprubí.

Algo le dijo que quedaba lo peor.

—¿Cómo murió?

La respuesta del doctor Puig le demostró que así era.

—Es triste decirlo pero... se suicidó.

La noticia cayó como una bomba sorda entre ellos.

Fortuny miró a Miquel.

Rostro serio, grave.

—¿Cómo es posible?

—Un lamentable descuido, por el que ya ha sido apartado momentáneamente de sus obligaciones un enfermero. Aunque, si quiere saber la verdad, es muy difícil controlarles a todos.

—¿Tomó algo?

—No, usó una de las correas que utilizábamos para atarle.

—¿Le ataban?

—Pedro Camprubí tenía una costumbre muy... extraña. —El hombre unió las dos manos haciendo contacto con las yemas de los dedos—. Tan extraña como desagradable, triste, aberrante... —Volvió a hacer una pausa hasta que les miró a los ojos—. Cada mañana se masturbaba, y luego se bebía su semen. No hablaba nunca, con nadie, ni respondía a nuestras preguntas, pero por la mañana, al beberse eso, repetía: «El cuerpo de Cristo, el cuerpo de Cristo».

—¿Sabe el motivo? —David Fortuny impidió que Miquel hablara.

—No. Intentábamos evitarlo, por eso le atábamos a la cama o le aislábamos en una habitación acolchada, con una camisa de fuerza. Nada le hacía efecto, ni los electrochoques, ni los neurolépticos, ni los calmantes, ni las inyecciones de trementina...

—Perdone, ¿la trementina no se usa para los caballos? —le interrumpió Miquel.

—Es a lo último que recurrimos en algunos casos, sí —confesó con toda naturalidad—. Pedro Camprubí lo resistió todo.

Podía pasarse días encerrado, aislado, portándose bien; pero en cuanto le soltábamos, hacía lo mismo cada mañana. Era ya un caso irrecuperable.

—Ese chico fue sistemáticamente violado por un depredador sexual —dijo Miquel sin que su compañero lograra evitarlo.

El médico frunció el ceño.

—Que sus desórdenes provenían del sexo era evidente, pero esto que me está diciendo... ¿Un depredador sexual?

—Un hombre abusaba de él en el orfanato de San Cristóbal.

El doctor Puig mesuró la información. Bajó la cabeza.

—Es triste oír estas cosas. Sobre todo si no constan en los informes ni nos lo dicen... —Dejó de hablar unos segundos—. La mayoría de las veces nos los mandan con lo mínimo, como último recurso. —Hizo otra pausa, esta más larga—. Estamos todos consternados por su muerte, créame. Sólo ahora comprendemos que, al quitarle esa manía horrorosa, le quitábamos todo lo que, para él, tenía un sentido. —Volvió a mirar a Miquel—. Masturbarse cada mañana era como comulgar. Se lo impedimos y se quedó sin nada. Por eso se quitó la vida. Y por eso nos sentimos fracasados, aunque se tratase de un caso único y muy insólito.

Parecía no haber más preguntas.

Pero David Fortuny sí atinó con una.

—¿Recibía visitas?

—Una mujer venía regularmente. Ni siquiera sé cómo supo que estaba aquí. Al principio Pedro la reconocía, pero con el tiempo dejó de hacerlo.

—¿Asunción Miralles?

—Creo que se llamaba así, sí.

—Imagino que se enteró de la muerte del muchacho.

—A los tres días. Quedó muy consternada. Tuvimos que ayudarla, porque casi se desmayó.

David Fortuny ya no preguntó nada más.

Miquel tampoco.

—Lamento todo esto —dijo el médico—. Si quieren saber algo más...

—No, gracias. —Se levantaron al unísono.

—La muerte de Pedro ¿altera en algo sus investigaciones, si me permiten la pregunta?

—No —reveló Miquel—. Sólo lo hace todo más complejo y oscuro, también sórdido.

—Lo imagino. —Les tendió la mano—. Créame si le digo que hacemos todo lo que podemos por estos infelices. Lamentablemente sabemos muy poco de la mente humana, cómo funciona, cómo reacciona, qué hace que una persona pierda la razón y se adentre por los páramos de la locura.

—La peor bestia del ser humano es el ser humano —dijo Miquel.

El doctor Puig sonó resignado al decir:

—Sí, supongo que sí.

—Buenas tardes. Y gracias. —David Fortuny fue el primero en iniciar la retirada.

—Vayan con Dios.

Mientras caminaban, Miquel refunfuñó:

—Es con quien menos deseo ir ahora mismo.

—Cálmese. —El detective le cogió del brazo.

Salieron al exterior. La misma tarde hermoseada por un radiante cielo azul. Los mismos petardos disparados intermitentemente a lo lejos. La misma sensación de impotencia acentuada por las nuevas noticias.

Miquel se detuvo.

—¿Va a vomitar ahora usted? —se alarmó su compañero.

—¿Tengo cara?

—Sí.

—Pues no. Salgamos de aquí.

Se encaminaron a la salida. El llamado Jardín Invisible parecía ser la obra de una mente enrevesada y dominada por telúricas visiones. Así que, en efecto, muy bien podía ser de Gaudí. Una curiosidad en el infierno. Lo dejaron atrás, alcanzaron la entrada del manicomio y salieron a la calle.

El mismo aire, otra sensación.

—¿Qué opina? —quiso saber Fortuny, inquieto por el silencio de Miquel.

—Nada —respondió escuetamente—. Vamos a tomar algo. Lo necesito.

Él mismo tomó la iniciativa.

32

Tomaron la moto para internarse un trecho por Sant Boi hasta dar con un bar restaurante. Pararon y bajaron de nuevo. El local era amplio, muy de pueblo, con abundantes mesas, el techo alto, una estufa apagada y una apacible sensación de eterna serenidad. En cuatro de las mesas se jugaba al dominó con el característico chasquido de las fichas al ser golpeadas sobre el descascarillado mármol y los gritos de los jugadores al colocarlas en él. En otras dos mesas las partidas eran de ajedrez, es decir, silenciosas. El más joven de los parroquianos no bajaba de los sesenta y muchos años. El camarero no se quedaba atrás, daba la sensación de haber nacido con el lugar.

Miquel se dirigió a la mesa más alejada del bullicio, se dejó caer en una silla y apoyó la barbilla en las manos.

—Mascarell, ¿está bien? —insistió Fortuny.

—Perfectamente.

—Pues no lo parece.

—Hay momentos en que, o estallas, o te calmas. Y ya ve: prefiero calmarme. Si no lo hiciera, iría al depósito de cadáveres y remataría a ese hijo de puta.

—Ya lo habrán enterrado. Tenía a su hermana.

La imagen de Laureano Andrada en su ataúd, con un sacerdote glosando lo buena persona que había sido, para luego ser enterrado cristianamente en el cementerio, le revolvió el estómago.

Y eso que ya lo tenía vacío.

El hombre de la barra se acercó a ellos. Le preguntaron qué podían comer y les dijo que, dada la hora, no mucho, pero que algo habría. Pidieron embutido y pan con tomate. Con eso bastaría. ¿Para beber? Agua. Una vez hecho el pedido, Fortuny se levantó para ir al lavabo. Miquel también se levantó, pero para coger un ejemplar de *La Vanguardia* doblado sobre la mesa de al lado.

Casualidad o no, en la portada se hablaba de la inauguración de un nuevo centro de acogida para «infortunados niños huérfanos». Lo habían bautizado «La Ciudad de los Muchachos», siguiendo la moda impuesta en Hollywood con la película de Spencer Tracy y Mickey Rooney. Toda la portada del periódico estaba dedicada a la efeméride, con varias fotos en las que se podían ver a las autoridades, rincones del recinto y un niño con una bandera. Las «autoridades» eran tanto militares como sacerdotes, junto con algunos hombres de paisano. Ninguna mujer salía en las fotos. Ni siquiera en la de abajo a la derecha, con la larga comitiva bajando por la escalinata del centro. O las mujeres no existían o no se contaba con ellas para nada, lo cual significaba despreciar a la mitad de la población.

Miquel leyó el único pie de foto:

> Con asistencia del capitán general de la IV Región, teniente general don Juan Bautista Sánchez; alcalde, don Antonio María Simarro; presidente de la Diputación, don Joaquín Buxó; obispo de la diócesis, doctor don Gregorio Modrego; tenientes de alcalde y otras autoridades y personalidades barcelonesas, se celebró ayer la bendición e inauguración de la «Ciudad de los Muchachos», magnífica institución de la beneficencia municipal en la que son formados, moral, cultural y profesionalmente, más de ciento cincuenta niños rescatados de la mendicidad y el abandono. Recogemos en esta plana dos vistas de la «Ciudad de los Muchachos» con sus nuevos pabellones y algunos momentos de la visita inaugural que efectuaron las autoridades.

La misma jerga de siempre.

Después de saber lo que sucedía en el orfanato de San Cristóbal, o en lugares como la Casa de la Caridad, con niños robados a sus madres por ser rojas o solteras, y de enterarse de la muerte de Pedro Camprubí, a Miquel palabras como «niños rescatados de la mendicidad y el abandono» le sonaron a burla. También el pequeño detalle de que se formara «moralmente» a los pequeños por delante de «cultural y profesionalmente».

El Régimen era una apisonadora.

¿Cuántas generaciones podían sucumbir a él, o quedar marcadas por su impronta?

David Fortuny regresó del lavabo. Miró el periódico en manos de su compañero y le preguntó:

—¿Algo nuevo?

Miquel no quiso discutir.

—No. —Lo dejó a un lado sin abrirlo.

—Creía que estallaba. —Ya no se cortó, dispuesto a sacar el tema.

—A punto he estado. Gracias.

—Ese médico no parecía mal hombre.

—Posiblemente no lo fuera, aunque da lo mismo.

—Es como si a Camprubí lo hubiese matado Andrada con sus propias manos, ¿verdad? —siguió hablando ante el silencio de Miquel—. Ese pobre muchacho decía lo mismo que le decía él cuando...

Hizo un gesto de asco justo en el momento en que el camarero les traía la comida y el agua. Lo dejó todo sobre la mesa, les deseó buen provecho y se marchó. Los dos se quedaron mirando la comida un momento.

El detective fue el primero en superar lo que acababa de decir y borrar la imagen de su mente.

—¡Menudo queso! —comentó—. ¡Hay que ver lo bien que comen éstos de pueblo!

—No me sea centralista —le recriminó Miquel.

—¡Pero si es verdad! ¡Salga a dar una vuelta y verá! ¿Ha ido a Vich? ¡Menudo embutido, oiga! Yo, con la moto, los domingos...

—¿Se lleva a la novia?

—Claaaro —dijo alargando la primera vocal—. Nos damos unos paseos...

Comieron en silencio uno o dos minutos. Si el queso era bueno, el chorizo lo era más. Y el jamón. El pan con tomate, con pan de payés y tomate del bueno, una delicia. Miquel pensó en el hambre que había pasado en la guerra, y después en el Valle de los Caídos, y hasta en las restricciones que todavía se encontró al llegar a Barcelona en el 47.

Todo se iba superando.

Y si la gente tenía el estómago lleno...

Eso y el fútbol, pan y circo.

El Jardín Invisible del frenopático sería el equivalente del Jardín Visible de Franco.

David Fortuny no pudo permanecer callado mucho rato.

—Estamos en un callejón sin salida, ¿verdad? —Habló con la boca llena—. Quiero decir que con uno preso y el otro muerto...

—Yo no lo veo así —dijo Miquel—. La muerte de Pedro fue lo que impulsó a su abuelo a contratarle a usted. Falta ver si Asunción Miralles habló con alguien más.

—¿Ella?

—Con Lorenzo Camprubí en una cama y muriéndose, es la única que queda.

—¿Y si seguimos equivocándonos?

—No lo creo. No hay más nexo.

—¿Pero no hemos quedado en que el asesino tuvo que ser ese chico rubito que se escondió en el piso vacío?

—¿Y también seguía a Andrada? Según usted, al único que vio fue a mí. ¿De dónde salieron él y esa mujer? —Bebió un sorbo de agua—. Le he dado muchas vueltas a ese detalle, y una y otra vez vuelvo a la señora Miralles.

—¿Entonces qué? ¿La vamos a ver y le apretamos las tuercas?

—Primero quiero cerrar el círculo. Ya me conoce.

—¿Qué círculo? ¿Adónde quiere ir?

—A Olot.

—¡No fastidie! ¿En serio?

—Sí, ¿por qué?

—¿Y qué quiere que le diga Rodolfo Cuesta, si encima lleva años lejos de todo esto?

—No lo sé —reconoció Miquel—. Pero, según Cánovas, Camprubí era muy amigo de Cuesta, llevaban años juntos. Cánovas llegó un par de meses antes de que quisieran matarle. Y nos ha dicho que Camprubí cambió de la noche a la mañana, que la idea de acabar con la vida de Andrada surgió de pronto, sin más, tras la llegada de unos chicos nuevos.

—Eso es hilar muy fino.

—En un caso de asesinato, siempre se acaba pasando la punta del hilo por el hondón de la aguja. ¿Cuesta? Claro. Pero en cuanto se consigue... todo es coser y cantar.

David Fortuny se llevó el último pedazo de chorizo a la boca, pero antes preguntó:

—¿Le ha fallado alguna vez el instinto?

—Sí.

—¿De verdad?

—Con usted —le dio por bromear—. Siempre pensé que llegaría a inspector.

—¡Ande ya! ¡Hablo en serio!

Miquel no tenía ganas de reír. Pero lo hizo.

Tal vez una necesidad fisiológica.

—Sí, alguna vez me ha fallado el instinto, pero en casos con más hilos de donde tirar, no como en éste. —Suspiró—. Seguro que hay cientos de chicos que habrían querido matar a Andrada. La pregunta es ¿cuántos están libres, y cuántos querrían meterse en líos si han logrado salir de donde han estado? De no ser por usted me habría encontrado perdido. Su presencia como detective, reclutado por Lorenzo Camprubí y su antigua amante, es la clave, estoy seguro.

El detective mesuró las palabras de Miquel. Las interiorizó y devoró el último pedazo de pan con tomate. Eructó para adentro y se acabó el vaso de agua. En una de las mesas donde se jugaba al dominó, un energúmeno cantó el pito doble como si arengara a un pelotón o Kubala hubiera marcado un gol.

—Algo está claro —reflexionó—. La policía no ha ido al manicomio a preguntar por Pedro Camprubí, el doctor nos lo habría dicho; así que esa pista la seguimos nosotros solos.

—Si me siguen buscando a mí, ¿para qué perder el tiempo? —dijo Miquel.

—Fueron a ver a la señora del piso vacío, hombre. A estas alturas ya sabrán que la mujer y el chico no eran trigo limpio. Que no son tontos.

—Eso no impide que siga siendo su objetivo.

—No, claro. —Señaló el vaso de Miquel—. ¿Va a terminarse el agua? Es que tengo mucha sed.

—Beba. Pediremos dos más antes de irnos.

—¿Adónde?

—Yo, a ver a mi mujer.

—¿Otra vez? ¿Pero para qué va a arriesgarse y tentar a la suerte? ¡Conseguirá que le pillen?

—Pasaremos por delante con la moto.

—Eso está bien. Entonces, ¿nos vamos? —Dejó el vaso vacío.

Se levantaron y Miquel pagó en la barra. A su lado, un parroquiano se quejaba de que una botella de coñac ya le costara veintitrés pesetas con quince céntimos.

—¡Pues vete a la bodega y pídelo de garrafa! ¿Qué quieres que le haga yo? —gruñó el camarero.

Los dos vasos de agua fueron gratis. Miquel dejó una pequeña propina y salieron del establecimiento, de vuelta al tormento de la moto y la cárcel del sidecar.

—Usted es de los que dejan propina, ¿eh? —comentó Fortuny.

—A veces. No siempre.

—Pues mire, en esto soy muy socialista. De propina nada, es un insulto y una humillación para el obrero. Cada cual ha de tener su sueldo.

—Me parece que es de derechas o de izquierdas según le convenga —soltó Miquel.

—Suba, suba, que aún le voy a dejar tirado.

El viaje de regreso a Barcelona fue más lento. Ya circulaban muchos vehículos, por la hora sobre todo. Fortuny paró a poner gasolina. También él se quejó del precio, junto con un hombre que, en este caso, acababa de pagar veintisiete pesetas con cincuenta céntimos por llenar el depósito de su coche, un Morris de apariencia lujosa, con una señora muy elegante en el asiento del copiloto.

Miquel se calló lo que pensaba y siguieron el trayecto.

Fue al llegar a Barcelona cuando el detective le preguntó dónde quedaba la mercería. Se lo dijo y reanudaron la marcha hasta la parte derecha del Ensanche. La moto pasó muy despacio por delante de ella. Tanto que, además de a Patro y a Teresina, los dos pudieron ver el panorama circundante con relativa calma.

Fortuny no detuvo su vehículo hasta dos calles más arriba. Lo hizo en uno de los chaflanes y se quitó las gafas.

—Había un tipo extraño en la esquina, ¿lo ha visto o es cosa mía?

—Lo he visto —lamentó Miquel.

—Puede que no sea nada, que no se trate más que de un menda que espera a la pareja, pero...

—No voy a arriesgarme.

—¿Quiere que vaya yo y le diga algo a su mujer?

—¿Lo haría?

—¡Pues claro! ¡Qué pregunta! Vuelvo en diez minutos. —Se colocó el sombrero—. Patro, ¿no?

—Sí, dígale que estoy bien.

—Le diré que estamos juntos y eso la tranquilizará, seguro.

Le vio alejarse y hasta sonrió.

Sí, Patro se tranquilizaría al decirle que «estaban juntos». Seguro.

Sonrió un poco más, aunque fuera cansinamente.

¿Le estaba cogiendo simpatía?

Todo era posible.

Desde luego, sin Fortuny, aquello habría sido mucho más difícil.

Se sentó en la moto y esperó. Una de esas esperas tensas, largas, como si el tiempo transcurriera muy despacio. No dejaba de mirar calle abajo, por donde regresaría su amigo.

De compañero a amigo.

Fueron diez minutos.

Exactos.

Nada más verle aparecer, caminando sin prisas, con su brazo izquierdo caído a lo largo del cuerpo, comprobó que nadie le siguiera. Una vez seguro, se acercó a él.

—Ya está —le tranquilizó Fortuny—. Le he dicho que no se preocupe, que estamos cerca de resolver el lío, probablemente mañana, y que no ha ido usted por precaución.

—¿Ha llorado?

—No, no. Me ha dado las gracias. También le he dicho que estaba conmigo, en mi casa. Me ha parecido muy serena. Y oiga —le miró con respeto—, menuda mujer se ha buscado usted, viejo astuto.

—No me sea machista.

—No, no, si está bien. Es guapa de morirse, y se ve que le quiere, ¿eh? —Le palmeó el hombro con afecto—. Eso me ha hecho recordar que hoy es viernes. Debería pasarme a ver a la mía, que ni la he llamado.

—Pues vaya.

—¿Y usted? Antes le dejo en casa, ¿no?

—No, tomaré un taxi e iré a ver a Camprubí.

—¿A estas horas?

—Quiero ver si consigo algo más que la primera vez. No lo creo, pero...

—Le acompaño.

—Ni hablar: usted a lo suyo. Nos vemos en casa luego, o mañana por la mañana.

—Es más tozudo que un mulo.

—Peor, ¿no lo recuerda?

—Si le pasa algo, no me lo perdonaré. Y menos ahora que la he conocido a ella.

—No me pasará nada, y celebro que haya conocido a mi esposa. A ver cuándo hago lo mismo con su Amalia.

—Cuando acabe esto iremos a cenar los cuatro. —Se le iluminaron los ojos.

—Páselo bien —se despidió Miquel sin entrar en más detalles.

—¡Y usted tenga cuidado, Sherlock Holmes!

No le llamó Watson.

No le dio la gana de caer en tópicos.

Se apartó de su lado y a los pocos pasos levantó la mano para detener un taxi.

33

La monja de la entrada del asilo Buena Esperanza era la misma del miércoles, instalada en su garita con expresión seráfica y su mirada paciente. Le reconoció nada más verle. Lo último que le había dicho Miquel, para su horror, era que investigaba un asesinato. Ahora se arrepintió de haberlo hecho.

La reverenda hermana se santiguó.

—Buenas tarde —le deseó él.

—Buenas tardes, señor. ¿Otra vez por aquí?

—Sí, ya ve. El mal nunca descansa y nosotros, los buenos, hemos de velar para que se cumplan las leyes del Señor.

Eso la complació.

Mucho.

—Se nota que es usted una buena persona y un fiel servidor de Dios.

—Gracias.

Iba a continuar su camino, sin preguntarle si podía hacerlo, pero ella le detuvo.

—¿Viene a ver otra vez al señor Camprubí?

—Sí, en efecto.

—Pues no está, lo siento mucho. —Unió las dos manos como si fuera a rezar—. Al pobrecillo se lo llevaron ayer al hospital.

—¿Grave?

—Usted dirá. Él no quería, decía que prefería morirse aquí, con su primo y su amigo, en compañía, pero los médicos no le hicieron caso. Ellos siempre prefieren que se ocupen los del hospital, claro. Cuando se muere alguien aquí, los demás huéspedes se deprimen. Todos se preguntan quién será el siguiente. Ah, esas almas...

Seguía con las manos unidas.

—¿Podría hablar con el primo del señor Camprubí? —Hizo memoria y recordó el nombre—: Antonio.

—¿Todavía investiga ese horrible delito del que me habló? —Pareció no querer pronunciar la palabra «asesinato».

—Sí, hermana. Pero tanto la policía como nosotros estamos cerca, esté tranquila. Y, desde luego, el culpable no ronda por aquí. Lo único que necesitamos del señor Antonio es información.

—Suba, suba, no se preocupe. Seguro que él está ahora en su cuarto.

—¿El número de habitación...?

—La 216. Justo al lado de la del señor Camprubí.

Se despidió de ella con un gesto de la cabeza y siguió los mismos pasos que la primera vez. Los ancianos del patio daban la impresión de no haberse movido. El tiempo congelado salvo para sus cuerpos, que se precipitaban indefectiblemente hacia el abismo. Cada una de aquellas cabezas debía de ser un pozo sin fin, lleno de recuerdos y sensaciones, aunque algunas se perdieran ya por los vericuetos de la memoria.

Miquel se estremeció.

¿Cuánto le faltaba para ser uno de ellos?

Al menos tenía a Patro y a Raquel.

Soltó una bocanada de aire. Todo eso era si no le detenían manteniendo la acusación de que él había matado a Laureano Andrada. En este caso, su vida sería mucho más corta. De cárcel, nada: directamente al pelotón de fusilamiento o al garrote vil.

La habitación 216 tenía la puerta cerrada. No sabía si el primo de Lorenzo Camprubí era el hombre de la silla de ruedas o el del andador. Llamó con los nudillos y, al no recibir respuesta alguna, puso la mano en el tirador y entreabrió la delgada hoja de madera. Al otro lado divisó las dos formas, la del hombre, sentado en una butaquita vieja, y la del andador, situado al alcance de su dueño.

—¿Señor Antonio?

Tuvo que decirlo una segunda vez, más alto.

El primo de Lorenzo Camprubí volvió la cabeza y le reconoció. Frunció el ceño. Miquel no esperó a que le invitara a entrar. Lo hizo por su cuenta. El miércoles le habían echado.

—Perdone que le moleste...

—¿Qué quiere?

El tono no era amable, pero tampoco agresivo.

Miquel llegó hasta él. Le tendió la mano.

El anciano correspondió a su gesto.

—Siento lo de su primo. —Fue lo primero que le dijo Miquel.

—Gracias. —Siguió serio.

—¿Podría hablar con usted?

—¿De qué?

—De Pedro y del hombre que hizo que le encerraran en Sant Boi.

—¿Cómo sabe usted eso?

—Por favor... —No supo cómo explicárselo.

—¿Cómo sabe usted eso? —repitió la pregunta más tenso.

—Un inocente puede acabar en la cárcel si no encontramos al asesino de Laureano Andrada.

Valoró la explicación.

Cinco segundos.

—Siéntese. —Le ofreció la cama, que era lo único en lo que podía hacerlo además de la silla que él mismo ocupaba.

Miquel le obedeció. Por lo menos no le echaba. Eso no significaba que fuera a colaborar. Se sentó en la parte baja y notó lo duro que era el colchón.

Los ojos del anciano escrutaron su rostro.

—El miércoles amenazó a Lorenzo con ir a la policía. ¿Por qué?

—Lo siento. Perdone. Sólo quería hablar con él.

—¿Quién es usted?

—Soy detective privado.

—¿En serio? —Le pudo el asombro.

—Sí.

—Pero le dijo a Asunción que un hijo de usted había muerto por culpa de Andrada, o algo así —vaciló—. Es lo que nos contó ella.

—Le mentí.

—¿Y ahora quiere hablar conmigo? ¿De qué? ¿Se puede saber quién es el inocente del que habla?

—Escuche. —Se revistió de paciencia—. Andrada merecía morir, sin duda, y quien lo mató le hizo un favor a la humanidad y a los niños a los que habría seguido pervirtiendo, pero no todo es tan sencillo, ni las cosas blancas o negras. Lo que le digo es cierto: hay una persona acusada de ese crimen, y ella no lo cometió. Estamos buscando al que lo hizo y necesito su ayuda.

—¿Qué quiere que le diga yo? Eso es cosa de Lorenzo.

—Usted es su primo. Debe conocer todo lo concerniente a él.

—Pues no esté tan seguro. Cada cual lleva sus propias velas. ¡Menudo era con sus cosas!

—He de volver a hablar con la señora Miralles, pero antes... Mire, ni siquiera sé lo que busco. Su primo se está muriendo. Puede que ni regrese aquí. No le hará daño hablar conmigo, se lo aseguro.

El anciano miró por la ventana.

Miquel captó toda su soledad.

Le quedaba Ángel, el otro amigo.

—Si quiere algo a cambio...

Antonio le dirigió una mirada directa.

—¿Podría traerme libros?

—Claro.

—Aunque sean de segunda mano, no importa. Me gustan los rusos, mucho.

—Cuente con ello. ¿Sólo libros?

—Sí, sólo libros. Coma lo que coma, no me sienta bien, así que...

Pareció convencerle.

Tan sencillo como eso.

Libros a cambio de información.

—Primero dígame qué sabe usted. —El hombre suspiró retomando la palabra.

—Sé lo que le hizo Andrada a Pedro Camprubí siendo adolescente, y cómo Pedro y dos amigos intentaron matarle —dijo Miquel—. No lo consiguieron y acabaron mal, uno en la cárcel, otro dado en adopción y Pedro en el manicomio. Sé que la muerte del muchacho hace unos días hizo reaccionar a su primo. Dijo basta y le pidió a su antigua criada que contratase a un detective para que siguiera a ese pederasta con objeto de encontrar pruebas de sus actos. Inesperadamente resulta que Andrada muere, aparezco yo, que trabajo con ese detective, y le informo de ese asesinato. Ella vino aquí y se lo dijo a usted. Yo la seguí y oí cómo lo celebraban. Incluso, quizá satisfecha su venganza, Lorenzo se ha dejado ir, rendido ya a su enfermedad.

—No está mal —asintió el anciano al ver que Miquel se detenía—. Veo que también sabe que Asunción fue la asistenta de Lorenzo en los años en los que su mujer estuvo cada vez peor.

—Sí.

—¿Entonces qué más quiere que le diga?

—¿Cómo sabían dónde vivía y trabajaba Laureano Andrada?

—Creo que Asunción le reconoció un día por la calle y le siguió.

—¿Le reconoció? ¿Le había visto antes?

—Eso parece, no sé. Si no fue ella, ¿quién?

—¿Hace mucho de eso?

—No, no demasiado. Lorenzo se quedó sin saber qué hacer hasta que la misma Asunción le dijo lo de Pedro. Ella iba a visitarlo a Sant Boi. Para Lorenzo fue el último golpe.

—¿Tan fuerte es la relación entre Asunción y Lorenzo?

—No lo sabe usted bien. —Chasqueó la lengua—. Aunque básicamente era en una sola dirección: de ella hacia él. Asunción estaba enamorada. Lorenzo la utilizaba.

—¿No era bueno con ella?

—Sí, sí lo era, y Dios me libre de hablar mal de Lorenzo. Pero hay que reconocer que los sentimientos no eran los mismos. Mi primo siempre ha sido muy suyo, hermético, bastante cerrado para muchas cosas. Incluso anticuado. Mire, Asunción llegó a la casa como criada y asistenta de Natividad, la mujer de Lorenzo. ¿Sabe lo de la enfermedad de ella?

—Sí.

—Pues se convirtió en un fardo inútil, la pobre. Lorenzo ni quiso ni pudo ocuparse de su esposa. Asunción sí. Se hizo indispensable en la casa. Indispensable hasta el punto de que a las pocas semanas ya se había encamado con el dueño, perdidamente enamorada pese a estar casado. ¿Qué vio en él? No lo sé. Aparte de la diferencia de edad, estaba el carácter. Puede que ella, muy sumisa entonces, se sintiera víctima, perdida, que necesitase un hombre, un protector, alguien fuerte aunque se viera sometida a su influjo. ¿Cómo saberlo? Mantuvieron el secreto durante mucho tiempo. Las noches eran suyas. Una era feliz, y el otro se desahogaba como lo haría cualquier hombre. No puedo juzgarle, ¿sabe? —Abrió las manos en un claro gesto por intentar que su visitante estuviera de acuerdo—. Gracias a mi primo yo estoy aquí, atendido. En este sentido sí era generoso. Pero con Asunción se portó mal siempre. O, simplemente, no se portó. Ella estaba allí y punto. No creo que la amara. Sólo la necesitaba, y si ella estaba dispuesta...

—Siempre cabía la esperanza de que se casara al enviudar.

—Pudo ser eso —convino el anciano—. ¿Sabe el resto de la historia también?

—¿Que Lorenzo fue abuelo allá por el 31, y que al estallar la guerra murió su hijo primero y su nuera después? Sí.

—Asunción se ocupó de Pedro un tiempo, sin dejar de atender a Natividad, ya en las últimas, y de seguir siendo la amante de Lorenzo. Pero de pronto... llegó el caos. —Su tono se hizo más lúgubre—. Primero, inexplicablemente, Asunción se fue. No dijo nada. Dejó una nota, y eso fue todo. Creo que mi primo se dio cuenta en ese momento de lo importante que era para él y lo mucho que la necesitaba. Tanto, que sé que la buscó, pero sin éxito. Se la había tragado la tierra. Fue un tiempo oscuro, terrible. Entonces, de la misma forma que se había ido, Asunción regresó, muy delgada, triste, cambiada, pero regresó. Parece evidente que sabía de Lorenzo, porque su vuelta fue providencial. Acabó la guerra, los nacionales le quitaron a Pedro, por ser hijo de un rojo, y finalmente Natividad murió.

—¿Asunción no dijo por qué se había ido?

—Puede que a él sí, no tengo ni idea, aunque no lo creo. Lorenzo probablemente me lo habría dicho. Yo, desde luego, no lo sé. Pero está claro que regresó porque le quería y confiaba en casarse.

—¿Por qué no lo hizo?

—Se lo repito: ni idea. Ya la tenía de nuevo cerca, ahora eran libres y estaban solos en la casa. Ella podía haberle cuidado. Pero con el cáncer detectado al poco y los planes para venirnos a vivir aquí los tres, Lorenzo, Ángel y yo... No sé, oiga. Es otra parte oscura. Lo único cierto es que Asunción nunca le dejó del todo, ni tampoco a Pedro. Se desvivió por ellos y mereció más, mucho más de lo que recibió. A mí, qué quiere que le diga, siempre me dio pena.

—Una historia dramática.

—Fijo. —Bajó la cabeza—. Hasta el final. Yo siempre pensé que lo mejor que podía hacer Pedro era morirse, aunque no se lo dije a mi primo, claro. ¿Un muchacho encerrado en un manicomio? ¡Por Dios...! ¿Loco por haber querido matar a un cerdo? Asunción mentía, diciendo que estaba bien, para tranquilizar al amor de su vida, pero yo me daba cuenta de que no era así. Más de una vez la vi llorar al irse, o la vi forzar una sonrisa al llegar. Cuando Lorenzo supo que Pedro se había suicidado se acabó de hundir. Su única alegría fue enterarse después de la muerte de Andrada. Ahí ya se dejó ir.

—¿Alguien más sabía todo esto?

—¿Qué quiere decir?

—¿Venía alguien a verles? ¿Le confió Lorenzo o usted esto a quien fuera, tal vez a una persona de aquí mismo...?

—No, no, nada. —Fue categórico—. Los de aquí cuentan sus batallitas, pero de ahí a confiar una historia como ésta a un extraño...

—¿Así que sólo Asunción y ustedes tres conocían la existencia de Andrada?

—Sí. Lo cual hace evidente que le mató otro de sus niños, para vengarse, y que usted está perdiendo el tiempo conmigo.

—No lo crea. En una investigación, nunca se pierde el tiempo. Se van atando pequeños cabos y descartando otros hasta cerrar la madeja.

—Pues que tenga suerte —le deseó sin entusiasmo—. ¿Tiene suficiente?

Miquel se incorporó de la cama. Estaba a punto de oscurecer.

—Ha sido usted muy amable, y le repito que siento mucho lo de su primo.

Los dos hombres se estrecharon la mano.

La crepuscular mirada del primo de Lorenzo Camprubí se encontró con la de su visitante.

Algo indefinible les unió.

Por eso al llegar a la puerta, tras darle las gracias de nuevo, no le extrañó que Antonio le detuviera para decirle:

—Que sepa que se le está despegando la barba.

34

Estuvo tentado de hacer la llamada desde el piso de David Fortuny, pero se lo pensó mejor y le pudo la precaución. Al bajar del taxi se metió en el bar de la calle, pidió dos fichas, recordó el número de teléfono y lo marcó haciendo girar el disco despacio, para no equivocarse. Al otro lado, la respuesta fue tan inmediata como lo había sido con su llamada del martes.

—Comisaría Central de Policía, ¿dígame?

También repitió la petición:

—El comisario Oliveros, por favor.

—Le paso.

¿Estaría todavía al pie del cañón?

Pensó que no, que, como mucho estaría en la calle. Pero al mismo tiempo se dijo que no le costaba nada probarlo.

¿Y si ya no le buscaban y perdía las valiosas horas que podía compartir con Patro?

Esta vez los filtros sólo fueron dos. Le bastó con dar su nombre a la segunda persona que se puso al aparato. La voz de Sebastián Oliveros tronó exactamente igual que tres días antes.

—¡Mascarell!

—No grite, por favor.

Creyó que eso le exacerbaría más, pero no fue así. Oliveros pareció tomar aire.

—¿Dónde está?

—¿Usted qué cree? Investigando todo este lío.

—¿Y para qué llama, si no va a venir?

—Escuche. —Mantuvo la serenidad pese a que el hombre con el que hablaba tenía la potestad de ordenar incluso que disparasen en cuanto le vieran—. A estas alturas ya debe de saber que un chico de unos dieciséis años se ocultó en el piso vacío que está encima del de Andrada, y que fue él quien lo mató.

Al otro lado de la línea, sólo se oía el silencio.

—Vamos, comisario —resopló Miquel agotado.

—No voy a discutir con usted los detalles del caso, Mascarell. ¿Le recuerdo que es sospechoso de asesinato y ahora mismo está huyendo de la justicia?

—No estoy huyendo. No soy un prófugo ni nada por el estilo —insistió—. Sólo le digo que si sabe eso, y sé que lo sabe, debería dejar de perseguirme y permitirme regresar a mi casa en paz.

—Vuelva a su casa en paz.

—No lo dice en serio.

—¿Quiere que le mienta?

—No.

—Seguimos buscándole como sospechoso. Lo de ese chico no es más que una segunda opción. Y cuanto más tarde en entregarse, será peor, se lo advierto. Bastante complicado lo tiene todo.

—Si usted no me ayuda, soy mi única opción.

—¿Ha llamado únicamente por eso, para que desvíe mi atención persiguiendo a un posible fantasma?

—Las señas que dio la mujer que acompañaba a ese muchacho no existen. Todo era falso. Sólo hay que sumar dos y dos, comisario. Andrada era un pederasta, y lo asesinó uno de los jóvenes a los que ha destrozado o estaba destrozando la vida. Llevo todos estos días tragando mierda, ¿sabe? —lo dijo con extrema amargura, casi al límite—. Todo lo que ha estado haciendo ese hombre es... para vomitar mil veces. Lo que me han contado es atroz. Alguien ha hecho justicia, aunque se trate de un asesinato, a sangre fría y violento, eso está claro. Si no aparece ese joven, de entre los muchos que podrían haberlo hecho, ¿qué será de mí?

Sebastián Oliveros no bajó la guardia.

—Venga aquí, Mascarell. Es todo cuanto puedo decirle.

—No me lo pone fácil.

—¿Yo a usted? —La voz del comisario subió de tono—. Dígame si ha averiguado algo más en «su investigación» —remarcó las dos últimas palabras.

—No, pero puede que mañana o pasado lo resuelva todo.

—¿Cómo está tan seguro?

—Siempre me fío de mi instinto.

—Es usted un maldito...

—Creía que podríamos entendernos por teléfono —le interrumpió Miquel al ver que no encontraba la palabra que buscaba—. No me deja otra opción.

—¡Mascarell!

—Volveré a llamarle, no se preocupe.

Cortó la comunicación antes de que el nuevo grito incluso pudiera alertar a los clientes del local a través del auricular.

Segundo intento fallido.

Y lo malo era que sabía que Oliveros ya seguía en la buena dirección.

La de buscar a un chico y a una mujer casi inexistentes.

Salió del bar y subió al piso de David Fortuny. Una vez en él, lo primero que hizo fue liberarse de la barba y el bigote. También se quitó la chaqueta. Tenía calor con ella. Ya más cómodo, se encontró solo.

Muy solo.

El detective con Amalia, su novia. Y él...

Intentó que la depresión no le abatiera. Se sentía frustrado, pero no vencido. Le quedaba el chico de Olot. Si él no le aportaba nada nuevo, estaría claro que el asesinato de Andrada había partido de alguien ajeno a todos aquellos con los que había hablado.

Sin embargo...

—No, Fortuny le pasó el informe de mi altercado a la señora Miralles. Ella lo sabía. El resto sucedió demasiado rápido para ser casual.

Su voz flotó en el vacío del comedor.

Asunción Miralles.

La misma Asunción Miralles amante de Lorenzo Camprubí, casi madre de Pedro, desaparecida inexplicablemente y reaparecida sorprendentemente un tiempo después.

Muy delgada, triste, cambiada, como le acababa de decir Antonio.

¿Por qué?

¿Y por qué pensaba en ella pero, pese a todo, estaba dispuesto a ir a Olot y perder todo un día, para cerrar el círculo? Eso si encontraba la masía de Ovidio Rigal y a Rodolfo Cuesta.

¿Por qué?

Aquella maldita voz interior...

Las cuatro paredes del piso se convirtieron en una especie de cárcel opaca.

No quería ser curioso, pero registró un poco a fondo el piso de su compañero. Armario con suficiente ropa, cajones con mudas y escasos recuerdos, fotografías familiares y propias, en una de ellas sonriendo con el uniforme de las tropas franquistas...

También encontró el retrato de estudio de una mujer cuarentona, guapa, muy bien peinada y con los labios pintados, ojos luminosos, sonrisa abierta.

Amalia Duque.

Ya sabía algo más: el apellido de la novia.

Un petardo tronó en el aire.

Eso le hizo recordar que al día siguiente era la verbena de San Juan.

Patro y Raquel solas.

«A mi David», rezaba la dedicatoria de la fotografía.

Miquel regresó al comedor y puso la radio. Movió el dial

buscando algo que le gustara, pero en todas las emisoras era lo mismo. Si había música, era flamenca, mexicana, italiana o francesa. Si hablaban, era para hacerlo de cosas que no le interesaban lo más mínimo, cuando no saltaban a las ondas consultorios femeninos de dudosa procedencia, siempre aleccionadores. Casi al final del recorrido oyó una voz muy grave.

—Ígor Stravinski estrenó en medio de un fenomenal escándalo su magna «Consagración de la primavera» el 29 de mayo de 1913 en París, auspiciada por los Ballets Rusos comandados por Serguéi Diáguilev y con coreografía del excepcional bailarín Nijinsky. Todavía hoy se discute sobre si fue la última gran obra del siglo XIX o la primera del siglo XX...

Cerró los ojos y se acomodó en una de las butacas.

Hacía por lo menos veinte años que no escuchaba «La consagración de la primavera».

La última vez había sido en el Liceo, con Quimeta.

Mientras se dejaba envolver por la fabulosa partitura, siguió pensando en Asunción Miralles.

La misteriosa amante que surgía siempre en el fondo de toda aquella historia.

Día 8

Sábado, 23 de junio de 1951

35

Abrió los ojos a causa del estruendo de un petardo.

Se ciscó en la madre que había parido al niño capaz de tirarlo tan temprano, cuando vio la hora.

Las nueve y quince de la mañana.

Se levantó de la cama preguntándose el porqué de un sueño tan profundo y cómo no había oído llegar a David Fortuny en la madrugada, hasta que se dio cuenta de que el detective no estaba en el piso.

Había pasado la noche en casa de su novia.

Por lo menos, Miquel sonrió.

Casarse, no se casaba, pero aprovechar el tiempo...

La sonrisa desapareció de su rostro al pensar que, como no apareciera...

Se lavó inquieto, se vistió angustiado, y ya estaba disfrazado, con la barba y el bigote, cuando, para su alivio, oyó el sonido de la puerta al abrirse. No le extrañó que Fortuny aterrizara con los ojos un poco enrojecidos, la corbata en el bolsillo y la camisa arrugada.

—¡Me lavo y me cambio de ropa en quince minutos! —le dijo antes de que abriera la boca.

—No iba a recriminárselo —le advirtió Miquel.

—Por si acaso.

—Tranquilo.

Le esperó en la cocina, desayunando las consabidas galletas acompañadas de un simple café con leche. No fueron quince minutos, sino veinte, pero al final Fortuny hizo acto de presencia con mucho mejor aspecto y su casi eterna sonrisa cómplice.

—¿Qué tal ayer? —preguntó refiriéndose a su visita al asilo y, tal vez, evitando que fuera Miquel el que le interrogara.

—Más de lo mismo, con el agravante de que no hablé con Lorenzo Camprubí, sino con su primo Antonio.

—¿Se ha muerto el abuelo? —preguntó sorprendido.

—Está en el hospital, a punto.

—¡Pobre hombre! Menos mal que se lleva una última alegría. —Empezó a prepararse su propio café.

—Pobre hombre, pero muy suyo. Lo que le hizo a la señora Miralles... Esa mujer estaba enamorada de él hasta los tuétanos. Hizo con ella lo que se le antojó.

—Sí, algunos no se merecen que les quieran —consideró.

Miquel no dijo nada.

Tampoco el detective, por si acaso.

Los dos se quedaron mirando unos segundos cuando el dueño del piso se sentó en una de las sillas.

—Así que a Olot. —Suspiró.

—Podríamos ir en tren, más tranquilos, cómodos y seguros —tanteó Miquel.

—Ya, y una vez allí ¿qué? ¿Le recuerdo que vive en una masía? Eso implica lejanía. ¿Quién va a llevarnos? ¿O quiere pasar la noche en Olot?

—No, no. —Se rindió.

—Pues ya está, que para algo tengo la moto. ¡Y tampoco está tan lejos, caramba!

—¡No, qué va! —exhaló Miquel.

—¡Es usted un antiguo! —Fortuny se rió.

—Pues usted a mí no me parece un ejemplo de modernidad —le devolvió la pulla.

—¿Que no? ¡Soy un buen detective, uso disfraces, aprendo técnicas modernas...! ¡Claro que, como investigador, usted es mejor que yo, por eso le sugerí que trabajara conmigo! ¡Pero reconozca que sus métodos son clásicos!

—Mire que le gusta hablar, ¿eh?

—¿Por qué es tan quejica? Y no me diga que son los años.

—¿Le recuerdo que me busca la policía por asesinato?

—¿Sólo es por eso? ¿Si no fuera así, sonreiría?

—Pues claro que lo haría. Soy un hombre feliz.

Acababa de decirlo y se sorprendió. No solía reconocerlo, pero sí, era feliz. Estaba vivo, tenía a Patro y, ahora, a Raquel. Carecía de motivos para sentirse desgraciado, salvo si atendía al hecho de que le hubieran destrozado su vida pasada y viviera en el infierno de una dictadura salvaje.

La felicidad era algo extraño, una percepción, una suma de momentos...

—Bienvenido al club. —Fortuny abrió las manos.

—¿Nos vamos? —Miquel se levantó para no seguir hablando de todo aquello.

—¿Sabe una cosa? —El detective no se movió—. Creo que en mí ha encontrado la horma de su zapato.

—No es igual una horma que una piedra.

—Por más que quiera provocarme, no lo conseguirá. Formamos una excelente pareja, y lo sabe.

—Ande, calle y vámonos, que se nos hará muy tarde.

—¿No se da cuenta de que somos el vivo ejemplo de lo que es la nueva España? Usted es de izquierdas y ha sido represaliado, pero está libre y es feliz, como acaba de reconocer. Yo estoy de acuerdo con lo que hizo Franco y con el estado actual de las cosas, porque creo que este país necesita mano dura; pero a pesar de haber perdido medio brazo y haber luchado en una guerra, también soy feliz. Ahora, ya lo ve, estamos aquí, juntos, peleando por algo que nos ha unido. Esto es el futuro, Mascarell. Hemos de aprender a vivir de nuevo, juntos.

—¿Así de simple?

—Así de simple.

No quiso llamarle inconsciente.

—Si no se levanta y me acompaña, me voy en tren y solo —le amenazó.

Su compañero le obedeció.

—Testarudo, ¿eh? —protestó sin dejar de sonreír—. Le advierto que, como siga así, acabará siendo un viejo gruñón.

Miquel, esta vez, cerró la boca.

36

El viaje a Olot fue lento y, en cierta forma, desesperante.

O, al menos, a Miquel se le hizo eterno.

Salieron de Barcelona por la avenida Meridiana y tomaron la carretera hacia el norte. Pasaron sucesivamente por Mollet del Vallés, Granollers, La Garriga, El Figaró, Aiguafreda, Tona, Vich y Ripoll entre otras poblaciones. Desde Ripoll, ya hacia el este, alcanzaron Olot hacia la una del mediodía, después de más de tres horas de viaje y con una sola parada para orinar.

Por lo menos, no llovía.

No habría soportado ir en el sidecar con una claustrofóbica envoltura de plástico transparente, ahogándose.

David Fortuny no era un kamikaze, conducía bien, pero desde luego no era de los que iban despacio. Disfrutaba con su moto, adelantaba camiones y otros vehículos más lentos, aceleraba en las rectas, tomaba las curvas como un corredor profesional, echaba carreras imaginarias con el tren si se ponía a su altura. Y, a veces, Miquel no estaba muy seguro porque el ruido era insoportable, incluso cantaba. Hacía calor, aunque con más de tres horas cortando el viento y tragando porquería, lo más normal era pillar un buen resfriado y morir lleno de bichos y bacterias.

Nada más poner pie en tierra en la plaza Mayor, ya en el centro del pueblo, el contraste entre uno y otro volvió a quedar de manifiesto.

—¡Fantástico!, ¿no? —exclamó Fortuny—. ¡Ya estamos aquí! ¿No ha disfrutado del viaje?

Miquel se estiró cuanto pudo.

Le dolía todo el cuerpo, incluso partes que no sabía que existían. Estaba agarrotado.

«Disfrutar» tampoco era la palabra exacta.

—El día que yo aprenda a manejar este trasto irá usted en el sidecar —le amenazó.

—¡Hecho! —Le palmeó el hombro.

Miquel volvió a morderse la lengua.

A fin de cuentas, el detective estaba allí por él.

Le ayudaba.

Pero pensar en el viaje de regreso...

—¿Qué hacemos ahora? —Fortuny se frotó las manos—. ¿Comemos ya, aunque sea temprano?

—No, mejor asegurar el tiro. Vamos a preguntar.

—¿A cualquiera?

—Probemos. Pero lo mejor es ir al ayuntamiento.

Preguntaron a una mujer. No sabía dónde estaba la masía de Can Rigal. Lo mismo sucedió con un hombre. O era un caserío pequeño, o estaba apartado, o allí, pese a ser un pueblo, no todo el mundo se conocía. De camino al ayuntamiento, a pie, vieron como la chiquillería preparaba ya las fogatas de la noche, amontonando maderas rotas y muebles viejos en pequeñas o grandes piras que el fuego devoraría horas después. El aire se llenaba de vez en cuando con el estallido de los petardos. Había un ambiente festivo. Las panaderías exhibían las cocas y las bodegas tenían sus cavas y vinos bien a la vista.

La vida se detenía a veces y permitía un respiro.

—¡Me encanta la verbena de San Juan! —dijo Fortuny con optimismo.

Miquel pensó en el mismo día, un año atrás, y se sintió fatal.

No tuvieron que llegar al ayuntamiento. Al pasar frente a la estafeta de correos, Miquel se desvió y entró en ella. Un hombre cejijunto, enteco, con una gorra y un uniforme que parecía heredado de todos los empleados que por allí hubieran pasado, dejó de manejar cartas y más cartas al verles aparecer. Iba a decir algo, quizá acerca del horario, pero Miquel no le dejó.

—Buenos días, perdone la molestia. ¿Podría decirnos cómo llegar a la masía de Can Rigal?

El hombre se los quedó mirando.

—¿Conoce la zona? —preguntó.

—No mucho.

—¿Los volcanes?

—He oído hablar del de Santa Margarita, pero nada más.

—Bueno, pues justamente es en el camino del Santa Margarita, pero sin llegar a él. Antes están el Croscat y el Puig de la Costa, y antes, en un desvío a mano izquierda, Can Rigal. Lo verán después de la zona del Cabrioler, que queda a la derecha. No tiene pérdida.

—Ha sido usted muy amable, gracias —se despidió Miquel.

—Si tiene usted cartas para el señor Rigal, podemos ahorrarle el viaje —se ofreció inesperadamente Fortuny.

El empleado de correos se puso muy serio.

—No, gracias. De todas formas, el señor Rigal no recibe nunca nada. Como mucho, algo del ayuntamiento.

Miquel se llevó a su compañero.

—He estado bien, ¿no? —preguntó el detective ya en la calle.

—¿Por ofrecerse a hacer de cartero?

—Bueno, así hemos sabido que ese payés es un tipo solitario. Todo ayuda —y sentenció—: Información es poder, amigo mío.

Regresaron a la moto, volvieron a subirse a ella y buscaron la salida del pueblo que les condujera camino del volcán Santa Margarita, el único que tenía una pequeña capilla en el centro de su cono, convertido en una llanura circular y famoso por ella. Tuvieron que preguntar a una mujer. Ya en la senda, bastante accidentada, con la tierra llena de baches, el trayecto se hizo más lento y también más demoledor para los huesos ya machacados por el viaje de ida a Olot. En algunos tramos, las rodaduras de los carros se hundían en el suelo y la rueda delantera de la moto parecía meterse en un agujero sin salida, o lo hacían la trasera y la del sidecar, lo cual provocaba saltos y bandazos a diestro y siniestro. Con lluvia, aquello debía de ser un barrizal.

La masía apareció a la izquierda, al final de una senda aún más accidentada.

Vieron al hombre en un corral, a mano derecha de la casa, vieja y en bastante mal estado, con una parte incluso en ruinas, como si una bomba la hubiese alcanzado en la guerra. Al oír el petardeo de la moto dejó lo que estaba haciendo, dar de comer a media docena de cerdos que retozaban en una porqueriza, y frunció el ceño lleno de perplejidad. Era un arquetipo al uso: boina, rostro endurecido y surcado de arrugas, mal afeitado, piel áspera, brazos y manos fuertes, con un entramado de venas muy marcadas cruzándose bajo la piel, pantalones de faena, alpargatas...

Miquel se preguntó cómo le dieron un chico a un hombre así.

Aun pagando.

Ovidio Rigal no llevaba anillo de casado, y por allí no se veía a ninguna mujer, ni la ropa tendida a unos diez metros era femenina. Toda masculina.

Lo primero que les dijo, antes de que pudieran abrir la boca, sonó a queja.

—¿Qué quieren?

Fortuny cedió la iniciativa a Miquel.

—¿Es usted Ovidio Rigal? —Quiso estar seguro.

—Sí. ¿Quiénes son ustedes?

—Queremos hablar con Rodolfo Cuesta. —Obvió la pregunta del payés.

Se mostró muy muy sorprendido.

Abrió los ojos levantando sus pobladas cejas.

—¿Con Rodolfo? ¿Y para qué?

—Estamos investigando un caso que sucedió hace unos años, en el orfanato de San Cristóbal, y en el que él estuvo involucrado.

—Pues, si sucedió hace años, ¿qué quieren que les diga?

—Información, sólo eso. Si fuera tan amable...

No, no lo era.

—¿Quiénes son ustedes? —repitió la pregunta.

David Fortuny fue rápido. Le mostró la credencial de detective privado. El hombre pareció no saber interpretarla, porque exclamó:

—¿Policía? —rezongó fastidiado—. ¿Han venido hasta aquí para hablar con Rodolfo? Pues sí que...

—Sólo serán unos minutos —quiso apaciguarle Miquel.

—¿No irán a llevárselo?

—No, tranquilo. Le repito que necesitamos hablar con él. Nada más. Si puede avisarle...

—No está aquí. —Mantuvo el tono hosco.

—¿Y dónde está?

—Arriba. —Señaló con el mentón una colina que se proyectaba contra las nubes del cielo a poca distancia—. En el monte, con las cabras.

—¿Muy lejos? —Miquel se deprimió.

—No. —El hombre se encogió de hombros—. Ya no pastan más arriba. Sigan esa senda de ahí unos diez minutos. —Recobró la dureza verbal para decirles—: ¡Pero no me lo distraigan mucho!, ¿eh? ¡Que hay trabajo y ese gandul aprovecha cualquier cosa para despistarse!

Miquel abrió la boca.

La cerró de inmediato.

No era el momento de empezar a discutir con él.

Echaron a andar.

Diez minutos.

Por una senda primero suave, pero después más y más empinada, hasta casi convertirse en una escalada.

—¿Le ayudo?

—¡No!

Fortuny siguió a lo suyo y Miquel, rojo, sin aliento, mantuvo el ritmo.

Por fortuna, tras la parte empinada llegaron a un llano bastante grande, rodeado de colinas y montañas, con un rebaño de ovejas al otro lado. Lo peor fue esta última parte, con una tierra muy irregular, llena de agujeros disimulados por maleza y plantas, típica de cualquier zona volcánica. Miquel estuvo a punto de caer dos veces, y otras dos más se le dobló el pie derecho al no asentarlo bien. Por una vez, el bastón le fue de perlas.

Fortuny le observaba de reojo.

—¿Está bien? ¿Quiere descansar?

—Estoy bien.

—Luego será de bajada —quiso animarle.

—Cansa lo mismo, porque hay que ir frenando —le recordó.

—Piense que, al volver, ¡tendremos un hambre...! —Fue su último intento.

Cuando llegaron hasta Rodolfo Cuesta, no llevaban diez minutos caminando, sino veinte.

Miquel odió un poco más a Ovidio Rigal.

37

Rodolfo Cuesta les miró sin mover un solo músculo de la cara. Posiblemente hubiera seguido igual de impasible viendo cómo un árbol se salía del suelo y comenzaba a andar. Todo en él desprendía apatía, un estado letárgico constante, casi eterno. Ojos quietos, sin un destello de vida pese a su transparencia, cuerpo petrificado, aire ausente. Por alguna razón, a Miquel no le extrañó. En su cara destacaba un golpe que abarcaba el pómulo y la parte superior de la mandíbula derecha. También él llevaba boina, pero sus ropas, más que viejas, eran ruinosas. La falta de un buen lavado las hacía parecer acartonadas. Pantalones, camisa, chaleco, botas de agua. Sujetaba una especie de cayado con las manos.

A pocos metros, las ovejas formaban un pesebre animado que daba al conjunto un aire bucólico.

Infinitamente triste.

—¿Rodolfo Cuesta? —preguntó aun siendo innecesario.

—Sí, señor.

—Venimos de Barcelona. Queríamos hacerle unas preguntas.

Le cambió un poco la cara.

Suficiente para que en ella apareciera el miedo.

—¿A mí? ¿Por qué?

—¿Podemos sentarnos en algún lugar? —pidió Miquel.

El joven señaló unas piedras relativamente altas.

—Ahí —dijo.

No era lo mejor del mundo. Si ya tenía el trasero plano por el viaje en moto, ahora lo tendría granulado por depositarlo sobre aquella rugosidad. Pero lo prefirió a tener que permanecer de pie mientras hablaban.

Miquel fue el primero en llegar.

Se quedó con la mejor de las piedras.

Rodolfo Cuesta cojeaba al andar. Quizá un golpe. Quizá algo peor y más grave. Pese al miedo recién aparecido, su rostro seguía siendo ingrávido, atenazado por una tristeza de fondo que eclipsaba cualquier otra emoción. Su cuerpo desprendía una inequívoca sensación de derrota.

Miquel sintió pena.

De vuelta a la rabia.

—Queremos que sepas que no pasa nada. Sólo necesitamos hablar contigo, ¿de acuerdo? —Buscó la forma de calmarle.

—Bueno —dijo el chico renunciando a sentarse—. Usted dirá.

—¿Recuerdas lo que sucedió hace unos años en San Cristóbal?

Lo recordaba.

Tensó la espalda.

Apretó las mandíbulas.

Entrecerró un poco los ojos, como si, de pronto, el sol le molestase.

Y no dijo nada.

—Escucha, Rodolfo, sabemos lo que os hizo Andrada. A ti y a tus amigos, Camprubí y Cánovas.

Volvió a mostrarse sereno.

Un corto viaje de ida y vuelta.

—¿Y qué? —Subió y bajó los hombros.

—Estamos investigando los delitos de Laureano Andrada.

—¿Para qué?

—Para castigarlo y encerrarlo.

Recibió la noticia con absoluta serenidad. Ningún odio.

Ningún sentimiento. Una tensa e infinita calma cargada de silencios y secretos.

—¿Cómo saben lo que hizo?

—Ha sido denunciado —dijo Miquel—. ¿Has sabido algo de tus dos amigos?

—No.

—¿No has vuelto a verles?

—Aquella noche nos separaron.

—Cánovas está en la cárcel. —Estudió su reacción—. Camprubí murió hace unos días en el manicomio de Sant Boi.

No, ninguna reacción.

Aquella constante seriedad...

—Tú por lo menos eres libre —aventuró Miquel.

Lo consiguió.

Un atisbo de rabia.

—¿Llama libertad a esto? —Rodolfo señaló el golpe de su cara—. ¿O a esto? —Se subió la camisa y les mostró una oscura mancha violácea en su costado.

Miquel oyó cómo David Fortuny, una vez más, tragaba saliva.

Él mantuvo la calma.

—¿Qué quieren saber? —suspiró el muchacho ante el silencio de ambos.

—¿No te importa hablar de ello?

—Es la primera vez que alguien se interesa por eso —manifestó sin emoción—. ¿Por qué debería importarme?

—Escucha. —Miquel quiso ser sincero—. Laureano Andrada ha muerto. Alguien le asesinó, le cortó el sexo y se lo metió en la boca.

Rodolfo Cuesta recibió la información con la misma serenidad. Luego subió y bajó la cabeza un par de veces, como si le hubiera costado procesarla.

Soltó una bocanada de aire.

—Bien —dijo.

—¿Te alegras?

—Claro. —Volvió a asentir—. Bendito sea el que lo hizo. Nosotros no pudimos.

—¿Lo lamentas?

—Lo he lamentado siempre. Lo merecía. Fue... lo peor que pudo pasarnos.

—¿Por qué sólo vosotros tres os rebelasteis?

—No lo sé. Hacía lo mismo con la mayoría. Ellos se dejaban. Nosotros también. Hasta que dijimos basta.

—¿Cómo os afectaba a cada uno de vosotros?

Rodolfo mesuró la pregunta. Miquel no sabía si le costaba regresar al pasado o si era precaución, la medida búsqueda de las palabras.

—Camprubí era su predilecto, por ser el más guapo, fino de cara, de piel... A mí me decía que era el más hombre, por ser el más desarrollado. Según él, Dios me había bendecido con un aparato sexual privilegiado, y debía estar orgulloso y utilizarlo para cumplir su voluntad.

—¿Y Cánovas?

—Cuando apareció él, también se interesó, rápidamente. Pero Cánovas le salió rana. Era el más rebelde. Primero no tuvo más remedio que ceder, hasta que a los pocos días...

—Pero la idea de matar a Andrada partió de Camprubí.

—¿Cómo saben eso?

—Lo sabemos todo, o casi. Por esa razón estamos aquí, y te agradecemos esto.

—Nadie me había preguntado nunca.

—Ni el señor Rigal.

—¿Él? Menos. —De pronto se preocupó—. ¿Sabe que están aquí?

—Sí, nos ha indicado el camino.

—¿Les ha dicho algo?

—No.

—Luego me castigará. —Bajó la cabeza.

—¿Por qué?

—Por perder el tiempo. Si no bajan rápido...

266

—Tranquilo. Hablaremos con él. O algo mejor.

—¿Sí? —Brilló un rayo de esperanza en su mirada.

Miquel se centró en el interrogatorio, con Fortuny convertido en una estatua a su lado.

—Rodolfo, ¿por qué Camprubí decidió matar a Andrada después de tanto tiempo de ser su víctima? Cánovas nos dijo que fue de la noche a la mañana, tras llegar al orfanato un par de chicos nuevos, pero que Camprubí no le contó más. ¿Te dijo algo a ti?

—No era necesario. No hablábamos mucho. Yo tampoco he sido nunca el más rápido de aquí, ¿entiende? —Se tocó la sien con el dedo índice—. Siempre llegaban chicos nuevos, pero uno de aquellos dos... era un niño de unos doce años, más o menos, también muy guapo, como Camprubí.

—¿Tuvo celos del recién llegado?

—No, hombre, no. —Su tono se hizo adusto—. Pero nada más llegar al orfanato, Camprubí y él hablaron mucho, siempre estaban juntos.

—¿Se hicieron amigos rápidamente?

—Supongo.

—¿Te dijo el motivo?

—No. Ni quién era ni de qué hablaban a solas, en cuanto podían. Pero fue entonces cuando nos propuso matar a Andrada.

—¿Cómo se llamaba ese niño?

—José Expósito.

—¿Expósito?

—Sí, como todos los que no tenían padre.

Miquel trató de reorientar el interrogatorio. Las preguntas se le agolparon en la mente.

Esta vez, la siguiente la formuló David Fortuny. O, más bien, fue una invitación para que Rodolfo Cuesta siguiera hablando sin detenerse.

—Camprubí tenía un abuelo.

—Sí, pero no le dejaban ver a su nieto. De eso estoy

seguro, aunque no sé por qué. La única que venía era una mujer.

—Asunción Miralles.

—No recuerdo el nombre. No era de la familia, pero lo parecía. Le traía comida, ropa, y Camprubí la repartía siempre conmigo.

—Pero no te contó nada de ella.

—Decía que era una conocida de su abuelo, nada más. Yo tampoco es que le preguntara mucho. Bastante teníamos con sobrevivir y aguantar todo lo que nos hacía Andrada.

—Cánovas nos explicó todo eso —volvió a intervenir Miquel.

—Pues ya lo saben. —El muchacho mantuvo aquella extraña y aparente indiferencia, sin sucumbir al dolor o la ira.

—Esa mujer ¿iba a menudo al orfanato?

—Cada día de visita, y cuando apareció José Expósito, más, aunque fuera de horarios no la dejaban entrar y sólo nos pasaban los paquetes que no se quedaban por el camino.

—Espera, espera. —Miquel se tensó—. ¿Dices que, cuando llegó Expósito, ella iba más a menudo?

—Sí.

—¿También llevaba comida y ropa?

—Claro, sobre todo de abrigo, porque el nuevo llegó con lo puesto. Un día de visita la vi llorar, abrazada a él.

—Entonces...

—Bueno, está claro que le conocía, como a Camprubí —dijo con toda naturalidad Rodolfo Cuesta.

Miquel miró a Fortuny. Éste le devolvió la mirada.

—¿No te extrañó? —preguntó el primero.

—Allí no nos extrañaba nada, señor —se limitó a responder el muchacho.

—¿Recuerdas cómo era José Expósito?

—Pues... —Hizo memoria—. Rubito, con el pelo color panocha, tímido, agradable.

—¿Tenía un hoyuelo en la barbilla?

—Sí. Incluso se parecía un poco a Camprubí.

Miquel sintió cómo las aristas de la piedra se le clavaban en el trasero. De pronto tuvo la sensación de pesar veinte kilos más.

«José Expósito.»

«Hoyuelo en la barbilla.»

«Incluso se parecía un poco a Pedro Camprubí.»

La última vuelta de tuerca.

Caso cerrado.

—Gracias, Rodolfo. —Se levantó con esfuerzo.

—¿Ya está?

—Sí, ya está.

El joven no supo qué decir.

—¿Les he ayudado?

—Mucho, y me gustaría hacer algo a cambio —le dijo Miquel conteniendo sus ganas de salir corriendo—. ¿Puedo preguntarte una cosa?

—Sí, señor —asintió Rodolfo Cuesta.

—Ese hombre, el payés, ¿te adoptó legalmente?

Fue como si le acabase de abofetear de manera suave. Parpadeó un par de veces, miró a ambos lados, movió la cabeza para vencer la rigidez y se mordió el labio inferior. Sus ojos se empequeñecieron aún más, hasta formar casi dos rendijas muy profundas.

—Puedes hablar tranquilo —le dijo Miquel.

—Ha dicho que investigaban... pero no son policías, ¿verdad?

—No, somos detectives privados.

—¿Y eso qué es? —vaciló.

—Pues que trabajamos por nuestra cuenta y tratamos de hacer justicia, ¿me comprendes?

—Sí.

—Quizá podamos ayudarte.

—No, no pueden. —Llegó a forzar una sonrisa de pesar.

—¿Por qué?

—Porque... no tengo respuesta para eso que preguntan —se limitó a decir—. No sé si él me adoptó legalmente o no. Yo, papeles, no he visto. Me trajo aquí y ya está. Y en el fondo tanto me da, ¿no?

—No debería darte igual. Piensa en el futuro. Ovidio Rigal está solo. Un día morirá y, entonces, ¿qué será de ti si no tienes papeles?

Rodolfo Cuesta bajó los ojos.

De pronto, estaba hundido.

En lo más profundo de una sima solitaria.

—¿Qué quieren que les diga? —musitó—. No es más que un animal, y me trata peor que a uno de ellos. Me compró para ser su esclavo y nada más. —Levantó la vista y hundió en Miquel unos ojos súbitamente acerados—. Antes de mí trajo aquí a otro chico, y lo mató de un golpe. Se le fue la mano. Dijo que había sido un accidente, pero era mentira. Me lo gritó una noche que no cumplí mis tareas. Me amenazó. Dijo que siempre podía volver al orfanato a por otro, aunque le costara un dinero que no valíamos.

—¿Sabes que te compró?

—Sí. —Chasqueó la lengua—. Siempre me echa en cara que no valgo las pesetas que pagó por mí, aunque él lo llama «donativo». Me lo repite tan a menudo que... —Repitió su gesto amargo a medida que se soltaba—. Dice que me da de comer, que he de trabajar de sol a sol y darle las gracias a él y a Dios por mi suerte. Y en el fondo... ¿Qué más da, oigan? Salir de un infierno para acabar en otro... Paso muchas horas solo y tranquilo aquí, en la montaña, y entonces estoy en paz. Los gritos ya ni los oigo, y los golpes no los siento.

—¿Vivís solos?

—Sí. Él en la casa y yo en el pajar.

—¿Has pensado en irte?

La pregunta se le antojó extraña.

De nuevo, una de aquellas miradas perdidas.

—¿Adónde? Esto es malo, pero la cárcel debe de ser peor.

La tercera víctima del atentado contra Laureano Andrada pareció quedarse sin energía.

Tampoco hacía falta más.

Miquel le tendió la mano.

—Nos has sido de mucha ayuda, y descuida, que ahora hablaremos con el señor Rigal.

—¿Y qué le dirán? —Se asustó.

—No te preocupes por eso. Si vuelve a tocarte, vete al pueblo y llama al teléfono que ahora te dará mi compañero, ¿de acuerdo?

—Sí, bueno... Gracias —tartamudeó un poco.

David Fortuny ya le anotaba el número de su despacho.

Se hacía tarde.

—En cuanto puedas, vete de aquí —se despidió Miquel—. Nadie puede retenerte si eres mayor de edad.

No hubo respuesta y los dos reemprendieron el camino de regreso a la masía.

Antes de desaparecer del llano para iniciar el descenso, Miquel volvió la cabeza.

Rodolfo Cuesta seguía allí, en el mismo sitio, inmóvil.

38

A pesar de que David Fortuny intentó hablar en el camino de regreso a la masía, Miquel no abrió la boca. Primero, concentrado en el descenso. Luego, envuelto en sus pensamientos. Al final, optó por callar. De nuevo en la parte baja, enfilando la senda que conducía a la casa, la marcha se reactivó.

Ovidio Rigal ya no daba de comer a los cerdos. Salió por la puerta de la casa con las manos en los bolsillos y una actitud entre desafiante y segura.

—¿Qué, le han encontrado?

—Sí. —Miquel tomó la iniciativa.

—¿Les ha dicho algo?

—No, nada.

—Pues claro, ¿qué iba a decirles? Si es más inútil... Luces, lo que se dice luces, tiene pocas el chico.

—¿Cómo se ha hecho esas marcas en la cara?

—¿Qué marcas?

—Ya sabe de qué marcas le hablo.

—¡Ah!, ¿eso? —Soltó una especie de risa mezclada con un gruñido—. ¡Y yo qué sé! ¡Se cae a menudo! ¡A saber qué hace con las ovejas el muy...!

—¿Dónde duerme?

—¿Por qué? —No le gustó el tono de Miquel.

—Responda.

—¿Dónde va a dormir? ¡En la casa, claro! ¡Tiene una habitación estupenda! ¡Pero si lo trato como a un hijo!

—Creo que, de todas formas, avisaremos a las autoridades. —Miquel miró a su compañero—. ¿Verdad, detective?

—¡Oh, sí! —le secundó.

—¿De qué están hablando? —El payés se agitó todavía más.

—Bueno, tiene aquí a un joven adoptado, por el que pagó mucho dinero a un orfanato, aunque fuese una donación, y usted vive solo, sin esposa. Quizá Rodolfo no esté a gusto.

—¿Pero qué dicen? —Abrió las manos igual que si fueran garfios.

—Mire, lo más probable es que volvamos, o que se pase alguien en unos días, o en unas semanas, nunca se sabe. Y será mejor que cuide que no se caiga, y que su habitación, en la casa, esté bien para esa inspección. ¿Me comprende?

—¡Maldita sea! —Se puso nervioso—. ¿Qué les pasa? ¡Aquí trabajamos honradamente! ¡Encima de que saco a un niño de un hospicio para darle un techo y una buena vida...!

—¿Recibe un salario?

—¿Cómo va a recibir un salario si es mi hijo?

Miquel ya no pudo más. Dio un paso al frente y casi se pegó a Ovidio Rigal. Sujetó el bastón por si acaso. Tenía la sangre encendida por muchas razones. Demasiadas. Se sentía como el día que había detenido a Laureano Andrada, poniéndole la pistola entre los ojos, o el día que disparó la última bala de la Barcelona republicana, la mañana del 26 de enero de 1939, para ajusticiar a Pascual Cortacans.

—Señor Rigal, será mejor que se porte bien. En todos los sentidos, ¿me ha comprendido?

—¿Es una amenaza? —El payés no podía creerlo.

Miquel no se cortó ni un pelo.

—Sí, es una amenaza. La disyuntiva es que usted acabe en la cárcel y Rodolfo se quede con todo esto. ¿Queda claro?

Tenía la piel curtida y la cara roja, pero el hombre se puso pálido de golpe.

El cara a cara duró menos de diez segundos.

Luego Miquel dio media vuelta y, seguido por un preocupado David Fortuny, se dirigió a la moto.

No hablaron hasta llegar a Olot.

Ni siquiera se había calmado, así que entonces se puso a gritar.

—¡Maldita bestia! —Fue lo primero que dijo antes de soltar un tropel de palabras mezclándolo todo—. ¡Ese pobre desgraciado cambiando un infierno por otro, convertido en un mero esclavo! ¡Cánovas en la cárcel! ¡Camprubí muerto! ¡Un orfanato que vende chicos y no le importa que uno muera sin más! ¡Y Andrada, siempre él! ¡Mierda, mierda, mierda, Fortuny! ¿Pero qué clase de país es éste!

—¡Cálmese, hombre! —le pidió su compañero.

—¿Que me calme? ¡Sabemos quién mató a Andrada y por qué? ¡Un chico de dieciséis años! ¡Y, mientras, hemos descubierto lo más nauseabundo que nadie podría imaginar!

—¡Le va a dar algo!

—¿Es que no entiende que a ese muchacho deberían darle una medalla por cargarse a Andrada? ¡Y he de encontrarle y denunciarle para quedar libre!

—Ya, pero si él le metió en esto como parece tras saber de su pelea con él... —quiso argumentar el detective.

Miquel se apoyó en la moto. Algunos transeúntes les miraban con aire de sospecha. Fortuny se aseguró de que, por allí cerca, no hubiera ningún cuartelillo de la guardia civil con su inequívoco «Todo por la Patria» presidiendo la puerta principal.

—Vamos a comer algo, ¿le parece? Y así se calma —propuso tirando del brazo de Miquel.

Estaba agotado. Se dejó llevar.

Sólo unos pasos.

Una traca retumbó muy cerca de ellos.

Miquel pegó un respingo.

Se volvió furioso, como si le hubiesen disparado.

—Está de los nervios, qué quiere que le diga —se preocupó aún más Fortuny—. Nunca le había visto así.

—¿Cómo quiere que esté? ¿Se lo repito? ¡Si no encuentro a ese tal José Expósito yo acabo en la cárcel, y si lo encuentro, condeno a un pobre infeliz!

—Un pobre infeliz que mató a un hombre y le cortó los cataplines para...

Se calló ante la mirada asesina de Miquel.

Unos pocos pasos más, sin soltarle.

—Mire, allí hay un bar restaurante. —Se alegró de encontrar un refugio.

Ya no volvieron a hablar. Entraron en el bar y buscaron una mesa apartada. Una camarera mofletuda y sonriente, con los ojos algo estrábicos, esperó a que se acomodaran y les dijo lo que podían comer. Los dos pidieron conejo con patatas. Según la chica, una exquisitez de la casa. Mientras esperaban, no pudieron eludir seguir hablando del caso.

Los últimos flecos iban cerrándose.

Por lógica.

Si José Expósito se parecía a Pedro Camprubí, eso sólo podía significar una cosa.

—La única que puede saber dónde está José Expósito es Asunción Miralles, ¿verdad? —asintió Fortuny.

—Sí, y no creo que nos lo diga —convino Miquel—. Piensa lo mismo que yo, ¿no?

—Creo que sí —aventuró.

No hizo falta que le pidiera que se lo contara. Miquel lo hizo de todos modos, como solía hacer siempre que cerraba un caso y se lo repetía todo para sí mismo en voz alta.

—Asunción Miralles desaparece unos meses de la vida de Lorenzo Camprubí, un año o más, y luego vuelve a él, pero no como si tal cosa.

—Quedó embarazada de Camprubí y, estando él todavía casado y siendo ella soltera, se fue con su vergüenza.

—Exactamente.

—¿Cree que él lo supo?

—Yo diría que no, que se lo ocultó, por miedo o... vaya

usted a saber. Quizá si se hubiera enterado de la existencia de ese hijo, Lorenzo Camprubí la hubiese rechazado. Y ella estaba enamorada. Seguía enamorada. La única opción era darlo en adopción o dejarlo en un orfanato. Puede incluso que se lo quitaran nada más acabar la guerra. Sea como sea, no le perdió de vista, le siguió siempre el rastro.

—¿Y cómo consiguió que José acabase en el mismo orfanato que Pedro?

—Vaya usted a saber. Quizá fuera mala suerte, aunque ella lo viera como una buena señal. A la fuerza tuvo que decirle a Pedro que aquel niño era pariente suyo, hijo de su abuelo, y que lo cuidara. Por eso Pedro decidió matar a Andrada en cuanto éste se fijó en José. Era la única solución.

—¡Menudo drama! —reconoció Fortuny.

—Lo ha sido desde el primer momento —bufó Miquel—. Un drama lleno de personas desgraciadas, llevadas al límite, amargadas y con el colofón de una guerra. Todo ello aderezado por la presencia de un pederasta que no tenía por qué estar libre.

—Hay que ver cuánto daño puede hacer una sola persona.

—Lo de menos ya es que José supiera dónde vivía Andrada, o cuándo y cómo lo supo —siguió Miquel, casi hablando más para sí mismo—. Puede que le encontraran por casualidad. Y justo en esos días, muere Pedro, su abuelo le dice a su ex amante que le contrate a usted, decidido a vengarse de una vez, y de refilón aparezco yo. Está claro que Asunción avisó a su hijo de mi pelea con Andrada, después de que usted le pasara el informe del día. —Se tomó unos segundos y resolvió—: Todo encaja.

—¿Quién le contaría a Lorenzo Camprubí la historia, el motivo de que su nieto acabase en un manicomio?

—Asunción, imagino. Quizá le confesó que había tenido un hijo suyo. Quizá al verle enfermo de cáncer decidió ponerle al día, o incluso, en un rasgo de rabia femenina, vengarse del hombre al que amó y que jamás quiso convertirla en una mujer respetable. De todas formas eso ya no importa.

La comida llegó a su mesa. Más que dos platos para dos personas, parecía el rancho de todo un regimiento. Medio conejo para cada uno. David Fortuny lo miró con apetito. Miquel no, a pesar de que tenía hambre.

Al conejo no le habían cortado la cabeza.

—Comamos y regresemos pronto, va —le aconsejó el detective—. La vida sigue y esta noche es la verbena. Mañana ya veremos, pero hoy va a conocer a mi Amalia. ¿Le parece?

—No —dijo Miquel.

—¿No? —se asustó su compañero.

—Iremos a casa de Asunción Miralles cuando lleguemos. Y no voy a discutirlo.

David Fortuny se dio cuenta en ese momento: la media cabeza de su medio conejo le estaba mirando con el ojo salido y los dientes formando una sonrisa macabra.

39

Al bajar de la moto frente a la casa de Asunción Miralles, en la calle de la Luna, a Miquel le pudo más la ansiedad que el dolor corporal por la paliza del viaje. Casi saltó del sidecar, se estiró cuanto pudo venciendo las agujetas, se colocó el sombrero y entró en el portal abierto, bastón en ristre, seguido por David Fortuny. No se detuvo hasta llegar a la primera planta y llamó al timbre con la ansiedad de saberse cerca del posible fin de toda aquella pesadilla.

La ansiedad creció al ver que nadie abría la puerta.

Tampoco se oía ningún ruido al otro lado.

—No está —le hizo notar el detective.

Miquel se sintió irritado.

Los petardos de la calle llenaban el aire, dando paso a la verbena y su alegría. Una isla feliz en la vida cotidiana. En el rellano, la guerra era distinta.

Lo probó una vez más, sólo para cerciorarse, y acto seguido llamó a la puerta de enfrente. Fortuny ya no dijo nada. Una mujer de talante áspero, que vestía ropa negra de riguroso luto, asomó la nariz y parte de la cara por el hueco. Tenía el rostro amargado y el gris cabello recogido en la nuca formando un moño. Con la pobre luz de la escalera parecía un espectro.

—Perdone que la moleste a estas horas, señora —se apresuró a hablar Miquel—. Buscamos a su vecina, la señora Miralles, y no está en casa. No la molestaríamos si no se tratara de un tema urgente. ¿Sabe si...?

La mujer no le dejó terminar.

—Se ha ido —dijo.

—¿Perdone?

—Que se ha ido.

—Pero volverá, ¿no?

—No lo sé. Supongo. Pero llevaba una maleta.

Miquel sintió un ramalazo de frío.

—¿Adónde se ha ido?

—No lo sé. No me lo dijo. Me dio la llave por si vienen los del gas o los del agua, así que no va a ser cosa de poco, digo yo. Pero no le pregunté. Que vivamos puerta con puerta no significa que seamos amigas o nos contemos cosas. No había tanta confianza, y ella es muy reservada, muy suya.

—¿Cuándo se marchó?

—El jueves.

Dos días.

Un mundo.

Sabía que era inútil, pero lo intentó.

—¿Podría dejarnos las llaves del piso unos minutos?

La mujer dio un paso atrás y les miró por primera vez con cierta sospecha, sin fiarse de su ropa y su talante.

—No, ¿qué dice? —Se dio cuenta de que la estaban interrogando y preguntó—: ¿Quiénes son ustedes?

Era absurdo mentar la palabra detectives sin decirle que eran policías.

—Es un caso de vida o muerte, señora. Se lo aseguro.

—¿Pero cómo quieren que les dé la llave? ¿Y si van a robar?

—¿Tenemos aspecto de ladrones?

—Eso no lo sé. —Fue a cerrar la puerta, ahora más asustada—. Váyanse, por favor. Yo no sé nada de los demás, bastante tengo con lo mío. Buenas noches.

Miquel no hizo nada por detenerla.

De todas formas, lo que pudiera haber en el piso... dudaba de que le llevara a algún lado.

Durante unos segundos, les envolvió el silencio.

Luego, en la calle, sonó un trueno.

Fortuny fue el primero en iniciar el descenso, despacio. Cuando llegó al exterior de la casa, esperó a que apareciera el desconcertado Miquel.

El resplandor de una hoguera temprana les iluminó de refilón.

—Se marchó al día siguiente de visitarla usted y de correr a decirle a Lorenzo Camprubí que Andrada estaba muerto —le hizo notar el detective.

—Eso parece.

—Debía de estar muy asustada.

—O empezó a atar cabos y llegó a la conclusión de que su hijo era el asesino de Andrada.

—¿Y si, pese a todo, ese tal Expósito no es hijo de ella como parece?

—Vamos, Fortuny: Pedro Camprubí y José Expósito se parecen, y el único nexo entre ellos es esa mujer. Lo manejó todo desde las sombras, siempre, como haría cualquier madre, luchando sola contra todos, y más ella, con lo que pasó siendo la amante de Lorenzo. La guinda fue pedirle a Pedro que cuidara de José en el orfanato y decirle que José era hijo de su propio abuelo. Pedro ya no pudo más, quiso protegerle, y planeó el asesinato de Andrada. Un drama continuo.

—De los de llorar.

—Las guerras nunca acaban con la victoria de unos y la derrota de otros. Queda la gente, que es la que ha de vivir con sus heridas.

—Lo siento, Mascarell —suspiró David Fortuny.

—No estamos perdidos.

—¿Ah, no? —Se extrañó de las palabras de su compañero—. Yo creo que sí. Sinceramente, pienso que lo tenemos crudo.

Miquel se quedó rígido, envuelto en sus pensamientos y su frustración, pero no hundido.

—Si la policía no da con José Expósito... —siguió el detective.

—Lo haremos nosotros —dijo él.

—¿Cómo?

—Nos queda el orfanato.

—Pero es evidente que José Expósito ya no está allí. Recuerde que fue a ver el piso vacío con una mujer. Tal vez su madre adoptiva.

—¿Y la metió en un asesinato como cómplice? —Movió la cabeza de lado a lado—. No, no creo que fuese una madre adoptiva. José Expósito ha tenido que dejar un rastro, como todos los que han pasado por San Cristóbal. Tanto si fue adoptado como si no, allí sabrán algo de él.

—Testarudo y optimista. —Sonrió con ánimo.

—Vamos a buscar un bar con teléfono. —Miquel dio el primer paso.

—Llame desde casa.

—Es tarde. Mejor ganar esos minutos.

Subieron a la moto, pero ya no se pusieron las gafas protectoras. El trayecto fue corto. Desembocaron en la ronda de San Antonio y, al avistar un bar con el distintivo de que disponía de teléfono público, pararon delante. Unos niños hacían rodar sus *pedres fogueres* por la acera, y éstas se llenaban de chispas al impactar contra el suelo. Los que llegaban tarde a sus casas lo hacían a la carrera. Muchos, con sus cocas colgadas de la mano. Otros paseaban viendo el ambiente, siempre en torno a las hogueras urbanas situadas en los cruces. Miquel trató de no castigarse pensando en Patro.

Entraron en el bar y se vieron envueltos por su ambiente festivo, pidieron una ficha y, con el número en la mano, aunque ya se lo sabía de memoria, Miquel lo marcó haciendo girar el disco del teléfono adosado a la pared.

—Orfanato de San Cristóbal, ¿dígame?

Era una voz de hombre. Afable. Él también lo fue.

—Por favor, el padre Moyá.

La afabilidad desapareció.

—Señor, es sábado, y ya muy tarde. El padre Moyá no puede ponerse en este momento, lo siento.

—Es cuestión de vida o muerte —insistió.

No le impresionó.

—Es que es hora de cena, lectura y recogimiento —dijo con voz envuelta en un tono piadoso—. Hay orden estricta, ¿me comprende? Ni siquiera puedo entrar y... Lo lamento de veras. Estoy seguro de que mañana a primera hora podrá resolver lo que sea, y que Nuestro Señor le dará tiempo para que no sea nada grave.

—¿Y si voy en persona? Puedo esperar lo que haga falta.

—Está cerrado —sonó terminante el sacerdote del otro lado—. Buenas noches.

Fue el primero en cortar la comunicación.

Miquel miró a su compañero con las mandíbulas apretadas.

El bullicio en el bar se hacía cada vez más festivo.

—Mire, Mascarell. —Intentó mantener la calma y contagiarle un poco de esperanza—. Si cree que ese cura le dará la pista que necesita, ya no viene de una noche, aunque sea precisamente ésta. ¿Me va a hacer caso? Vamos a mi piso. Amalia estará a punto de llegar —miró el reloj—, si no lo ha hecho ya. Tengamos la noche en paz y mañana... —Le palmeó la espalda con afecto y calor—. ¿Compramos una coca y una botellita de cava?

No se podía luchar contra los elementos.

Lo sabía de sobra.

Además, Fortuny tenía razón.

—¿De crema y piñones? —Forzó una sonrisa que no sentía.

Día 9

Domingo, 24 de junio de 1951

40

Abrió los ojos de golpe, miró el techo y recordó, una vez más y como en una sacudida, que seguía en el piso de David Fortuny.

Sin Patro.

Cerca, muy cerca del fin de la pesadilla.

O eso creía.

Lo necesario era que también lo creyese Sebastián Oliveros.

Podía encerrarle por el simple hecho de haberse convertido en un prófugo, escapando de la justicia.

Miquel tomó aire y se levantó de la cama. Lo primero que vio fue la carta que le había escrito a Raquel. Seguía donde la había dejado, en la mesita de noche, apoyada en la lamparita y sin sobre.

No hizo ruido al moverse por el piso. Se había acostado temprano, pero ignoraba si David Fortuny y Amalia, su novia, habían hecho lo mismo. Una vez aseado someramente en el lavadero, y tras aliviar la vejiga, regresó a la habitación y se vistió con la misma ropa del día anterior. La camisa ya olía, pero no quiso molestar al detective para pedirle otra. A falta de la barba y el bigote, se dirigió a la cocina para tomar algo y esperar.

Miró la hora.

La llamada al orfanato no podía demorarse mucho.

Apuraba los últimos sorbos de su café con leche, sentado en el comedor, frente a las ventanas, cuando ella apareció igual que un ángel, o un demonio, en silencio, porque iba descalza. Llevaba una combinación negra, de seda, absolutamente discreta, pero que mantenía y realzaba sus formas de mujer plena y viva. Incluso seductora.

A Miquel le había caído bien.

Y con Fortuny, tal para cual.

—Buenos días —le deseó Amalia con voz pastosa.

Con el pelo revuelto y sin pintar, se advertía en ella la veteranía de la edad. No era una niña. Sabía a qué jugaba. Tenía un pecho abundante y no le faltaba carne por ningún lado. Tampoco le sobraba. Aunque sus ojos estuvieran revestidos de sueño, su boca le sonrió.

—Buenos días —dijo Miquel.

—No recordaba que estaba aquí. —Se llevó una mano al pecho, por encima del escote de la combinación—. Voy a ponerme algo.

—Por mí, no es necesario. —Miquel se encogió de hombros—. Somos adultos. Y ya le dije que yo también estoy casado.

—Y, según David, con una mujer muy joven y guapa. —Le guiñó un ojo mientras se sentaba en la silla delante de la suya y cruzaba las piernas.

—Tuve suerte.

—Yo siempre digo que tenemos la suerte que nos merecemos.

—O que la vida, a veces, nos compensa de lo malo.

—También. —Se cruzó de brazos—. David me ha hablado tanto de usted... ¿Es verdad que le salvó la vida?

—Sí, pero de eso hace mucho tiempo.

—No para él, que es muy agradecido. Le tiene rendido y admirado. Dice que es el mejor policía que ha existido, y que aún mantiene todo su olfato.

—Gracias —aceptó el halago.

—David también es bueno, pero se nota que necesita alguien a su lado. ¿Van a trabajar juntos?

—¿Le ha dicho eso? —Se asombró por la insistencia de Fortuny.

—Algo ha insinuado. O al menos dice que sería estupendo.

—Tenemos este lío que nos llevamos entre manos, nada más. Y, desde luego, sin su ayuda no sé qué habría hecho. Si yo le salvé la vida en el pasado, él me la ha salvado ahora.

—Sigo pensando que encajan bien. —Esbozó una sonrisa llena de ternura y agregó—: Es un buen hombre, ¿sabe?

—¿Él o yo? —quiso bromear Miquel.

—Los dos, aunque me refería a él. ¿Qué tal ha dormido?

—Bien.

—Parece cansado.

—Lo estoy. Llevo ya demasiados días sin ver a mi mujer, y ayer pasé no sé cuántas horas en esa maldita moto.

—¿No le gusta? —Se asombró Amalia.

—A mis años...

—¡Calle, calle, pero si está igual o mejor que David! ¡Y acaba de ser padre, fíjese! —Se atusó el pelo con las dos manos—. Tengo muchas ganas de conocer a su mujer. Anoche casi no pudimos ni hablar, ¿verdad?

—Pero estuvo bien —reconoció él—. La coca, el cava, verles juntos...

—Es que David es muy ameno, divertido, y además entusiasta y fogoso. —Fingió estremecerse con afectación.

Era una charla agradable, pero el reloj seguía corriendo. Le echó un vistazo y se puso en pie.

—Voy a llamar por teléfono.

—Haga, haga. Yo voy a despertarle, que cuando se le pegan las sábanas...

Ella regresó al dormitorio y Miquel fue a la sala. La precaución de llamar desde el bar si quería hablar con la mercería era lógica, por si la policía controlaba el aparato de la tienda. Pero para llamar al orfanato no eran necesarias mayores precauciones.

Domingo.

Con la mercería cerrada, tampoco podría decirle a Patro que estaba bien, salvo que ella estuviese allí, por si él llamaba. Así que...

La voz que se puso al otro lado no era la misma que la de la noche anterior. Sonaba más gruesa. Las excusas para no pasarle al padre Moyá fueron diversas: que si era hora de misa, que si era domingo, que si... Miquel volvió a repetir lo de la «cuestión de vida o muerte». Logró convencer al hombre a medias.

—Telefonee en media hora, señor. Le diré que esté aquí.

Algo era algo.

David Fortuny ya le esperaba en el comedor, con cara de sueño y en calzoncillos. La cicatriz que le deformaba el brazo izquierdo era evidente yendo en camiseta. Amalia estaba sentada en la misma silla de antes. De no ser por las circunstancias, resultaba un cuadro familiar: un amigo reencontrado, una mujer estupenda a la que había conocido la noche anterior, y él metido en un lío de mil demonios.

—¿Qué? —le preguntó el detective.

—Que llame en media hora.

—Los curas, en domingo... —Se dirigió a su novia—. Amor, Mascarell y yo hemos de irnos. ¿Te quedas aquí?

—¿Puedo ir con vosotros?

—No. —Se hizo el interesante—. Vamos a ver si pillamos a un asesino.

La impresionó.

—¡Ay, mira, será mejor que no me digas estas cosas, que ya sabes que me afectan mucho!

—Tranquila, que no pasará nada. No creo ni que tardemos.

—Ya, y si te dan las tantas, ¿qué? Ya sabes que por la tarde tengo mi partidita de mus con el grupo de las viudas. —Amalia miró a Miquel—. Lástima que esté casado, porque hay un par que le irían que ni pintado. Y muy buenas señoras, ¿eh?

—Amalia... —la reprendió su novio.

—Bien que le busqué una mujer a mi vecino, que falta le hacía. Con tal de que dejara de espiarme...

De alguna forma, distante y lejana, por su peculiar naturalidad, a Miquel le recordaron a Lenin y Mar.

Le buscaba la policía para colgarle un asesinato y él estaba allí, oculto en un piso, con una pareja de lo más curiosa, tan producto de la guerra como lo eran Patro y él.

—Voy a vestirme y le ayudo con la barba y el bigote, ¿de acuerdo? —Fortuny se retiró.

—Le queda bien, aunque le hace mayor —opinó Amalia poniéndose también en pie—. Yo mejor me voy a mi casa.

Miquel se quedó solo.

La media hora empezó a pasar muy despacio.

Quince.

Veinte minutos.

Primero apareció el detective, ya vestido. Aunque los disfraces los tenía en el despacho del primer piso, la barba y el bigote seguían allí. Le puso el adherente y se los fijó. Amalia reapareció ya al final, con su ropa, peinada, maquillada. Exuberante. Se despidió de Miquel dándole dos besos en las mejillas.

—Suerte —le deseó con cara angustiada.

—Gracias.

—Cuídense el uno al otro.

—Se lo prometo.

Dejó a Miquel y pasó a su novio.

—Te espero en casa. —Rozó con sus labios los de Fortuny.

—Bien.

La vieron marchar, oyeron el ruido de la puerta del piso al cerrarse. El detective suspiró llenando de aire sus pulmones.

—Qué mujer, ¿eh?

—Cásese con ella. Ni se lo piense.

—Venga, telefonee. —No quiso entrar en la discusión—. Total, no vendrá de unos minutos.

Miquel volvió a marcar el número del orfanato. Tal y como le había dicho el sacerdote que le había atendido media hora antes, Heriberto Moyá estaba allí, esperando la llamada. El tono de su confidente fue de expectación.

—¿Sí?

—Padre Moyá, soy... Ernesto Miró Llach. —Tuvo que recordar de nuevo el falso nombre que había dado—. Lamento molestarle en domingo, créame, pero es realmente importante... —De pronto no supo cómo justificar su urgencia—. Sólo cuento con usted para descubrir la verdad, ¿entiende?

—¿En qué puedo ayudarle? —se ofreció el sacerdote.

—Un par de meses antes de que aquellos tres chicos trataran de matar a Laureano Andrada, ingresó en San Cristóbal un niño llamado José Expósito.

—Señor Miró, ya le dije que llevo poco aquí, y ahora mismo no hay ningún niño ni joven alguno que se llame así.

—Lo sé. José Expósito probablemente fue adoptado, o salió del orfanato para trabajar... No sé muy bien cuáles son los baremos por los que se rigen ustedes. Me interesa saber dónde encontrarle, eso es todo. Unas señas, algo...

—¿Tan importante es?

—Mucho.

—¿Y tiene que ver con la muerte del señor Andrada?

—Sí.

Se produjo una pausa.

Miquel cruzó los dedos. David Fortuny se dio cuenta y le imitó.

—¿Puede llamarme en diez minutos? —se acabó rindiendo el padre Moyá.

—Claro. —Agitó en el aire los dedos cruzados—. ¿Diez minutos?

—He de ir al archivo, y está cerrado con llave. Hoy es domingo —le recordó.

—¿Quién tiene la llave?

—El padre Sandoval, claro.

No le gustó, pero no se lo dijo abiertamente. Trató de camuflarlo con un:

—No le diga lo que busca, por favor.

—Me siento como un traidor, señor Miró —suspiró el sacerdote.

—Buscamos la verdad, ¿no?

—Sí —concedió.

—Diez minutos. —Fue lo último que le dijo Miquel.

Colgó el auricular y guardó silencio, sosteniendo la mirada de Fortuny. El detective fue el primero en romperlo.

—¿Colaborará?

—Ya lo ha hecho bastante. Sin él nunca habría sabido la relación de Camprubí, Cánovas y Cuesta con Andrada, ni habríamos seguido estas pistas hasta dar con Expósito.

—Así que le deberá la vida a un cura entre otros.

—No sé a qué viene eso.

—Apuesto a que cada vez que ve un uniforme o una sotana le hierve la sangre. —Fortuny sonrió.

—Son los que mandan ahora, están en todas partes, lo manipulan todo, y no me gusta, sí.

—¿No es creyente?

—No.

—¿Lo era?

Miquel miró hacia atrás por el túnel del tiempo.

Su tiempo.

Se había casado por la iglesia, Quimeta era devota aunque no de las de ir mucho a misa o rezar para todo, y en parte estaba vivo por la declaración del párroco de su parroquia, reaparecido milagrosamente al acabar la guerra para interceder por él. En otras circunstancias le habrían fusilado, por ser inspector de policía leal a la República, pero al pedir informes el sacerdote dijo que era una buena persona, honesta y decente, con la conciencia tranquila, sin delitos de sangre contra los vencedores. Algo asombroso. Aquel sacerdote era un hombre de paz, sin rencores. Incluso alegó que no había huido, como otros, y que eso probaba su lealtad e inocencia. Después de aquello...

El Valle de los Caídos, la condena a muerte de todas formas, el indulto...

—No creo que lo fuera nunca —respondió a la pregunta de su compañero—, pero uno se amolda a un tipo de vida y da por sentadas cosas que luego, con el tiempo, acaba cuestionándose. Una guerra da para pensar, y mucho, Fortuny. Mucho. Nací católico, pero serlo es otra historia.

—¡Pero si es una buena persona, hombre!

—¿Y eso te adjudica directamente el cartel de católico?

—¿Sabe qué le digo? ¡Vamos a tener muchas charlas interesantes usted y yo! —El detective se mostró como un niño feliz—. ¡Y cuando cenemos los cuatro, con nuestras mujeres...!

—Fortuny, que aún puedo acabar en la cárcel, ¿qué dice?

—¡Venga, que esto lo resolvemos hoy seguro!

—No sé si es optimista o inconsciente.

—¿Y qué más da? —Movió un poco el brazo izquierdo—. Esa bomba pudo haberme arrancado la cabeza. ¡Es como vivir de prestado! ¡Cada minuto cuenta, amigo mío! Lo único que intento es mantenerme a flote y no pensar en lo malo, quedarme con lo bueno. Usted tendría que hacer lo mismo.

—Voy a volver a llamar al orfanato —dijo Miquel, incapaz de detener el habitual entusiasmo de Fortuny.

Marcó el número y apenas tuvo que esperar.

Comunicaba.

Volvió a dejar el auricular en la horquilla.

—Dígame una cosa. —Su irreductible nuevo amigo se aprovechó—. ¿Cómo se dictaminaba si un preso era peligroso o no? Por mucho que me diga, no creo que a todos les fusilaran.

—¿De veras quiere que le cuente esto ahora?

—Sí, ¿por qué no? En cualquier caso toca esperar y usted es todo un maestro.

Lo decía en serio.

—Cuando nos detenían, nos clasificaban según nuestro grado de afinidad. —Miquel hizo memoria—. Una Comisión Clasificadora dictaminaba si éramos «adictos», «dudosos» o «desafectos» con el Régimen de Franco. Se solicitaban informes urgentes a la Falange local y al entorno del preso: policía, guardia civil, vecinos, maestros de la escuela a la que hubiera ido y al sacerdote de la parroquia. Dado que en muchos casos los curas o los maestros ya no existían en 1939, acababa siendo el propio recluso quien trataba de dar la mayor información favorable de sí mismo. Del resultado de la investigación dependía el futuro del reo, que acababa siendo encuadrado en uno de los cuatro tipos establecidos, A, B, C y D: Adictos o no hostiles al Movimiento Nacional, Desafectos sin responsabilidad, Desafectos con responsabilidad y Criminales comunes. A los del tipo A se les consideraba combatientes forzados, movilizados por la República en contra de su voluntad. En la mayoría de los casos se les ponía en libertad o se les incorporaba al Ejército Nacional para que cumplieran tres años de servicio militar. Los del tipo B iban directamente a los campos de concentración y terminaban en los Batallones de Trabajo, aunque siempre era posible revisar su condena si aparecían nuevos datos acerca del individuo, sobre todo si probaban cualquier delito. Los del tipo C eran los republicanos fieles, con cargos de responsabilidad, desde periodistas o escritores hasta funcionarios pasando por sindicalistas o dirigentes políticos. Ése fue mi caso. Se nos acusaba de «rebelión militar», se nos sometía a juicio sumarísimo, individual o colectivo, y se nos condenaba a muerte o a penas de doce años y un día, veinte años y un día, treinta años y un día...

—Interesante —asintió Fortuny.

Miquel no quiso seguir hablando de todo aquello y marcó de nuevo el número de San Cristóbal.

Esta vez se puso directamente el padre Moyá.

La hora de la verdad.

—Lo tengo —dijo el sacerdote.

A Miquel se le paró el corazón.

—Gracias —musitó.

—José Expósito Miralles. —Le pasó la información—. Llegó aquí procedente de otro orfanato. Era un chico con problemas, muy depresivo. Pensaron que en San Cristóbal estaría mejor, más cuidado pero también más vigilado. Permaneció entre nosotros casi dos años, hasta que se le encontró un hogar de acogida. Por desgracia fue el primero de tres, sin que cuajara en ellos. Caía bien a la gente, era muy guapo, de apariencia dulce, pero luego... A los catorce años se escapó de uno de esos hogares, estuvo un mes perdido, le encontró la guardia civil y nos lo trajeron otra vez. Al parecer, su madre biológica, que le visitaba regularmente, trató de que se lo devolvieran.

—Asunción Miralles —dijo Miquel.

—En efecto.

—Siga.

—No hay mucho más —concluyó su relato el padre Moyá—. Hace diez meses fue adoptado y se marchó.

—¿Lo adoptaron con quince años y siendo problemático?

—Hay parejas que no sólo quieren un hijo, sino que tratan de ayudar y no se contentan con lo habitual. Son cristianas, ¿comprende? Se asombraría de cuántas nos piden niños con problemas, sordos, mudos, ciegos, con enfermedades... Ese matrimonio, por lo visto, pidió adoptar a José expresamente.

—¿Tiene las señas de esos padres adoptivos?

Se hizo el silencio.

—¿Padre Moyá?

—Esto es... confidencial, señor Miró.

—¿Y si le dijera que ese muchacho fue el que mató a Laureano Andrada? —Jugó fuerte su última baza.

—¿Es eso cierto? —La voz del sacerdote tembló.

—Sí, lo es.

—Dios Santo...

—Necesito estas señas.

—Debería llamar a la policía.

—Lo haré, pero primero...

—¿Cómo sé que puedo confiar en usted?

—Porque lo hizo desde el primer momento, cuando en el orfanato se acercó a mí para citarme en el café Zurich al día siguiente. Y porque es usted un hombre justo, padre. Un hombre capaz de limpiar la suciedad de su casa cuando se da cuenta de que, si no lo hace, puede acabar siendo tan culpable como los demás.

Disparaba balas de plomo.

Pesadas.

—¿Es consciente de lo que me está pidiendo? —Suspiró, casi como si rezara.

—Lo soy —Miquel mantuvo el pulso—. Pero no se trata de un secreto de confesión, sino de hacer justicia. Le juro que llamaré a la policía. ¿Qué otra cosa puedo hacer, si no?

—Puedo hacerlo yo y dejarle al margen.

—Padre, necesito las señas —imprimió urgencia a sus palabras—. Después ya dará igual quién llame a la policía.

La resistencia final.

David Fortuny había dejado de respirar.

Miquel se percató de lo mucho que estaba apretando el auricular del teléfono.

—El cabeza de familia se llama Mariano Pozo Castell —se rindió el sacerdote—. Viven en la calle Rocafort 242, entre Córcega y París.

41

Fue al detener la moto delante de la casa cuando Miquel y David Fortuny hablaron por primera vez tras salir a la carrera del piso del segundo.

Fin de trayecto.

Parada final.

Los dos miraron el edificio con aprensión.

—¿Está seguro? —le preguntó el detective.

—Sí.

—De verdad, ¿no deberíamos dejárselo a la policía?

—Quiero cerrar el caso, hablar con ese chico. Después ya será hora de enfrentarnos a Oliveros.

Fortuny siguió mirando el edificio.

—Mascarell, ahí hay una familia con un hijo adoptado.

—Que mató a un hombre. Y no digo que no fuera justo. Pero trató de endilgármelo a mí.

—Dieciséis años...

—¿Qué quiere, Fortuny?

—No, nada. —Bajó la cabeza, perdido su buen humor—. Sólo es ese mal sabor de boca.

—Mire, a estas alturas es probable que el padre Moyá se lo haya pensado mejor y esté llamando ya a la policía. Si es así, no nos queda mucho tiempo.

—De acuerdo.

Miquel dio el primer paso.

Era domingo. El portal estaba abierto y no había ni rastro

de una posible portera. Pero, en el vestíbulo, unos buzones muy nuevos llevaban los nombres de los inquilinos de los pisos. Se acercaron a ellos hasta encontrar el que buscaban, en la última planta.

David Fortuny abrió los ojos. Miquel frunció el ceño.

—¡Mariano Pozo Castell e Inmaculada Monsolís Miralles! —gritó de forma ahogada el detective. Y repitió aún más impresionado—: ¡Miralles!

—No puede ser casualidad —dijo Miquel.

—¿Familia?

—Una prima, tal vez. Vaya usted a saber.

—Entonces, ¿finalmente Asunción Miralles consiguió que sacaran a su hijo del San Cristóbal?

—Lo más probable, y vaya usted a saber cómo —concedió Miquel con admiración—. Desde luego es toda una luchadora. Esa mujer se ha pasado la vida sufriendo y se ha desvivido por alguien siempre, una y otra vez, encadenada a su infortunio. Se enamoró sin remisión ni esperanza de Lorenzo Camprubí, perdió al producto de ese amor por ser madre soltera y, lo más seguro, por no decírselo a él, temerosa de que la rechazara o la acusara de haberlo hecho a propósito, y cuidó a Pedro Camprubí antes, cuando fue una madre para él, y después, en el orfanato o en el manicomio.

—Pero lo complicó todo al pedirle a Pedro que cuidara de José, sin saber que en el San Cristóbal había una bestia como Andrada.

—Exacto.

—Hay gente que nace con estrella, y gente que nace estrellada —suspiró Fortuny.

Miquel no le respondió. Inició la subida hasta la última planta. No había ascensor. Un piso por debajo de ella, empezaron a oír los gritos.

Casi ni se sorprendieron de que surgieran al otro lado de la puerta a la que iban a llamar.

Se acercaron despacio, aunque las voces se oían nítidas en el silencio de la escalera.

—¡No, eso no te lo llevas!

—¡Es mío!

—¡No es tuyo! Y, además, ¿para qué lo quieres? ¡A saber dónde iréis a parar!

—¡Iros a la mierda!

—¡A la mierda te vas tú! ¡Parece mentira! ¿Con todo lo que hemos hecho, encima!

—¡Sí, vete de una vez con ella y déjanos en paz! ¡A buenas horas le hicimos caso! ¡Menudo infierno!

—¡Bah, dejadme en paz vosotros a mí, que si no llega a ser por el dinero...!

Se oyó un portazo lejano.

De las tres voces, quedaron dos, una masculina y otra femenina.

—¡Esto es culpa tuya! —gritó la masculina.

—¡Ya lo sé! —lamentó la femenina.

—¡Ni por el doble de dinero volvería a hacerlo! ¡Ese chico está loco!

—Bueno, ya está, ¿no? Se van y adiós.

—¡A buenas horas! ¿Y se puede saber adónde ha ido ahora Asunción? ¿A qué espera?

—¡No lo sé! ¡A lo mejor a verle a él, al hospital, para despedirse!

—¡Siempre él, él, él...! ¡Todos estos años! ¡Enamorada hasta el último momento de ese hijo de puta!

—¡Cállate!, ¿quieres?

—¡No quiero callarme! ¡Menudo desperdicio de vida! ¡Parece mentira!

Otro portazo.

Silencio.

Miquel pulsó el timbre de la puerta.

Tuvo que repetir el gesto una segunda vez. La que abrió fue la mujer, más o menos de la misma edad que Asunción Miralles, de mediana estatura y facciones cuidadas. Se los quedó mirando con una leve crispación en los ojos.

—¿Sí?

—Queremos ver a José, por favor. —Miquel se quitó el sombrero.

Pensaba que se encontraría con una negativa, un desplante o una defensa del menor con las uñas por delante. Pero no sucedió nada de todo eso. La mujer exteriorizó un súbito ramalazo de cansancio y bajó los hombros.

—¿Qué ha hecho ahora? —Se cruzó de brazos y ladeó la cabeza, con los ojos fatigados.

—Nada —mintió Miquel—. Serán sólo un par de minutos.

—Si no hubiera hecho nada, no estarían aquí. ¿Qué son, policías? Yo ya no puedo con él, ¿saben? Si han venido a despedirle... —Hizo una mueca sarcástica—. Lo mejor que podrían hacer es dejarle marchar con ella.

—Somos detectives. —Fortuny le enseñó la licencia.

No hizo mella en su ánimo.

Pero se rindió.

—Qué más da —rezongó—. Pasen. Es la última puerta de la izquierda. Si me necesitan, me llaman.

El piso era antiguo. Tenía un pasillo largo y estrecho. La mujer cerró la puerta del rellano y esperó a que tomaran la iniciativa. De manera sorprendente, les dejó solos. Desapareció con su aire de resignado abatimiento.

Huyendo de la quema.

La última puerta a la izquierda estaba cerrada.

Miquel no llamó.

Abrió despacio y al otro lado se encontró con una típica habitación de joven adolescente. Banderines en una pared, estanterías con libros, un armario, un espejo...

José Expósito estaba tumbado en la cama, boca arriba, con las manos debajo de la cabeza. Un torrente de luz entraba en la habitación por el pequeño balcón, abierto de par en par sobre la hermosa primavera cargada de sueños.

La habitación olía a tabaco.
El aire, en cambio, era limpio.
Su mirada no.
Su reacción tampoco fue limpia.
Se puso en pie de un salto.

42

José Expósito les miró, mitad asustado mitad furioso, con los puños apretados y los ojos encendidos.

—¿Quiénes son ustedes?

Miquel no perdió el tiempo.

No era necesario.

—Me llamo Miquel Mascarell —dijo—. Soy el hombre que se peleó con Laureano Andrada el lunes pasado y al que quisiste colgar el asesinato que luego cometiste.

El muchacho se quedó pálido.

Tembló.

O pudo ser un espasmo.

Casi al instante, de la palidez pasó al enrojecimiento.

—¿Qué está diciendo? —balbuceó—. ¿De qué demonios está hablando?

Miquel dio un paso hacia él.

—Vamos, chico. Se acabó. —Le tendió la mano con la palma abierta hacia arriba—. A pesar de la alevosía, lo de cortarle el sexo... Era una bestia. Por más influencias que tuviera, puede que salgas bien librado después de todo. Ni el Régimen es capaz de tapar algunas cosas.

José Expósito contempló la mano de Miquel como si fuera un cepo.

—No sé... de qué me habla —insistió.

—¿Crees que la policía no sabe que te encerraste en ese piso vacío, oculto en un armario, y que luego te descolgaste por el balcón? La dueña del piso te identificará. Ya te describió perfectamente, a ti y a tu cómplice.

Cada palabra penetró como una cuña en su desarbolado ánimo.

Puñales afilados.

José Expósito comenzó a sangrar por dentro.

Los ojos se iluminaron de pronto.

Un millón de luces.

Asombro, miedo, desconcierto...

—Usted no sabe nada.

—Creo que sí. —Miquel bajó la mano—. Tu llegada a San Cristóbal lo cambió todo. Cánovas en la cárcel, Cuesta entregado como un esclavo, y sobre todo Pedro, el nieto de tu padre, en un manicomio por tratar de ayudarte, salvarte de las garras de Andrada. —Hablaba despacio, por si a José le costaba procesarlo todo tan repentinamente—. Sí lo sé todo, muchacho. Y créeme que lo siento.

Dieciséis años, pero un niño en el fondo.

Un niño atrapado.

—Pedro sólo quiso ayudarme. —Tragó saliva con dificultad.

—Por eso te dolió su muerte, y el infierno que pasó en Sant Boi. Encima para nada, porque Andrada no murió aquel día y siguió pervirtiendo a los niños del orfanato. Posiblemente a ti el primero.

Las dos primeras lágrimas asomaron a sus ojos.

Cayeron hacia el abismo como si fueran de plomo.

Abrió y cerró la boca sin conseguir decir nada.

—No te culpo. —Miquel fue sincero—. A pesar de todo, no te culpo. —Se vio a sí mismo aquel día, apuntando a Laureano Andrada con el dedo en el gatillo, conteniéndose a duras penas—. Eres un superviviente. Te agarras a lo que sea para salir a flote. Y lo eres porque hombres como Andrada te lo han arrebatado todo y lo único que tienes ahora es miedo.

—¡Yo no tengo miedo! —gritó de pronto.

—Sí lo tienes. Pero también tienes la posibilidad de cambiarlo todo, de una vez.

—¿Cambiarlo?

—Te ayudaremos.

La sonrisa fue amarga.

Una sonrisa que encerraba años de odio.

—Andrada me decía lo mismo. Me ayudaba él, me ayudaba Dios «escogiéndome»... ¡Qué bueno era conmigo! ¡Oh, sí! ¡El Cuerpo de Cristo! ¡El Cuerpo de Cristo! —escupió cada palabra con agotamiento—. Váyanse y déjenme en paz. Se acabó. ¡Mi madre y yo nos vamos, por fin!

—No puedes irte, ni puedes escapar de lo que hiciste.

—¿Va a impedírmelo? —Volvió a cerrar los puños.

—La policía estará al llegar —le advirtió Miquel.

Eso lo llevó de nuevo al límite.

Miró en dirección al balcón.

—¿Les ha llamado? —quiso saber.

—No, pero lo habrá hecho el sacerdote que me ha dicho dónde vivías.

—¡¿Otro cura?! —gruñó con asco.

—Cálmate, ¿quieres?

—¡No me pida que me calme! —Parecía a punto de sufrir un ataque de violencia, rojo al borde de la desesperación—. ¡No me pida que me calme porque...! ¡Usted no sabe lo que es vivir no ya con miedo, sino con terror, pánico a la oscuridad, a la soledad, a sus malditas manos siempre bajo tu ropa, su...!

—Sí, lo sé.

—¡Y una mierda!

José Expósito dio otro paso más.

Hacia el balcón.

Miquel se dio cuenta de ello, pero también de que nunca sería lo bastante ágil, rápido y fuerte para detenerle.

—Mascarell... —oyó susurrar a Fortuny a su espalda.

No se volvió. Tenía los cinco sentidos puestos en el muchacho.

—José, no lo hagas —se atrevió a decir.

No le hizo caso.

Llegó al balcón.

La mirada perdida, los ojos turbios, el cuerpo derrotado, el ánimo rendido...

—Te queda mucho por delante, hijo.

—¡No me llame «hijo»! —gritó aún más—. ¡Ellos también me llamaban así!

La puerta de la habitación se abrió de pronto.

Miquel y David Fortuny volvieron la cabeza.

Allí estaba Asunción Miralles.

—¡¿Ustedes?! —Se asombró al verles.

—¡Diles que se vayan, mamá! —José se rompió en mil pedazos.

Por encima de sus lágrimas se oyó la sirena del coche de la policía.

No estaba lejos.

De hecho, parecía sonar en la misma calle.

Abajo.

—¡José!

—Mamá...

Miquel era el que estaba más cerca.

A pesar de todo, lo intentó.

Un salto.

La mano extendida.

—Lo siento, mamá... —Fue lo último que dijo el chico.

En el momento de desaparecer de su vista, el alarido de Asunción Miralles les rompió los tímpanos. Luego, los tres se abalanzaron sobre el balcón, casi a tiempo de oír el sordo estruendo del cuerpo de José al estrellarse sobre la acera, a un par de metros del coche de la policía del que, en ese momento, salía el comisario Oliveros mirando hacia donde ellos estaban tratando de evitar que la mujer saltara detrás de su hijo.

43

La misma celda.

La sensación de *déjà vu*.

El mismo miedo.

Y la imagen de José Expósito cayendo, el ruido de su cuerpo impactando contra el suelo, el chillido desgarrador de su madre, incrustados en su mente.

Tanta amargura...

Miquel cerró los ojos y se apoyó en la pared. ¿Cuántas horas llevaba allí? ¿O sólo eran minutos? El tiempo en la cárcel se convertía en una suerte de goma extensible. Todo dependía de lo que uno sintiera. Y podían ser muchas cosas: soledad, derrota, agitación, frustración...

Volvió a abrir los ojos.

José Expósito seguía allí.

Cayendo, cayendo, cayendo...

Si hubiera apretado el gatillo aquel día, cuando detuvo a Laureano Andrada, habría evitado mucho dolor, mucho daño, aunque entonces se habría condenado él.

Difícil disyuntiva.

Le picaba la cara. Ya no llevaba la barba ni el bigote. Se los habían arrancado al detenerle. Se rascó y trató de no pensar en la única razón por la que seguía aferrado a la vida. Bueno, las únicas. Patro merecía algo mejor, y Raquel un padre.

Era domingo, pero la vida en una comisaría de policía no se detenía.

El guardia se paró en la puerta.

—¡Levántese!

Estaba solo. ¿Por qué le gritaba?

Le obedeció.

En el Valle de los Caídos, un segundo en obedecer una orden representaba un golpe. Dos segundos, quedarte sin comer. Tres segundos, un castigo mayor. No importaba la edad, jóvenes o viejos. Los «rojos» eran todos iguales.

Rojos.

Miquel se acercó a la puerta mientras el uniformado la abría. El guardia le cogió por el brazo y le empujó. No necesitaba ayuda, pero no se lo dijo. Nunca se decía nada. Callar, callar, callar. Se mordió la lengua.

Por lo menos sabía adónde le llevaba.

Al despacho de Sebastián Oliveros.

Estaría contento, el comisario, por la obligación de encontrarse allí en domingo. Con él.

Cuando saliera de aquel lugar todo podía ser distinto, acabar en la Modelo, volver al Valle...

Si la celda era un *déjà vu*, el despacho lo era más, tanto por el pasado, con el fantasma del maldito comisario Amador, como por el presente, con un hombre que le respetaba pero que no por ello dejaba de considerarle un rebelde, un residuo, un derrotado de la guerra perdonado por Su Excelencia el Generalísimo.

Su Excelencia el Generalísimo.

Con mayúsculas.

Como correspondía a todos los grandes dictadores hechos a sí mismos y necesitados de gloria.

Sebastián Oliveros ocupaba su silla detrás de la mesa. El policía lo dejó a él en la misma que había ocupado unos días antes. Luego, saludó marcialmente a su superior y se fue sin decir una sola palabra.

Miquel esperó.

El mismo juego de la primera vez.

El comisario fingía leer unos papeles, muy serio, grave.

Le ponía nervioso.

Pasó un minuto.

La media sonrisa del retrato de Francisco Franco Bahamonde, con su uniforme, parecía burlarse de él desde lo alto.

—Mi mujer y yo teníamos entradas para ir al cine esta noche —dijo de pronto Oliveros sin levantar la cabeza—. Hace una hora.

Lo mejor era callarse, pero no lo hizo.

—Lo siento —dijo.

Ahora sí, el comisario le taladró con sus ojos de acero.

—No podía estarse quieto, ¿verdad?

—No cuando quieren colgarme un asesinato.

—¿Cree que no hacemos nuestro trabajo?

—Yo no he dicho eso.

—¿Piensa que ustedes eran mejores?

«Ustedes.»

—La policía siempre es buena más allá de las circunstancias.

Mantuvo el tipo.

Si había de caer, lo haría de pie.

Allí mismo, el comisario Amador le había derribado al suelo de una bofetada, humillándole. Y se había dicho a sí mismo que sería la última vez.

Sebastián Oliveros se tomó su tiempo. Unos segundos preciosos. Se adivinaba en él una lucha interna. Entre las ganas de pegarle un tiro y la rendición al respeto que parecía tenerle.

—¿Sabe que podría encerrarle por una docena de cargos? —preguntó.

Miquel captó el tono, el significado de la palabra «podría».

—Sí, lo sé.

—Y me quedo corto.

—También lo sé.

—Dios... Mascarell... —Se agitó sin exteriorizarlo con ningún gesto.

—¿Qué quiere que le diga?

—Sé lo que hizo antes de la guerra. Sé que era posiblemente el mejor inspector de Barcelona. Pero esta vez ha llevado mi paciencia al límite.

—¿Le recuerdo otra vez que le ayudé en aquel caso de la espía rusa, en abril del año pasado?

No fue la mejor de las ideas.

—¡Maldita sea! ¿Y qué? —estalló Oliveros—. ¿Va a ponerse ahora la piel de cordero? ¡Usted es un lobo!

—No, no lo soy —se lo rebatió—. Jamás lo he sido. Lo único que he hecho ha sido pelear por mi inocencia e investigar un caso, como lo habría hecho usted antes. Un caso con el agravante de ser yo el único sospechoso. —No le dejó hablar y agregó—: ¿De verdad pensó por un momento que yo podía haber matado a Laureano Andrada?

No hubo respuesta.

Quizá no fuera necesaria.

—Tengo a un chico muerto, a una mujer en estado de *shock*, y a un detective, herido de guerra, más asustado que un perro apaleado. Y todavía me faltan un montón de respuestas.

—Puedo dárselas.

—Lo imagino —asintió vehemente.

—¿Ahora?

—Soy todo oídos. —Abrió las manos y se retrepó un poco más en su silla.

Miquel se tomó su tiempo para ordenar las ideas.

Buscó la forma de contarlo todo, de manera rápida y efectiva.

—Laureano Andrada llevaba años abusando de niños en el orfanato de San Cristóbal, casi con toda seguridad con la aquiescencia del padre Sandoval, el director. —Comenzó a disparar con balas de plata—. Eran niños sin amor, a los que una caricia no les venía mal, y si encima se la daba un cura,

308

alguien que hablaba en nombre de Dios... Lo malo es que esos niños crecían, y tarde o temprano se daban cuenta de que algo iba mal. Pasaban del conformismo al miedo, y de él al terror más absoluto al comprender que estaban en un callejón sin salida, atrapados. Ceder significaba comer a diario, vivir. No ceder equivalía a quedar marginados, recibir castigos físicos atroces, pasar hambre y frío...

—Sáltese esa parte, ¿quiere? —le apremió Oliveros.

—¿Le duele oírla?

—Sáltesela.

El tono no admitía dudas.

Le obedeció.

—Entonces empezaré por la segunda parte de la historia. Luego hablaremos de la primera. —Reordenó sus ideas—. Pedro Camprubí y Rodolfo Cuesta eran dos de esos niños. Llevaban años soportando a Andrada, sobre todo el primero, muy guapo. Apareció un tercero, José María Cánovas, con más agallas. Los tres, ya adolescentes, se hicieron amigos, pero ése no fue el detonante. El detonante llegó con la entrada de un niño llamado José Expósito, que tenía más o menos doce años de edad. José tenía una madre. Se lo habían arrebatado por ser soltera, pero ella siempre estaba cerca de él, de una forma o de otra. Para suerte de esa mujer, Asunción Miralles, su hijo José fue a parar al mismo orfanato donde estaba Pedro Camprubí. Pedro era nieto de Lorenzo Camprubí, el hombre al que Asunción había servido como criada... y como amante, y con el que había concebido un hijo, José, al que dio a luz en secreto.

—¿Cómo que en secreto?

—Lorenzo Camprubí estaba casado. Asunción prefirió alejarse una temporada, tener a su hijo, dejarlo luego en un orfanato y regresar con su amante. Cosas del amor.

—Siga.

—Asunción Miralles había cuidado ya a Pedro Camprubí, como si fuese la madre, por lo menos durante un tiempo, antes de que Pedro acabara también en un orfanato por ser hijo de un rojo. —Sostuvo la mirada de Oliveros—. Le pidió a Pedro que cuidara de José, y le explicó el motivo. De esta forma Pedro adquirió el mayor de los compromisos. Asunción no sabía nada de los abusos del orfanato. Su único deseo era que lo cuidara, y eso hizo Pedro. En cuanto Andrada se fijó también en él, tomó la decisión de matarle. Cánovas se apuntó enseguida, y Cuesta, de menos luces, les siguió por inercia. Por desgracia el plan les salió mal, y sólo hirieron al pederasta. Eso fue hace unos pocos años. Les separaron: José María Cánovas acabó en la cárcel aun siendo menor; Pedro Camprubí en el manicomio de Sant Boi; y a Rodolfo Cuesta lo vendieron a un payés de Olot para que lo hiciera trabajar como un esclavo. Un payés que ya había matado a otro chico antes por un mal golpe.

—Mascarell...

—¿No quería oír la historia? Se la estoy contando.

—¿Me está diciendo todo esto en serio?

—Investíguelo usted mismo. No tiene más que ir a San Cristóbal y mirar los archivos.

Sebastián Oliveros se tomó su tiempo.

No quiso discutir.

—Continúe.

—Pedro Camprubí murió hace poco. Se suicidó. Eso hizo que su abuelo, a punto de morir de cáncer, reaccionara. Le pidió a Asunción Miralles que contratara a un detective para que siguiese a Andrada y buscase pruebas de sus actos. El detective fue David Fortuny, que trabajó conmigo antes de la guerra. David me vio discutir con Andrada, y como me detuvieron, no pudo hablar conmigo. Pero me reconoció. Puso el incidente en el informe de ese día y se lo pasó a Asunción, y ella se lo dijo no sólo a Lorenzo Camprubí, sino también a su hijo José. En este momento, José supo cómo matar al responsable de tantos males. Ya debía de buscar la forma, pero mi pelea lo aceleró y le ofreció un cabeza de turco. Ni siquiera le importó que un inocente cargara con todo. Y no le culpo. No es... no era más que un chico lleno de odio y rencor, habituado a sobrevivir y actuar como un tigre en una selva. —Hizo una pausa con la boca seca, pero no le pidió agua a Oliveros—. José sabía dónde vivía Andrada, sabía de ese piso vacío justo encima del suyo. A toda prisa ideó el plan. Concertó una cita para ver el piso aquella misma tarde y le pidió ayuda a alguna amiga...

—Carmelita Costa, una prostituta que vivía cerca de él.

—¿Han dado con ella?

—No, ella misma ha venido a declarar al enterarse de la muerte de José. Ya había imaginado algo. En parte, algunos detalles se han ido aclarando en estas horas que ha estado usted encerrado.

—De acuerdo —suspiró Miquel—. José y esa mujer visitaron el piso, él dijo que se iba antes, se escondió en un armario y esperó a la noche. Entonces se descolgó por el balcón y mató a Andrada. Todo perfecto: la policía buscaría al idiota de la pelea de la mañana, sin saber que el idiota había sido policía.

—Ha dicho que la historia tenía dos partes y que empezaba por la segunda.

—Sí, la primera es la que nos lleva a todo esto, aunque no es más que uno de tantos dramas humanos que se dan en todas las familias. Hijos ilegítimos, esposas enfermas, amantes, muertos... Pero hay que conocerla para poder entender el resto. —Tragó saliva con la garganta cada vez más seca. El estómago, vacío, le mandó también una señal de aviso que trató de ignorar—. Tenemos a un hombre, Lorenzo Camprubí, felizmente casado, con un hijo igualmente casado que le ha hecho abuelo. Estamos empezando los años treinta. Lo malo es que la esposa de Lorenzo tiene una enfermedad degenerativa, esclerosis, no puede valerse por sí misma y se deteriora rápidamente. Para ayudarla está Asunción Miralles, una criada fuerte y guapa a la que Lorenzo acabará echando el ojo. La criada pasa a ser su amante. Están solos en la casa, no hay problema. El hijo, su esposa y el nieto viven en otra parte. Sin embargo, esta felicidad se trunca cuando Asunción queda embarazada. Es la amante, la otra; la escalera, el barrio, lo sabe. La insultan, se lo hacen pasar mal. Con el embarazo Asunción toca fondo, así que desaparece, se va. No le dice ni una palabra a Lorenzo porque sabe que él no querrá saber nada de ese crío. Incluso puede pensar que se ha quedado encinta a propósito. Da a luz, lo deja en un orfanato y aun sin perderle de vista, regresa a la casa dispuesta a seguir con su vida anterior, tal vez esperanzada por el sueño de que, cuando la esposa de su amante muera, él se casará con ella. Lorenzo la acepta de nuevo para calentarle la cama, pero al poco estalla la guerra. Todo se precipita. El hijo de Lorenzo Camprubí muere a las primeras de cambio, junto a Durruti. La esposa, ya viuda, enferma de tuberculosis y la apartan de su hijo Pedro por precaución. Cuando finalmente muere, se quedan solos Asunción y Lorenzo, con Pedro, pero la enferma de esclerosis resiste y resiste. La guerra trae hambre y frío, por lo que, finalmente, se produce lo inevitable: Lorenzo por fin enviuda. Es la hora de Asunción..., pero su amante no va a casarse con ella. Todo un golpe. El colofón es doble: por un lado les quitan a Pedro, que va a parar a un orfanato, y por el otro Lorenzo enferma de cáncer y decide irse a una residencia junto con un primo y un amigo, para ser atendidos allí. Asunción Miralles pierde su última esperanza, aunque no podrá alejarse del hombre al que ama, ni de Pedro y menos de su hijo José. El resto es lo que nos conduce al presente, como ya le he explicado antes.

El comisario tardó tres segundos en reaccionar.

—¿Cómo ha averiguado todo esto?

—Moviéndome.

—¿Y ese chico, Expósito?

—Pregúntele a su madre cuando esté en condiciones, pero creo que fue ella la que, perseverante como es, consiguió que lo adoptara una prima o algo así, porque el segundo apellido de la madre adoptiva también es Miralles. —Recordó los gritos y la pelea tras la puerta antes de entrar en el piso, horas antes—. Creo que les dio dinero, no lo sé a ciencia cierta. Incluso pudo dárselo o prestárselo su amante, Lorenzo. Lo cierto es que madre e hijo vivían casi juntos. Mientras, José crecía, su odio aumentaba, no dejaba de pensar que Pedro estaba en un manicomio por tratar de salvarle. Al suicidarse... ya no pudo más. Había que matar a Laureano Andrada como fuera. Nadie habría razonado con él.

—Iban a marcharse. O eso han dicho los padres adoptivos. Estaban hartos de él y de los problemas que les causaba.

—Hay más: pienso que, finalmente, hasta su madre se dio cuenta de que a Andrada le había matado su hijo.

Sebastián Oliveros asintió con la cabeza.

De pronto ya no parecían lo que eran, un comisario y su detenido.

Franco, el crucifijo, la bandera, seguían quietos en el despacho.

—Maldita sea, Mascarell —volvió a resoplar Oliveros.

No tuvo que repetirle lo de «¿Qué voy a hacer con usted?».

Miquel contuvo la respiración.

Lo que fuera a suceder en los siguientes minutos decidiría su futuro. Al menos, el más inmediato.

—Voy a hacerle una pregunta, y quiero que me diga la verdad.

—No he dejado de hacerlo —le aseguró.

—Cuando el padre Moyá le dio la dirección de José Expósito, ¿por qué no me llamó? ¿Por qué tuvo que ir usted personalmente?

—No lo sé.

—Sí lo sabe, por Dios. Quería resolver el caso, como siempre, por su maldita alma de poli.

—No estoy seguro. —Bajó los ojos—. Sabía que Heriberto Moyá les llamaría de inmediato. Creo que quería hablar con José primero, evitar que hiciera una locura.

—Pues es lo que ha hecho.

—Sintiéndose acorralado, se habría tirado por el balcón de todos modos, aunque usted hubiera aparecido antes.

La nueva pausa fue la más larga.

Tanto que el ruido en el estómago de Miquel se oyó en toda la comisaría.

Sebastián Oliveros se levantó, dio dos pasos, abrió un mueble de espaldas a Miquel y regresó junto a su prisionero con un vaso de agua. Se lo dio y ya no volvió a su lugar. Se sentó en el borde de la mesa, con un pie en alto y el otro apoyado en el suelo.

Miquel lo apuró sin respirar.

Una bendición.

Luego sostuvo el vaso entre las manos y se enfrentó al comisario.

—¿Qué harán con ella?

No hizo falta aclarar quién era «ella».

—Nada. —El comisario se encogió de hombros—. No es cómplice, no sabía lo que iba a hacer o hizo su hijo hasta mucho después. Y, encima, le ha perdido. No voy a acusarla. Bastante tiene.

—No sólo se le ha muerto el hijo. También va a hacerlo su amante, el hombre del que ha estado enamorada siempre. Todo a la vez.

Sebastián Oliveros tenía el semblante tranquilo.

—Mascarell.

—¿Sí?

—¿Se arrepiente de no haber matado a Andrada cuando le detuvo?

—He estado pensando en ello todos estos días —asintió—. Y no tengo respuesta.

—No creo que sea de ésos. —Fue sincero.

—Si supiéramos el futuro, tendríamos que matar incluso a no pocos niños prematuramente. —Pensó en Andrada, pero también en Franco, y en Hitler, aunque eso no se lo dijo.

La última mirada.

Cargada de cansancio.

—¿Y ahora qué, Mascarell?

—Nada.

—¿Así de fácil?

—Sólo he intentado demostrar mi inocencia, aun a costa de la vida de un niño.

—Un niño asesino.

—Un niño marcado por la vida y por un asqueroso pederasta, no lo olvide. Yo, desde luego, no podré hacerlo. —Oyó una vez más en su mente el duro sonido del cuerpo al estrellarse contra el suelo.

Sebastián Oliveros se apartó de la mesa.

Cogió el expediente que había estado consultando al entrar él en el despacho.

No hizo falta que lo abriera.

—Mi predecesor, el comisario Amador, escribió que usted era peligroso, que él no entendía la necesidad de su indulto, que debía ser controlado y que tenía que ser detenido a la menor imprudencia.

—Usted no es Amador.

—No —admitió—. Pero usted sigue siendo un maldito policía fuera de contexto. Como le he dicho al empezar, podría encerrarle por una docena de delitos.

—No lo hará.

—No me tiente. —Le hundió el acero de sus ojos.

—No lo hago.

—También quería dejarle pasar la noche aquí, pero ya ve, sé que tiene una hija de tres meses y que lleva todos estos días fuera de casa.

—Sí.

—No me tome por un sentimental.

—No, claro.

—Como vuelva a jugar a policías y ladrones...

Miquel dejó el vaso sobre la mesa.

Esperó el veredicto.

—Váyase —dijo Sebastián Oliveros.

—Gracias.

—Es casi medianoche, para los dos.

Cuando se levantó de la silla, Miquel vaciló. No supo si darle la mano al hombre que acababa de perdonarle poco menos que la vida.

El comisario no hizo el gesto.

Miquel tampoco.

Lo dejaron así.

Aun en la negrura de la noche franquista, a veces surgían pequeños rayos de luz.

Pensaba en ello cuando salió del despacho de Oliveros.

44

Allí estaba él.

Increíble.

David Fortuny, esperándole.

—¿Qué hace aquí? —le preguntó Miquel.

—¿Qué quiere que haga? Esperarle.

—¿Por qué no se ha ido a casa?

—He ido y he vuelto. Quería estar seguro de que le soltaban.

—Pues ha ido de un pelo.

—Ya lo sé. Pero tenía la esperanza. —Sonrió—. Usted es de los que caen de pie.

—¿Lo dice en serio?

—Y tanto.

—Es usted un redomado optimista, Fortuny.

—Y usted el mejor pies planos que conozco, Mascarell.

La noche era agradable, fresca, luminosa.

Miquel miró las estrellas.

También las miraba en el Valle, pero de otra manera, con otro sentimiento.

De quimera a realidad.

—Va, que le llevo a casa —se ofreció el detective.

—¿Otra vez en moto?

—Pues claro. A estas horas le va a costar pillar un taxi, y parece agotado.

Lo estaba.

Tanto que sentía las piernas de gelatina con cada paso.

El miedo siempre dejaba su huella.

La moto estaba al otro lado. Cruzaron la Vía Layetana y Miquel se instaló en el sidecar. David Fortuny la puso en marcha y, por una vez, no corrió como solía hacerlo. Casi fue un agradable paseo. Además, corto. Cuando paró el motor en la esquina de Gerona con Valencia, el silencio les arropó unos segundos.

—Le devolveré la ropa en cuanto esté limpia —dijo Miquel.

—No corre prisa. ¿Cómo va a entrar en su casa?

—Llamaré al sereno.

—Me espero.

Miquel dio tres palmadas al aire.

Y gritó:

—¡Sereno!

Esperaron.

—Recuerde lo que le propuse —aprovechó Fortuny.

—A la próxima, el comisario me empapelará. O me fusilará él mismo.

—Por lo que me contó, yo creo que le tiene cariño. Y, de paso, ya ve que no somos tan malos.

—No me haga propaganda, por favor.

—¡Pero si es verdad! ¿Qué le cuesta admitirlo?

—¡Fortuny, que esto es una dictadura de hierro, que hay miles de presos en las cárceles, miles más enterrados en montes y cunetas de toda España, y que todo surgió de un golpe de Estado!

Le dio por sonreír más.

—¿Ve cómo será interesante trabajar juntos? ¡Lo que discutiremos!

No quiso volver a gritar.

Ni pelearse.

No a las doce de la noche.

No con el recuerdo de la muerte de José Expósito.

Había pagado cara su inocencia.

Miquel volvió a dar tres palmadas.

La respuesta llegó cercana.

—¡Voy!

David Fortuny se metió la mano en el bolsillo de su chaqueta. Extrajo una hoja de papel doblada en cuatro partes. Miquel la reconoció.

Era la carta que le había escrito a Raquel.

—Esto es suyo —dijo el detective.

Temió cogerla, como si quemara, pero finalmente lo hizo.

—Gracias. —Se calmó.

Raquel estaba arriba, esperándole, lo mismo que Patro.

—Guárdela como recuerdo de un mal momento.

—Puede que algún día se la dé de todos modos. —La introdujo en su bolsillo.

El sereno apareció subiendo por la calle Gerona. Miquel le señaló el portal. El hombre le abrió la puerta y le entregó la correspondiente cerilla para que se iluminara.

Pequeños detalles.

La vida, a fin de cuentas, estaba hecha de eso.

—Buenas noches, señor —le deseó el sereno guardándose la propina.

—Buenas noches.

Volvieron a quedarse solos.

—Ha sido un placer, inspector. —Fortuny le tendió la mano.

Cuando iba a estrechársela, el detective le abrazó.

Con emoción.

—Ni se le ocurra decirme adiós —le susurró al oído.

Día 10

Lunes, 25 de junio de 1951

45

La cerilla, larga, las habituales de los serenos para que resistiera varios pisos, le alumbró sólo hasta el suyo por lo despacio que subió.

La llama murió justo delante de su puerta.

Tenía tantas ganas de llamar.

Tantas ganas de abrazar a Patro.

Tantas ganas de ver a Raquel.

Tantas ganas de acostarse en su cama.

Tantas ganas... que se quedó frente a la puerta, inmóvil, como un pasmarote.

Quizá porque le había ido de un pelo, sí.

Quizá porque, a pesar de todo, sentía el peso de la culpa.

José Expósito yacía destrozado en alguna parte, a la espera de ser olvidado.

Aquélla había sido una historia llena de muertos.

Desde el pasado hasta el presente.

La oscuridad era absoluta.

Miquel levantó la mano, despacio. No quería llamar al timbre, que era más ruidoso. Al otro lado estaba la vida, el perdón, el olvido, la paz, todo su futuro. Cuando la descargó sobre la madera, él mismo se asustó de los golpes.

Oyó los pasos precipitados.

Sabía que era él, por la forma de llamar.

Patro abrió la puerta y se le echó encima.

Casi lo derribó de espaldas.

Furiosa, femenina, ávida, fuerte.

Se quedaron abrazados así un largo rato. Tal vez incluso un minuto, o dos. Ninguna pregunta. Estaba allí. Ella temblaba. Él se dejaba temblar. Las manos de una presionaban en la nuca y la espalda. Las manos del otro acariciaban la cintura de seda.

Consiguieron acompasar sus respiraciones.

Después, el primer beso.

Un beso de ojos cerrados y bocas abiertas.

Devorándose.

Miquel también bebió sus lágrimas.

—Vamos dentro —le susurró.

Cruzaron el umbral y cerraron la puerta. El abrazo y el beso perduraron en el recibidor. El olor, familiar, impregnó la pituitaria de Miquel. Olor de hogar. Olor de esposa. Olor de niña dormida en su cuna.

Se lo dijo entonces.

—Ya está, cariño. Se acabó.

—Sí —le susurró ella envolviéndole en calor.

—Te dije que confiaras en mí.

—Cállate.

Podía explicárselo todo ya, o esperar al día siguiente.

Pero había prioridades.

—Quiero ver a Raquel.

—Ven. —Patro le tomó de la mano.

Lo llevó a la habitación. Fue como si le guiara, como si él nunca hubiera estado allí. Entraron juntos, y juntos se asomaron a la cuna en la que la niña dormía iluminada tenuemente por el resplandor que procedía del pasillo. La imagen era de absoluta paz. Nada podía ser mejor. Un bebé dormido lo abarcaba todo.

Miquel tragó el nudo de su garganta.

No iba a llorar.

Volvió a pensar en José Expósito, y en la carta que llevaba en el bolsillo. Dos extremos opuestos de unos mismos días de infierno.

—Miquel —dijo Patro.

—¿Qué?

—No, nada. Sólo quería decir tu nombre y escucharme a mí misma.

—Eres única.

—Lo sé.

Volvieron a besarse.

Quizá un siglo después, el tiempo les alcanzase.

Agradecimientos

En esta novena entrega de la serie protagonizada por Miquel Mascarell, las cosas no han cambiado: mi gratitud a cuantos lo hacen todo posible y fácil, comenzando por Antonia, que me permite aislarme siempre en aras de un mejor trabajo, y siguiendo por Virgilio Ortega y las hemerotecas de *La Vanguardia* y *El Mundo Deportivo*. Después de años muerto, Francisco González Ledesma, su voz y su espíritu, siguen flotando en estas páginas.

Gracias a Montse Armengou y a Ricard Belis por su obra *Los internados del miedo* (Now Books, Serie A, Ara Llibres, Barcelona, 2016), que ha servido para nutrir de datos precisos el capítulo 29 de la novela, y a Carmen Morán por su artículo en *El País* del día 14 de junio de 2016. La muerte por suicidio de Pedro Camprubí está inspirada en la de un hombre cuya historia conocí en 1977, al escribir mi obra *Manicomio*. Internado en un frenopático, cada día se masturbaba y bebía su propio semen como si tomara la comunión. Cuando los médicos se lo impidieron, se quitó la vida. Otros casos de pederastia, tanto en años anteriores como en la actualidad, han servido para mostrar diversos aspectos del tema en torno a la personalidad del personaje de Laureano Andrada. Eulalia Arque, superiora de la Casa de la Caridad de Barcelona, existió realmente. Su arenga en el capítulo 29 es literal. Son inventados, en cambio, el orfanato de San Cristóbal y la Escuela Tarridas.

Entre otros aspectos de la realidad española de fines de los años cuarenta y comienzos de los cincuenta, relacionados con la infancia o la mujer, cabe destacar estas palabras de Carlos Crooke, responsable de informaciones e investigación de la Falange, pronunciadas en 1941: «Estos niños representan la España futura. Queremos que lleguen a decir un día: Sin duda, la España falangista fusiló a nuestros padres, pero lo hizo porque se lo merecían. En cambio ha envuelto nuestra infancia de atenciones y comodidades». En otro orden, y también como ejemplo, decir que el Patronato de Protección de la Mujer, creado en 1941 y presidido por Carmen Polo de Franco, se ocupaba entre otras cosas de comprobar si las jóvenes que llegaban allí estaban «completas» o «incompletas». Si era lo segundo, su vida pasaba a ser un infierno. Muchos maridos con amantes se aprovecharon del Patronato para encerrar a sus mujeres y desembarazarse de ellas. Ser «protegida» por el Patronato implicaba automáticamente ser tachada de puta o de roja. Los orfanatos y presuntos centros benéficos franquistas fueron en realidad cuna de barbaridades extremas, siempre en aras de eliminar el pasado y crear las bases de una nueva España presidida por el orden del Ejército y la represión religiosa.

El guión de esta novela se perpetró en Vallirana, en agosto de 2016. El libro fue escrito en diciembre del mismo año en Barcelona.